국역 岐峯集

국역 岐峯集

白光弘 著
鄭 珉 譯

도서출판 역락

역자 서문

이 책은 백광홍(白光弘, 1522~1556) 선생의 문집인 『기봉집(岐峯集)』 전체를 우리말로 옮긴 것이다. 선생은 최초의 기행가사라 할 「관서별곡」의 작가로만 알려졌을 뿐, 정작 그 인간과 문학에 대해서는 이렇다 소개된 것이 없다. 선생이 35세의 한창 나이에 세상을 뜬데다, 사후에 작품도 온전히 수습되지 않았다. 문집의 간행도 사후 343년이 지난 1899년에야 이루어져, 세상에서 그의 작품을 접할 기회가 거의 없었던 까닭이다.

하지만 선생은 초기 호남시단의 쟁쟁한 일원으로 당대의 명유석학(名儒碩學)과 두루 교유하며 시명(詩名)이 높았던 분이었다. 그럼에도 「관서별곡」을 소개한 서너 편 논문이 학계에 제출되어 있을 뿐, 그 자취는 적막하게 세상에서 잊혀졌다.

역자는 진작에 그 아우 되시는 옥봉(玉峯) 백광훈(白光勳, 1537~1582) 선생의 시에 매료되어, 그 시의 행간에서 우렁우렁 울려나오는 남도의 서느러운 가락에 오래 마음을 빼앗겨 왔다. 하지만 정작 백광홍 선생의 문집은 본 적조차 없었다. 그러다가 2003년 7월, 한국문학번역원의 주선으로 해외 한국학 연구자들과 함께 남도답사를 다녀오던 길에, 우연히 들른 전남 장흥의 기양사(岐陽祠)에서 뜻하지 않게 선생의 문집을 배견할 기회를 가졌다.

이후 틈틈이 읽고 어루만지매 아끼고 사랑하는 마음이 일어남을 금할 수 없었다. 옥봉시의 말미암은 바가 여기에 있음도 새삼 알았다. 하지만 다망한 잡사에 치어 번역은 엄두조차 내지 못했다. 2003년 11월에 백광홍 선생이 2004년 6월의 문화인물로 선정되었다는 소식과 함께, 지난해의 작은 인연을 잇자며 장흥문화원에서 『기봉집』의 국역을 역자에게 의뢰해왔다.

하지만 서너 달만에 작업을 마쳐야 할 만큼 시일이 말 아니게 촉박했다. 언뜻 보기에도 난해하기 짝이 없는 시를 온전히 우리말로 옮기는 일은 여러 해를 두고 진행한데도 힘들 것이 틀림없는지라 극구 사양하였다. 결국 장흥이 고향이신 소설가 이청준 선생과의 오랜 교의(交誼)와 장흥문화원 김석중 선생의 두터운 뜻 등 이런저런 인연의 끈을 외면할 수 없어, 분수없이 덜컹 번역을 수락하고 두고두고 후회했다.

처음엔 문화원 측의 생각도 그랬고, 일부만 초역하여 소개함으로써 색책(塞責)에 그치려 했다. 하지만 막상 일을 시작하여서는 시에 몰입되어 완역(完譯)의 만용까지 부리게 되었다. 애초에 남은 시가 많지 않은지라 어려운 것은 빼고 쉬운 것만 골라가는 약삭빠름을 부려볼 계제도 못되었다. 부족한 시간을 도와, 장편 부(賦)와 칠언고시에 나오는 전거들을 찾느라 박종훈 군이 큰 수고를 했다. 한양대 국문과 대학원 학생 여럿이 원문 입력을 도와주었다. 거친 번역과 오류를 바로잡아준 김종서 선생에게도 특별히 고마운 뜻을 적는다. 고산(古山) 김정호(金貞鎬) 선생께서 제첨(題籤)을 써주셔서 책의 얼굴이 더 빛나게 되었다. 도서출판 역락의 권분옥 씨가 편집을 맡아 수고했다. 고맙고 감사하다.

막상 번역을 마치고 인쇄에 부치려 하니, 적지 않을 오역과 충실치 못한 주석이 여간 마음에 걸리는 것이 아니다. 촉박한 시일에 탓을 돌리는 것은 학문하는 자의 바른 태도가 아니다. 송연함을 무릅쓰고 뜻있는 이의 질정을 청한다. 부족한 대로 이 책이 백광홍 선생의 문학세계를 세상에 알리는 데 작은 도움이 되기 바란다. 연구자들의 관심도 새롭게 이어지기를 기대한다. 가야할 길은 여전히 멀기만 하다.

2004년 5월 신록 짙은 행당동산에서
정   민

차 례

岐峯集 권 1

부장편(賦長篇)

岐峯集 권 2

오언절구(五言絶句)

오언사운(五言四韻)

오언고시(五言古詩)

칠언절구(七言絶句)

岐峯集 권 3

칠언사운(七言四韻)

칠언고시(七言古詩)

岐峯集 권 4

시산잡영(詩山雜詠)

岐峯集 권 5

부록

관서증별시(關西贈別詩)

범 례

1. 이 책은 1899년 전남 장흥 안양(安壤) 주산(舟山)에서 간행한 『기봉집(岐峯集)』 5권을 완역한 것이다. 다른 사람이 지은 원운시(原韻詩)는 번역하지 않았다.
2. 번역은 직역을 위주로 하되, 의미의 전달과 언어의 리듬에 유념하였다.
3. 각주는 부장편(賦長篇)과 칠언고시에서 경전과 관련된 경우는 자세히 출전을 밝혔고, 그 밖의 시에서는 특별한 경우를 제외하고는 본문에 녹여 설명하였다.
4. 원본의 결자는 빈 칸 □로 표시했다.
5. 약물은 책 제목은 『 』, 작품 제목은 「 」, 강조는 ' ', 인용은 " "을 사용하였다.
6. 책 뒤에 간단한 연보와 여타 문헌에 보이는 기봉 관련 기록을 모아 부록으로 첨부하였다.

서 설

기봉 백광홍의 인간과 문학

정 민(鄭 珉)

1

기봉(岐峯) 백광홍(白光弘, 1522~1556)은 조선 중기 호남 시단을 이끌던 이름 높은 시인이다. 그는 우리나라 최초의 기행가사인 「관서별곡(關西別曲)」의 작가다. 『조선왕조실록』 선조 22년 12월 1일의 기사에는 송익필(宋翼弼)·이산해(李山海) 등과 함께 그를 당대를 대표하는 8문장의 한 사람으로 꼽았다.

그런 그가 사후에는 문학사에서 완전히 잊혀진 존재가 되었다. 아우인 백광훈(白光勳)의 시명(詩名)이 워낙 쟁쟁했던데 반해, 정작 기봉의 시문은 대부분 일실되어 간행의 기회조차 갖지 못했기 때문이다. 그는 호남의 큰 학자인 일재(一齋) 이항(李恒)의 문하에서 수학하였고, 교유한 인물에 하서(河西) 김인후(金麟厚)·고봉(高峯) 기대승(奇大升)·율곡(栗谷) 이이(李珥) 같은 큰 학자가 있다. 청련(靑蓮) 이후백(李後白)·송천(松川) 양응정(梁應鼎)·석천(石川) 임억령(林億齡) 등 쟁쟁한 시인들도 그와 문학적 교류를 계속 이어갔던 인물들이다. 이들의 면면만 보더라도 기

봉의 학문과 문학이 당대 어떤 위치에 있었는지는 가늠하기가 어렵지
않다.

2

생애의 세세한 부분은 책에 실린 「묘갈명」과 서발에 자세하므로 이
에 미루고, 그 대체만을 간략히 언급하면 다음과 같다.

백광홍은 1522년(중종 17)에 장흥(長興) 기산리(岐山里)에서 부 삼옥당
(三玉堂) 세인(世仁)과 모 광산 김씨 사이에서 장남으로 태어났다. 젊은
시절의 강학은 기록이 자세치 않다. 신사무옥으로 장흥에 귀양와 13년
간 머물렀던 영천(靈川) 신잠(申潛)에게 나아가 학문의 길을 물었던 듯
문집에는 그와 관련된 시문이 특히 많다. 이후 신잠이 태인군수로 있
을 때, 신잠을 따라 그곳에 가서 일재(一齋) 이항(李恒)을 만나 본격적
인 학문의 길로 들어선다. 김인후나 양응정 등과의 교유도 이때 이루
어졌다.

이후 그는 28세 때 부명(父命)으로 과거에 응시하여 사마양시(司馬兩
試)에 급제하였고, 3년 뒤인 1552년에 대과에 급제하여 홍문관정자(弘文
館正字)에 제수되었다. 호당(湖堂) 시절 왕명으로 영호남 문사들이 한자
리에서 시예(詩藝)를 겨루었을 때, 「동지부(冬至賦)」 한편으로 그 도저한
학문과 문예를 인정받아 장원에 뽑혀 시명을 드날렸다. 이때 상으로
하사 받은 『선시(選詩)』 10책이 지금까지 문중에 전한다.

이후 왕의 총애가 두터워 1555년 평안도평사(平安道評事)에 배수되어
변방에 나갔다. 하지만 이듬해 가을 병으로 교체되어 어버이 문안 차
고향으로 돌아오던 길에 부안 처가에서 세상을 뜨고 말았다. 누린 해

가 고작 35년이었다. 그는 이제 막 세상을 향해 날개를 펴려다, 품은 뜻을 펼치지도 못한 채 세상을 떴던 셈이다. 이것이 그간 그의 존재가 세상에 알려지지 않고 묻히고 만 연유이다.

실제 그의 문집도 간행까지는 참으로 험난한 우여곡절을 겪었다. 임병양란을 겪으면서 집안에 남아 있던 유고는 대부분 유실되고, 겨우 남은 것은 열에 한둘뿐이었다. 다행히 백광훈의 집안에 간직된 유고가 수습되었지만 책으로 묶기에는 턱없이 부족했다. 선생 사후 근 300년이 지난 1846년에야 후손이 홍직필(洪直弼)의 서문과 묘갈명을 받아, 상하 2책으로 문집의 모양새를 겨우 갖추었다. 이때도 여러 사정으로 간행은 되지 않은 채 문중에 전해지다가, 1860년 고부(古阜)에서 집안사람이 간직해 온 선생 친필의 「시산잡영(詩山雜詠)」과 관서 땅에 부임할 당시 제현들이 써준 수창시문의 친필본이 수습되면서, 기왕에 편집된 상하책에 이를 보태고, 여기에 「관서별곡」을 더하여 1899년에야 『기봉집』 5권이 비로소 간행되었다. 실로 선생 사후 343년만의 일이었다. 하지만 원고의 상태가 워낙 좋지 않아, 원문 중에는 군데군데 누락된 부분이 적지 않고, 체제도 다소 어정쩡한 형태로 되어 있다.

여기에 수습된 시는 권 1에 부장편(賦長篇) 9수, 권 2에 오언절구 10수, 오언율시 21수, 오언고시 3수, 칠언절구 58수를 실었다. 권 3에는 칠언율시 16수, 칠언배율 1수, 칠언고시 11수를 실었고, 권 4에는 「시산잡영」으로 각 체 46수와 「관서별곡」 1수를 실었다. 권 5는 부록으로 제현들의 수창시와 만사 등이다. 결국 현재 남아 전하는 기봉의 시는 각체를 망라하여 175수다. 결코 많다 할 수 없는 분량이나, 간행에 이르기까지 후손들의 눈물겨운 노력과 정성이 있어 이나마 수습될 수 있었다.

3

그의 학문과 사람됨을 살펴보자. 스승인 이항(李恒)은 멀리 관서에서 학문의 가르침을 청하는 기봉에게 '거경궁리(居敬窮理)'의 가르침으로 일깨운 바 있었다. 기봉이 갑자기 세상을 뜨자 이항은 "그의 재주와 행실이 그 짝을 찾기 힘들었는데, 불행히 명이 짧으니 능히 크게 펴지 못함이 애석하구나"하며 안타까워 했고, 양응정은 만사에서 "하늘과 땅 다하여 마침 없으니, 산은 높고 다시금 물은 깊도다. 유유히 이 인생에서 홀로 백아의 마음을 보았네"하며 그 죽음을 애도했다. 꿈에 그를 만난 후 깨어 지은 시에서는 "그가 세상을 뜨자 큰 붓이 꺾였다"고 술회하였다. 과거에 함께 급제했던 홍진(洪縉)은 장편의 만사에서 높은 도의(道義)와 맑은 절조, 그 보석같은 문장과 훌륭한 몸가짐을 기리면서 "사람들은 그대 위해 곡을 하지만, 나는 이 시대를 위해 곡을 하노라"며 발을 동동 굴렀다. 기대승(奇大升)은 「유상찬(遺像贊)」에서 "일재 선생 스승 삼아 문장으로 이름났네. 배움에 연원 있어 벼리를 꽉 잡았지. 홀을 들고 조정 서매 선비들이 뒤따랐지. 남 비방함 없었으니 원수 원망 산 일 없네"라는 말로 그 학문과 인간을 간결하게 요약했다.

권 1과 권 3에 실린, 매 구절 『서경』과 『시경』 및 옛 경전의 인용으로 점철된 장편의 부(賦)와 칠언고시를 보면, 그 학문의 온축이 어떠했는지 짐작하고 남음이 있다. 이 작품들은 유가의 기본 경전들이 머리뿐 아니라 가슴으로 체화되어 삶 속에 무르녹아 이루어진 글들이다. 특히 그는 '인(仁)'의 정신을 유난히 강조하여, 거의 모든 부 작품에 인(仁)의 덕목을 되풀이하여 천명하였다. 특히 「오곡은 종자 중에 훌륭한 것(五穀種之美)」에서는 "모든 선의 으뜸에는 인(仁)이 가장 존귀하다. 오곡도 안 익으면 어여뻐도 예쁘잖코 인(仁)이 익지 아니하면 귀한 자도 천하다네"라고 했다. 그의 평생 학문의 종지(宗旨)가 바로 이 인(仁) 한 글자에 놓여 있다 해도 지나침이 없다 하겠다. 만약 하늘이 그에게 더 긴 세월을 허락하여 학문에 종사하게 했더라면, 그 이르러간 경지를 가늠할 수 없었을 것이다.

기봉 자신은 '상실무본(尙實務本)'을 학문의 기본 바탕으로 중시하였다. 어려서부터 과거 공부를 즐기지 않고, "독서란 장차 자기를 위하려는 것이다. 만약 오로지 나아가 벼슬에 오르는 것에만 뜻을 두어 한갓 심장적구(尋章摘句)만 일삼는다면 무엇에 힘입어 경륜을 펼쳐 우리 임금을 요순(堯舜)에 이르게 할 것인가?"라고 했다. 스스로 지은 「좌우명」에서 "부는 구할 수가 없고, 귀(貴)도 도모할 수가 없네. 구하지도 않고 꾀하지도 않으며 하늘 뜻에 따라 하리. 가난해도 근심할 것 없고, 천하여도 슬퍼할 것 없네. 담담히 빈 집에서 광풍제월(光風霽月) 벗 삼으리. 내가 누구를 믿을까? 저 높으신 상제(上帝)일세"라 하여 천리에 순응하며 부귀에 연연치 않는 안빈낙도(安貧樂道)의 삶을 다짐하기도 했다.

그렇다고 해서 그는 그저 근엄하기만 한 샌님은 결코 아니었다. 평안도평사로 나가 있을 때는 몽강남(夢江南)이란 용만 기생과 멋진 로맨스를 나누어 사람들의 입에 오르내리기도 했고, 관련 시가 문집에 실려 있다. 이수광은 『지봉유설』에서 지금도 관서의 기생들이 그의 풍류를 사모하여 반드시 백서기(白書記) 백서기라고 한다고 전언하면서, 관서의 기생들이 「관서별곡」을 노래할 때마다 눈물을 떨군 일을 적고 있다. 실제로 그의 시를 보면 질탕한 풍류의 면모를 짐작케 하는 시가 적지 않다.

4

그의 작품 세계의 주목할만한 특징을 간단히 살펴보자.

첫째, 부(賦)와 칠언고시 장편에 보이는 확고한 유학자적 면모의 작품을 들 수 있다. 「옥루(屋漏)」와 「오곡은 종자 중에 훌륭한 것(五穀種之美)」 같은 작품은 진작에 신독(愼獨)과 구인(求仁)의 공부가 얼마나 깊은 단계에 이르러갔는지를 징험해 보인 작품으로 높은 평가를 받았고, 「고사리 캐는 노래(採薇歌)」와 「부귀는 하늘에 달려있다(富貴在天)」 등은 그의 평소 품은 뜻이 잘 드러난 작품이다. 이밖에 「동지(冬至)」와 「맑게 개인 출정하는 아침(會朝淸明)」, 「하늘의 운행은 굳세다(天行健)」, 「아름다운 이름은 덕을 싣는 수레(令名德之輿)」, 「기수에 목욕하고(浴乎沂)」 같은 작품들은 경전에 대한 해박한 이해를 바탕으로 유가의 핵심 되는 가르침을 시적 언어로 압축한 보석 같이 영롱한 작품들이다.

또 칠언고시 「한유의 불골표를 읽고(讀佛骨表)」는 7언 40구의 장시로 불교의 폐단을 통렬하게 비판한 한유(韓愈)의 「불골표(佛骨表)」를 읽은 소회를 피력하였다. 관념적 주제임에도 불구하고 언어의 절묘한 리듬을 흐트리지 않았다. 「사략을 읽고(讀史略)」은 7언 146구, 1022자에 달하는 장시다. 『십구사략(十九史略)』을 읽고 중국 역대 왕조의 흥망성쇠를 한편의 시 안에 압축해 놓았다. 벅찬 포부와 득의에 넘치던 젊은 날의 그의 모습이 눈에 보이는 듯 하다.

둘째, 앞서와는 전혀 달리 도교적 상상력의 세계를 보여주는 작품들도 특이하다. 일반적으로 한문학사에서 낭만풍의 대두는 아우인 백광훈을 포함한 삼당시인(三唐詩人) 이후에 본격화 된다고 보는 것이 일반적이다. 여기에 허난설헌의 「유선사(遊仙辭)」 87수 같은 연작이 등장하면서, 신선 세계를 향한 상상과 동경은 선조대 문단의 한 조류로 자리를 잡아간다. 그러나 기봉은 허난설헌보다 30여년 전에 이미 본격적인 유선문학을 창작하고 있다. 그의 장편 부「봉래산 노래(蓬萊山辭)」는 비슷한 시기 다른 문인의 작품에서는 찾아볼 수 없는 것이다. 이 작품은 유감스럽게도 중간에 탈락된 부분이 적지 않다. 그럼에도 후대 유선문학이 보여주는 유선(遊仙)의 모식을 정확하게 가장 앞선 시기에 재현하고 있다. 또한 묘사가 핍진하고 방불하여 우리나라 도교문학사에서도 특별히 주목할만한 작품이다.

또 신기루를 그린 그림을 보고 지은「신기루 그림(海蜃圖)」이나,「강원도관찰사로 떠나는 임억령을 전송하며(奉送石川按節關東)」같은 작품에서 보이는 초월 공간에 대한 사실적인 묘사를 보면 그가 도교적 신선 세계에 대해서도 폭넓은 독서와 깊은 관심을 가졌음이 확인된다. 이로 보면 도교적 상상력에 바탕을 둔 다음 시기 낭만풍의 대두가 이미 그에게서 싹터 나오고 있음을 알 수 있어, 그 문학사적 자리매김이 필요하다.

셋째, 가전풍(假傳風)의 실험적 작품의 존재도 흥미롭다.「시와 술의 전쟁(詩酒戰)」이 그것인데, 술을 의인화 한 국군(麴君)과 시를 의인화 한 시왕(詩王) 간의 전쟁을 자못 실감나게 그린 작품이다. 전쟁은 시왕의 승리로 끝난다. 환백장군(歡伯將軍)과 청주종사(靑州從事)를 비롯하여 중산공자(中山公子), 오성묵객(烏城墨客) 등 다양한 등장인물을 설정하여 술 마시고 시를 짓는 과정을 재치 있게 의인화 했다. 이는 소설사적 맥락으로 볼 때 주목할만한 작품이 아닐 수 없다. 다음 시기 임제(林悌)의「수성지(愁城志)」와의 관련도 예사롭지 않기 때문이다. 발랄하고 재기 넘치는 문학적 재능이 유감없이 발휘되고 있다.

넷째, 우리나라 최초의 기행가사인 「관서별곡」은 기봉 문학에서 단연 정채로운 부분이다. 그간의 가사 연구자들은 이 작품이 정철의 「관동별곡」에 지대한 영향을 미쳤고, 「관동별곡」 중에 귀에 익은 많은 구절들이 대부분 기봉의 「관서별곡」에서 차용하거나 약간 변용시킨 것임을 거듭 확인하였다. 금번 문집 전체를 번역하면서 보니, 7언고시 「강원도관찰사로 떠나는 임억령을 전송하며(奉送石川按節關東)」와 같은 작품에서도 많은 구절들이 「관동별곡」 속으로 녹아들어간 것을 확인할 수 있었다. 시 구절 중에 "황정경 한 글자를 잘못 베껴 썼지"나, "휘황한 옥절(玉節)이 앞 길에 빛나도다", "사선(四仙)은 한번 가고 마침내 소식 없고", "양양 현산 길에 꽃이 활짝 피었네" 외에 여러 구절들은 「관동별곡」을 기억하는 사람들은 대번에 연상되는 구절이 있을 것이다. 따라서 송강은 기봉의 「관서별곡」뿐 아니라 한시까지 녹여서 한편의 「관동별곡」을 완성했고, 이 작품에 미친 기봉의 영향이 단순한 어구의 차용 이상임을 확실히 알게 해준다.

"말의 운치가 호방하고 굳세고 담긴 뜻이 빼어나 그 사람됨을 떠올려 볼 수 있다"고 한 조우인(曺友仁)의 언급이 아니래도 「관서별곡」은 16세기 우리말 표현의 아름다움이 뛰어나게 구현된 작품이다. 이제는 그 문예미에 대해서도 더 많은 연구가 있어야겠다.

5

이상 간략하게 기봉 백광홍 선생의 학문과 인간, 그리고 그 문학 세계의 특징적 국면을 개략적으로 살펴보았다. 그간 그의 문집은 학계에 크게 알려진 바 없어, 연구자들의 관심의 대상이 되지 못했다. 하지만 이것은 세도(世道)의 운수와 관련된 것이지 그의 문학적 성취와는 아무 상관이 없다. 한 시대의 흐름은 결코 평지돌출로 튀어나오는 법이 없다. 선조조 목릉문단(穆陵文壇)의 풍웅고화(豐雄高華)의 빛나는 바탕에는 기봉과 같은 숨은 존재들의 선창(先唱)이 있었다. 이 책은 그 점을 더욱 분명히 밝혀줄 것으로 확신한다.

이 시기 문단이 유독 호남(湖南) 출신 시인들에 의해 주도되었던 점도 우리의 흥미를 끈다. 쟁쟁한 문성(文星)들이 한 지역에서 한꺼번에 쏟아져 나와 종적 횡적 연대(連帶)를 가지면서 한 시대 문풍(文風)을 이끌었다. 우리 한문학사에서 가장 빛나는 한 시기를 이들이 열었다.

기봉집서(岐峯集序)

홍직필(洪直弼)

『기봉집(岐峯集)』은 예전 평안평사(平安評事)를 지낸 백광홍(白光弘, 1522~1556) 공이 지은 것이다. 우리나라 문명의 운수가 명종과 선조의 즈음에 활짝 펴서, 큰 선비와 훌륭한 작가가 성대하게 함께 일어나 환히 중국에 견줄 만하였다. 이때에 백씨 집안 네 분 종형제가 나란히 한 집안에서 나와 문장으로 이름났는데, 기봉(岐峯)은 더욱 우뚝한 분이었다.

그 학문은 깊고도 드넓어 육경의 근저를 깊이 탐구하였고, 백가의 영화(英華)를 깊이 음미하였다. 무릇 시로 읊조리는 사이에 드러난 것이 타고난 성품의 바름에서 얻어, 소리의 정화(精華)를 펴니, 능히 『시경』 3백 편의 뒤를 이을 만하였다. 각박하게 깎고 맑게 다듬는 것을 기특하게 여기지 않고, 오로지 혼후(渾厚) 순박하고 전중(典重) 우아한 것을 법으로 삼으니, 외우기만 하는 글 짓는 인사들이 미칠 수 있는 바가 아니었다. 덕이 있는 사람은 반드시 말이 있다는 것을 알 수 있겠다.

세상에 글 잘하는 사람은 일일이 다 손꼽을 수가 없다. 하지만 공의 명성을 사모하고, 공의 시를 외워, 한 글자 한 구절조차도 금석(金石)처럼 울리고, 완염(琬琰) 즉 옥으로 깎은 홀(笏)처럼 보배로이 여긴다. 이는 다만 문사에 뛰어난 것만 알고 지려(砥礪) 곧 바탕 공부에 독실한 것은 알지 못하는 것이다. 어찌 이른바 꽃을 찾다가 열매를 잃는 격이 아니겠는가? 공은 타고난 자질이 도에 가까워, 마음을 오로지 하여 배움에 향하였다. 평소의 말에 "선비가 책을 읽음은 장차 자기를 위하여 실행에 베풀기 위해서인데, 만약 벼슬길에 나아가 지위를 취하려고만 하여 한갓 심장적구(尋章摘句) 곧 아름다운 표현이나 찾는 것을 일삼는다면, 비록 죽을 때까지 애를 쓴다 한들 어찌 요순(堯舜)의 임금과 백성에게 보탬이 되고, 겨와 쭉정이를 가려내어 한 세상을 태평하게 건질 수가 있겠는가?"라 하였다.

마침내 일재(一齋) 이항(李恒) 선생에게 수학하여, 하서(河西) 김인후(金麟厚)·고봉(高峯) 기대승(奇大升)·율곡(栗谷) 이이(李珥) 등 여러 어진 이와 도의(道義)의 사귐을 맺었다. 성리학에 관한 책을 힘껏 공부하였고, 과거 시험 보는 글에는 별 뜻을 두지 않았다. 20세가 되어 어버이의 명으로 과거에 나아가, 사마(司馬) 양시(兩試)에 급제하였다. 또 벼슬길이 크게 열려 홍문관 정자(正字)에 제수되었다.

명종 임금께서 호남과 영남의 문신들을 성균관에서 시험 보이셨는데, 공은 「동지부(冬至賦)」를 지어 일등으로 뽑혀 『선시(選詩)』 1부를 하사받았다. 이에 한림(翰林)으로 제수하여 호당(湖堂)에서 독서하게 하였다. 평안평사(平安評事)에 배수되자 서도(西道) 백성을 건지는 것을 자신의 임무로 여겨, 임금을 사랑하고 변경(邊境)을 염려하는 충정을 시에 펴서, 가곡으로 전파하였다. 청련(青蓮) 이후백(李後白)과 송천(松川) 양응정(梁應鼎), 석천(石川) 임억령(林億齡)과 고죽(孤竹) 최경창(崔慶昌) 등 여러 어진 이들이 우편으로 서로 전하여 『관서창수록(關西唱酬錄)』이 있다.

임기를 채우지 못한 채 글을 올려 고향으로 돌아갈 것을 청하였으나 도중에 세상을 떴다. 서도의 백성들이 이를 듣고 거리에서 통곡하였고, 스승과 벗들 또한 슬퍼하며 애석해하지 않는 이가 없었다. 저술이 아주 많았으나 전쟁통에 모두 잃어버리고, 그 남은 조각들을 거두어 모은 것은 책으로 엮을 만한 분량이 못되었다. 하지만 고기 한 점만으로도 온 솥의 맛을 알 수 있다고 할 만하니, 또한 어찌 많은 것만을 따지겠는가?

대저 군자의 말은 바탕이 있는 것을 귀하게 여긴다는 것은 비단 시를 두고 하는 말만은 아니다. 인의(仁義)에 바탕을 둔 사람은 이를 귀하게 여긴다. 예전 성대한 시절에는 궁한 뒷골목의 백성들도 모두 능히 시를 지을 수 있었다. 그 시는 모두 인의에 바탕을 두고 있어 세상이 본받기에 충분하였다. 어찌 후세에 배우는 자들이 입으로 배우고 그림으로 가리키는 얄팍함과 같겠는가? 선왕(先王)의 도덕의 은택과 예악의 가르침이 마음과 뜻에 점차 스며 사체(四體)에 드러나니, 말로 펴고 문사로 드러나는 것이 저도 모르는 사이에 성대한 아름다움을 다하게 되는 것이다. 근세에 글 짓는 인사들은 밤낮으로 힘을 다해 모의하나, 말이 공교하면 할수록 이치에서 더욱더 멀어진다. 힘을 수고로이 하면 할수록 뜻은 점점 더 어그러지고 만다. 근본이 없기 때문이다.

공은 법을 떨친 집안에서 나고 자라, 현인군자(賢人君子)의 성정의 바름과 도덕의 아름다움을 능히 구하여, 그 몸에 편안히 여기니 그 행실은 순박하였고, 시로 드러내니 그 말은 순수하였다. 이것이 이른바 근본이 있는 사람은 이와 같다는 것인가? 패옥(佩玉)과 경거(瓊琚)가 크게 그 소리를 떨쳐 국가의 성대함을 울림이 마땅하겠으나, 오래 살지 못하여 그 뜻과 사업을 채우지 못하였다. 이를 어이 다만 공의 불행이라

고만 하겠는가? 선현께서 말씀하시기를, "입과 귀의 얕음에 힘입지 않고 문장을 이루는 자는 글을 잘하는 사람이고, 지위의 높음에 기대지 않고 이름을 이루는 자는 이름이 높은 사람이다."라고 하였다. 공을 두고 하신 말씀이 아니겠는가?

공의 후손인 하진(河鎭)과 규상(圭祥)이 판목에 새겨 길이 후세에 전하기를 도모하여, 나를 찾아와 책의 머리에 얹을 글을 부탁하였다. 내가 늙고 병들어 거의 죽을 지경인지라, 무릇 글을 부탁하는 사람은 반드시 굳게 문을 닫아걸고서 힘써 거절하였으나, 하진이 몹시 간절하게 부탁함을 그치지 않으므로 그 선인을 위하는 정성에 적이 감동하였다. 게다가 외람되이 공의 묘갈명(墓碣銘)까지 지으라 하므로, 손 씻고 공의 글을 읽어보니 더욱이 높은 산과 같이 밝은 행실을 사모하는 마음을 이길 수 없어 병을 무릅쓰고 위와 같이 썼다. 공의 휘는 광홍(光弘)이고 자는 대유(大裕)니 수원 사람이다. 관산(冠山)의 기양(岐陽)에서 살았던 까닭에 호를 기봉(岐峯)이라 하였다 한다.

숭정(崇禎) 기원 후 네 번째 맞는 신해년((1851, 철종 2) 곡우절에 가선대부(嘉善大夫) 사헌부(司憲府) 대사헌(大司憲) 겸 성균좨주(成均祭酒) 경연관(經筵官) 당성(唐城) 홍직필(洪直弼)은 서문을 쓴다.

岐峯集者, 故平安評事白公所著也. 國朝文明之運, 暢於明宣之際, 碩儒鉅匠, 蔚然倂作, 彬彬乎比倅中華. 于斯時也, 白氏四從昆弟, 幷出一家, 以文章名, 而岐峯尤傑然者也.

其爲學, 淵泫溥博, 探賾六經之根柢, 咀嚼百家之英華, 凡所以形諸諷詠者, 得乎天性之正, 發於人聲之精, 而能接武三百篇之後, 不以刻削淸厲爲奇, 專以渾淳典雅爲法, 有非記誦詞章之士, 所可企及者. 信乎有德者必有言也.

世之善鳴者, 指不勝僂, 而艶公之名, 誦公之詩, 片字隻句, 鏘然譬金石, 寶之如琬琰. 但知其工於藻績, 不知其篤於砥礪, 豈非所謂探華而遺寶者也. 公天資近道, 專心向學雅言, 士之讀書將以爲己, 而措諸實行也. 若要進取, 徒事尋摘, 雖兀兀窮年, 何所籍手, 堯舜君民, 陶鑄糠粃, 躋一世太平也哉.

遂受學于李一齊, 與河西高峯栗谷諸賢, 託道義之契, 力究性理之書, 於功令之文, 不專意焉. 弱冠以親命赴擧, 中司馬兩試, 又大闡, 授弘文正字.

明廟試湖嶺文臣于泮宮, 公以冬至賦居魁, 賜選詩一部, 除翰林, 讀書湖堂. 及拜平安評事, 以拯濟西民 爲己任, 愛君慮邊之忠, 發於嘯詠, 播之歌曲, 如靑蓮松川石川孤竹群賢, 郵筒相傳. 有關西唱酬錄, 秩未滿, 上章乞還, 中道而卒, 西民聞之, 巷哭, 師友莫不悼惜. 所著述甚富, 而盡逸於兵燹. 攎拾其斷爛者, 未成卷帙, 是可以一臠而知全鼎. 亦何以多爲哉.

夫君子之言, 貴乎有本, 非直詩之謂也. 本乎仁義者. 斯爲貴也. 崇昔盛時, 窮閭陋巷之民, 皆能爲詩. 其詩皆由祖仁義, 足以爲世法. 詎若後世學者, 口授指畫之淺哉. 先王道德之澤, 禮樂之敎, 漸於心志, 而見於四體, 發於言語, 而形於文辭, 不自知其臻於盛美也. 近世操觚之士, 窮日夜之力, 而模擬焉. 言彌工而理彌失, 力彌勞而意彌違, 以其無本也.

公生長法拂, 能求賢人君子性情之正道德之美, 以禔其身, 其行醇如也. 以形于詩, 其詞粹如也. 是所云有本者如斯歟. 宜其玉珮瓊琚, 大放厥聲, 以鳴國家之盛, 而厄於短造, 罔充其志業, 可但爲公之不幸哉. 往哲有云, 不籍乎口耳之淺, 而成文者, 文之善者也. 不籍乎爵位之隆, 而成名者, 名之高者也. 其公之謂乎?

公後孫河鎭圭祥, 爰謀鋟梓, 將垂永遠, 謁不佞以弁卷之文. 不佞癃朽垂死, 凡以文爲屬者, 必固閉而力拒. 河鎭苦懇不休, 竊感其爲先之誠, 且旣猥銘公之碣, 而盥讀公之文, 尤不勝高山景行之心, 力疾而敍之如右. 公諱光弘, 字大裕, 水原人. 居冠山之岐陽, 故號岐峯云.

崇禎紀元後四辛亥穀雨節, 嘉善大夫司憲府大司憲兼成均祭酒經筵官, 唐城洪直弼序.

기봉집서(岐峯集序)

백사근(白師謹)

내가 어려서부터 우리 집안의 기봉(岐峯) 백광홍(白光弘)과 옥봉(玉峯) 백광훈(白光勳) 두 어른은 난형난제(難兄難弟)라 들었다. 하지만 유독 옥봉의 문장과 필법은 모르는 사람이 없는데, 기봉은 아는 사람이 드문 것을 이상하게 여겨, 옥봉이 더 뛰어난 것으로 생각했다.

근자에 그 집안 자손인 진항(鎭恒)이 소매 속에서 『기봉유고(岐峯遺稿)』1책을 꺼내 보여주기에, 내가 손을 씻고 삼가 읽어보았다. 그 문장은 담박하면서도 순정(純正)하였으며, 당시에 여러 어진 이들이 일컫고 기대한 것이 또 지극히 성대하였다. 그제서야 비로소 앞서 들었던 것이 옳지 않음을 알게 되었다.

대개 공은 젊어서 일재(一齋) 이항(李恒) 선생의 문하에서 공부를 배웠다. 일재는 맨 먼저 거경궁리(居敬窮理)를 배움에 드는 방법으로 삼았고, 또 시를 지어 주면서 권면하였다. 공은 이에 성리(性理)의 연원에 침잠하여 경전의 깊은 뜻을 살펴 따지니, 명성이 마침내 우뚝하게 되었다. 이에 하서 김인후와 고봉 기대승, 그리고 율곡 이이 등 세 분 선생을 좇아 도의의 사귐을 맺었다. 또 송강 정철, 송천 양응정, 고죽 최경창, 청련 이후백, 석천 임억령 등 여러 분과 서로 시를 창수하여 주고받았다. 이런 까닭에 공의 이름이 제현의 문집 가운데 자주 보인다.

진실로 공이 지닌 바의 것이 깊지 않았다면 여러 어진 이들이 교유하고 추장하여 허락한 것이 어찌 이와 같았겠는가?

공은 가정(嘉禎) 임오년(1522)에 태어났다. 기유년에 사마(司馬) 양시(兩試)에 급제하였고, 임자년에 문과에 급제하였다. 을묘년에 평안도평사(平安道評事)가 되고, 병진년에 세상을 떴다. 누린 해가 겨우 35세였다.

아! 공은 어려서부터 시예(詩隸)에 능하였다. 그 아우인 풍잠(風岑) 백광안(白光顔)과 옥봉(玉峯) 백광훈(白光勳), 사촌아우인 동계(東溪) 백광성(白光城) 등과 더불어 기잠(岐岑)의 아래에서 독서하니, 세상에서는 백씨 4문장으로 일컬었다. 하지만 공은 수명이 길지 않고, 지위 또한 현달하지 않은지라 마침내 베풀 곳이 없었다. 자손 또한 영락하여, 무릇 공의 언행과 문묵(文墨) 가운데 전할 만한 것은 모두 흩어지고 없어져서 거두지 못한 채로 덧없이 거의 사라지고 말았다. 이제 이 남은 향기로운 작품들은 백진항(白鎭恒)이 모아 엮은 것이다. 이나마 오래되면 될수록 더욱더 사라질까 염려된다. 이에 장차 판목에 새기려고 도모하면서 나에게 서문을 쓰게 하였다.

시가 무릇 109편이고, 부(賦)가 8편이다. 이것은 천 편 백 편 중에서 열 편 한 편이 남은 것에 지나지 않는다. 그러나 또한 고기 한 점으로도 온 솥의 국 맛은 알 수 있는 법이다. 공의 휘는 광홍(光弘)이요, 자는 대유(大裕)다. 기봉(岐峯)은 그의 호다. 공은 나와 같이 정당문학(政堂文學)을 지내신 휘 천장(天藏) 공을 조상으로 모시고 있으니, 그 연원은 하나라 하겠다. 이제 진항(鎭恒)의 부탁을 의리로 감히 사양하지 못하였다. 진항은 바로 정해군(貞海君) 휘 수장(壽長) 공의 후예이니, 공에 있어서는 방계의 후손이라 한다.

가선대부(嘉善大夫) 형조참판(刑曹參判) 겸 동지의금부사(同知義禁府事)

오위도총부(五衛都摠府) 부총관(副摠管) 백사근(白師謹)이 짓는다.

余自齠齓, 嘗聞吾宗岐峯玉峯, 爲難兄弟. 而獨怪夫玉峯之文章也筆法也, 人無不知, 而岐峯則知之者尠, 意以爲玉峯優矣.

近者其族孫鎭恒, 袖示岐峯遺稿一冊. 余盥手而敬讀之, 其文章澹雅純正, 當時諸賢之稱道, 而期待之者, 又極其盛, 始知前所聞爲不爽也.

盖公少而受業於李一齊之門. 一齊首以居敬窮理爲入學之方, 而又贈詩以勉之. 公於是, 沈潛性理之源, 探賾經傳之奧. 而聲名遂蔚然矣. 乃從河西高峯栗谷三先生, 爲道義之交, 又與鄭松江梁松川崔孤竹李靑蓮林石川諸公, 相往復酬唱焉. 是故公之名, 多見於諸賢集中. 苟非公所存者深, 則諸賢之所交遊, 而獎許者, 豈如是乎?

公生於嘉靖壬午, 己酉中司馬兩試. 壬子登文科, 乙卯爲平安道評事, 丙辰卒, 享年纔三十五. 嗚呼. 公自少能詩工隸, 與其弟風岺光顔玉峯光勳, 從弟東溪光城, 讀書于岐岺之下, 世稱白氏四文章. 而公則年壽不永, 位且未顯, 未克有所施措. 而子孫又零替, 凡公言行文墨之可傳者, 皆散佚不收, 駸駸然幾乎盡矣. 今此殘香剩馥, 爲鎭恒之所裒輯, 而且懼其愈久而愈泯也. 將謀入梓, 要余序之.

詩凡一百九篇, 賦八篇, 此不啻存十一於千百. 而亦可以一臠知全鼎也耶. 公諱光弘, 字大裕, 岐峯其號也. 公與吾同祖政堂文學諱天藏, 其源則一也. 今於鎭恒之託, 義不敢辭, 鎭恒卽貞海君諱壽長之後, 於公爲旁裔云.

嘉善大夫, 刑曹參判兼同知義禁府事, 五衛都摠府副摠管, 白師謹撰.

岐峯集 권 1

부장편(賦長篇)

하늘의 운행은 굳세다[1]
天行健

아, 저 하늘의 광막함이여!	猗玄渾之冲漠
오묘한 그 운행 다함이 없네.	竗運用之不窮
진실로 주재자가 그 안에 있어	寔主宰者在中
시종(始終)을 한 이치로 꿰뚫었도다.	貫一理乎始終
아주 짧은 순간도 쉬임이 없이	靡少頃之或息
위대한 그 운행 굳세기도 해.	偉厥行之至健
『주역』보며 괘상(卦象)을 궁구하자니	玩羲經而窮象
잠긴 속에 은미하게 드러남 있네.	嗒潛在夫微顯
음양의 깊은 이치 줄기로 삼아	幹二儀之玄機
사덕(四德)의 묘한 변화 펼치는구나.	敍四德之竗變

---

1) 천행건(天行健) : 『주역』「건괘」 "象曰 天行健 君子以自强不息"에 보인다.

원(元) 회복해 억조창생 생기어 나고	兆生生於復元
형(亨)을 키워 큰 변화가 이루어지네.	彰化化於泰亨
이(利)를 써서 거둬들임 결실을 맺고	肅收實於用利
정(貞) 바탕해 되돌아 봄 굳세어 지리.	默反固於幹貞
정(貞)은 원(元)에 마치어 동(動)과 합하고	貞終元而合動
원(元)은 정(貞)서 비롯되어 정(靜)을 발하네.	元始貞而發靜
영고성쇠(榮枯盛衰) 피고 짐이 번갈아 들고	枯榮開落之互代
낮과 밤 밝음 어둠 차례로 오네.	晝夜晦明之迭更
처음부터 궁극이란 있지 않으니	初未有夫窮極
어이해 잠시라도 놓을 수 있나.	豈或舍於暫頃
부지런히 화육(化育)의 도를 다하여	藹化育之盡道
훌륭하게 한 해의 일 이루었구나.	懿歲功之得成
이 같은 즐거움이 끝이 없으니2)	玆於穆而不已
진실로 그 성(誠)을 벗어남 없네.	諒不外乎其誠
내 성품 속마음을 돌아보건대	顧吾人之性衷
어이해 하늘 본떠 공부 않으리.	盍用功之體天
군자의 한결같음 아름답구나	美君子之惟一
저녁이면 늘 두려워 더 노력하네.3)	恒夕惕而乾乾
이 마음 간직하여 잃지 않고서	操此心而不失
힘 쏟아 행하여서 극에 이르리.	要力行而極到

---

2) 오목불이(於穆不已) : 『시경』 주송 「유천지명」 "하늘의 명은, 아아! 심원하여 그치지 않네. 維天之命 於穆不已"에 보인다.

3) 석척이건건(夕惕而乾乾) : 『주역』 「건괘」 "九三 君子終日乾乾 夕惕若 厲 無咎"에 보인다.

대문에서 놓아기른 닭을 거두고	收放鷄於人關
길에서 달아난 말을 몰아와,	馭奔馬於中道
저물녘 집에 들어 편히 쉬면서	入宴息於嚮晦
고요히 한 바탕을 보존하노라.	靜以存夫一本
나가도 아침 낮에 얽매지 않고4)	出不梏於朝晝
움직임에 온갖 만물 살피는도다.	動以察夫萬散
비록 도에 못 미침을 근심하지만	雖閔道之莫及
곁에 누가 있는 듯 두려워하네.	儼戒懼之若臨
삼덕(三德)을 체득하여 때로 이기며	體三德而時克
양(陽)의 기운 폄에 따라 음(陰)을 누르네.	順舒陽而慘陰
사단(四端)을 채워서 잘 확충하여5)	充四端而善擴
오행의 통변(通變)을 징험하리라.	驗五行之變通
오랠수록 끝없음을 기약하나니	期愈久而無疆
어찌 잠시 그침인들 용납하리오.	詎作輟之敢容
어렴풋이 체(體)가 서고 용(用)이 행해져	汔體立而用行
위육(位育)의 깊은 공이 이루어지리.	致位育之玄功
이 진실로 성(誠)의 큰 보람이거니	斯誠誠之極效
천지와 더불어 큼이 같도다.	與天地乎同大
하지만 힘써 행함 근본 있나니	然力行之有本
공경하여 안을 곧게 해야 하리라.6)	敬作所以直內

---

4) 불곡(不梏) : 얽매이지 않는다는 의미로, 『맹자』「고자 상」“其日夜之所息
  平旦之氣 其好惡與人相近也者 幾希 則其旦晝之所爲 有牿亡之矣 牿之反覆 則
  其夜氣不足以存 夜氣不足以存 則其違禽獸不遠矣”에 보인다.
5) 『맹자』「공손추 하」“凡有四端於我者 知皆擴而充之矣”에 보인다.
6) 경이내직(敬以內直) : 공경하여 안을 바르게 함을 말하는데, 『주역』「건괘」

앞선 성인 독공(篤恭)함을 우러르면서	仰前聖之篤恭
이를 모두 체득하여 굳세어 지리.	咸體此而自强
주고받음 공경으로 삼가 잡아서	欽允執於授受
왕 훈계한 함유일덕(咸有一德)⁷⁾ 아름답구나.	美咸一於訓王
문왕의 순함 또한 크게 드러나	文純亦而丕顯
무왕이 삼가 이어 실로 이끄네.	武敬承而允迪
이 모두 하늘 운행 굳셈 본받아	玆皆則天之行健
아래위를 통털어 덕(德)과 합하네.	徹上下而合德
냇가에서 흐르는 물 탄식하시며⁸⁾	歎逝者於川上
늙음 장차 이름도 모르셨다네.⁹⁾	不知老之將至
문하 제자 인(仁)에 대해 가르치시며	敎爲仁於門弟
엎어진 잠시라도 지키라셨지.¹⁰⁾	必顚沛而造次
진실로 배움의 급선무이니	信爲學之先務
우리들 어이 감히 힘쓰잖으리.	敢小子之罔勗
원컨대 밤낮으로 마음에 새겨	庶夙夜而服膺
차례차례 얻음 있기 기약하노라.	期循循而有得

"君子 敬以直內 義以方外 敬義立而德不孤"에 보인다.

7) 함유일덕(咸有一德) : 『서경』의 편명으로 이윤(伊尹)이 「함유일덕」을 지어 왕을 훈계한 내용이다.

8) 『논어』「자한」"子在川上 曰 逝者如斯夫 不舍晝夜"에 보인다.

9) 부지노지장지(不知老之將至) : 『논어』「술이」"其爲人也 發憤忘食 樂以忘憂 不知老之將至云爾"에 보인다.

10) 전패조차(顚沛造次) : 아주 짧은 순간을 말하는 것으로, 『논어』「이인」"君子無終食之間違仁 造次必於是 顚沛必於是"에 보인다.

아름다운 이름은 덕을 싣는 수레[11]
令名德之輿

둘레 높고 둥글며 반듯하니 두터워	廓圓高而方厚
사방으로 큰 길과[12] 통함이 있네.	有景行之旁通
아! 한 수레가 여길 말미암아서	猗歟一輿之由是
부지런히 동서로 오가는도다.	藹自西而自東
제도는 월예(軏輗)[13]를 빌리지 않고	制非借於軏輗
다닐 때도 기름 칠 하지를 않네.	行不資於膏脂
하지만 군자가 기댈 바이고	而君子之所依
또한 소인이 따를 바라네.[14]	亦小人之所腓
가는 것은 전령(傳令)보다 더욱 빠르니[15]	行旣速於置郵
멀다 해도 이르지 않음이 없네.[16]	誕無遠而不屆
지나는 곳 교화되어 법도 삼으니[17]	所過化而是式

---

11) 영명덕지여(令名德之輿) : 아름다운 이름은 덕을 싣는 수레라는 의미로,
  『좌씨전』 양공 24 "夫令名德之輿也 德國家之基也 有基無壞 無亦是務乎 有德
  則樂 樂則能久"에 보인다.
12) 경행(景行) : 큰 길, 고상한 덕행을 말한다.
13) 월예(軏輗) : 예(輗)는 멍에 끝에 가로지른 나무이고, 월(軏)은 멍에 끝에
  위로 구부러진 것인데, 이 두 가지가 없으면 수레가 갈 수 없다.『논어』
  「위정」"子曰 人而無信 不知其可也 大車無輗 小車無軏 其何以行之哉"에 보
  인다.
14) 군자소의(君子所依) 소인소비(小人所腓) :『시경』소아「채미」"駕彼四牡 四
  牡騤騤 君子所依 小人所腓"에 보인다.
15) 속어치우(速於置郵) :『맹자』「공손추 상」"孔子曰 德之流行 速於置郵而傳命"
  에 보인다.
16) 무원불계(無遠不屆) :『서경』「대우모」"惟德動天 無遠弗屆"에 보인다.
17) 소과화(所過化) :『맹자』「진심 상」"夫君子所過者化, 所存者神 上下與天地同

진실로 그 쓰임이 지극히 크다.　　　　　諒厥用之至大

그 가운데 실린 것 살피어 보면　　　　　究其中之所載

위대할 손 틀 지을 수 없는 덕이라.　　　　偉不器之惟德

온갖 선을 망라하여 한데 모이니　　　　　總萬善而輻輳

또한 삼덕(三德)과 육덕(六德)이 있네.18)　　亦有三而有六

어지러이 쌓인 것 너무 성대해　　　　　　紛旣充積之極盛

진실로 수레 책임 막중하도다.19)　　　　　固爾輿之任重

가까이서 멀리 미침 예 달렸으니　　　　　邇可遠而在玆

혼자서도 운동함에 걸림이 없네.　　　　　自無碍於運動

수레 고삐 잡은 사람 물어본 것은20)　　　問執輿者爲誰

실로 문채 나는 덕이 있어서였네.　　　　　實有斐之在亶

몸 닦는데 힘을 쏟아 착하게 되면　　　　　務修身而誠善

남이 날 몰라줘도 근심찮으리.21)　　　　　莫己知焉不患

항상 가로대에 기댐 삼가면22)　　　　　　常兢兢於依衡

流, 豈曰小補之哉"에 보인다.

18) 삼육(三六) : 구덕(九德) 중 삼덕(三德)과 육덕(六德)을 말하는 것으로, 『서
　　경』「고요모」 "皐陶曰寬而栗 柔而立 愿而恭 亂而敬 擾而毅 直而溫 簡而廉 剛
　　而塞 彊而義 彰厥有常 吉哉 日宣三德 夙夜浚明有家 日嚴祗敬六德 亮采有邦
　　翕受敷施 九德咸事"에 보인다.

19) 임중(任重) : 『논어』「태백」 "曾子曰 士不可以不弘毅, 任重而道遠"에 보인다.

20) 집여자위수(執輿者爲誰) : 『논어』「미자」 "長沮、桀溺耦而耕 孔子過之 使子
　　路問津焉 長沮曰 夫執輿者爲誰 子路曰 爲孔丘 曰 是魯孔丘與曰 是也 曰 是知
　　津矣"에 보인다.

21) 『논어』「학이」 "子曰 不患人之不己知 患不知人也"에 보인다.

22) 의형(依衡) : 수레의 가로대에 기대는 것으로, 『논어』「위령공」 "子張問行
　　子曰 言忠信 行篤敬 雖蠻貊之邦行矣 言不忠信 行不篤敬 雖州里行乎哉 立則見
　　其參於前也 在輿則見其倚於衡也 夫然後行 子張書諸紳"에 보인다.

화순함이 안에 쌓여 겉에 펴나리.	積和順而外暢
참으로 그 수레에 실은 것들은	寔其車之旣載
행함에 이롭지 않음이 없네.23)	無不利於攸往
집안과 나라에 들리고 이르게 되니24)	聞于家兮達于邦
덕의 수레 느리지만 참 신속하다.	輿也不疾而速
가까운 이 모여들고 먼 이 기뻐해25)	近者來兮遠者悅
덕은 함이 없이도 바르고 밝다.	德也無爲而格昭哉
아마득히 넘치어 중국에 크니	洋溢中夏大矣
오랑캐에 베풀어짐 덕 있음이라.	施及蠻貊是有德
아름답단 이름 있어 이를 실으니	而有名美乃輿之
지난 날의 고운 자취 따를 수 있네.	能勝遡芳轍於往
우뚝하고 아득함 말로 어렵고26)	烈卓嵬蕩之難稱
삼왕은 진실된 덕 아름다워라.	嘉三王之允迪
바퀴살에 덧대고 자주 살펴서27)	員于輻而屢顧

23) 무불리유왕(無不利攸往) : 행함에 이롭지 않음이 없다는 의미로, 『주역』에 자주 보인다.

24) 문우가달우방(聞于家達于邦) : 집안에 들리고 나라에 이른다는 것인데, 『논어』「안연」 "子張問 士何如斯可謂之達矣 子曰 何哉 爾所謂達者. 子張對曰 在邦必聞 在家必聞 子曰 是聞也 非達也. 夫達也者 質直而好義 察言而觀色 慮以下人 在邦必達 在家必達 夫聞也者 色取仁而行違 居之不疑 在邦必聞, 在家必聞"에 보인다.

25) 근자래원자열(近者來遠者悅) : 『논어』「자로」 "葉公問政. 子曰 近者說 遠者來"의 문장과 바뀌었으나, 의미상 대동소이하다.

26) 난칭(難稱) : 크고 우뚝하여 무어라 이름붙일 수 없는 상태를 말하는 것으로, 『논어』「태백」 "子曰 大哉堯之爲君也 巍巍乎 唯天爲大 唯堯則之 蕩蕩乎 民無能名焉. 巍巍乎 其有成功也 煥乎 其有文章"의 내용과 유사하다.

27) 원우복이루고(員于輻而屢顧) : 『시경』 소아 「정월」 "네 보를 버리지 않고,

한 세상을 기쁘게 고무할진저.	鼓一世之欣欣
무궁한 큰 이름28) 환히 빛나니	熙無窮之鴻號
평왕(平王) 어이 수레를 동쪽 향했나.29)	奈何平轍之旣東
아아! 처음처럼 예우 않아서30)	吁嗟乎不乘權輿
덕이 부족 한데다31) 짐도 더러워.32)	德不逮而臭載
누구에게 청하여 나를 도울까?33)	孰將伯而助予
진수(陳隋)에 은혜론 비 곤궁하도다.34)	窘陳隋之陰雨

네 바퀴살에 덧대고 자주 너의 마부를 돌아보면 네 짐을 떨어뜨리지 아니
하여 끝내 험한 곳을 넘어갈 것이니, 일찍이 예상외로 수월하리라. 無棄爾
輔 員于爾輻. 屢顧爾僕 不輸爾載. 終踰絶險 曾是不意."에 보이는데, 이때 원
(員)은 더한다[益]의 의미이다.

28) 홍호(鴻號) : 큰 명성이나 아름다운 칭송을 말한다.

29) 평철(平轍) : 주나라 평왕으로 동천(東遷)을 한 이후로 왕실이 쇠미하였고
예악이 일어나지 못하였다.

30) 불승권여(不承權輿) : 저울을 만들 때에는 저울대[權]부터 만들고, 수레를
만들 때에는 수레의 판자[輿]부터 만들기 때문에 권여는 모든 일의 처음을
일컫는 것으로, 여기에서는 처음처럼 대우하지 않음을 말한다. 『시경』진
풍「권여」"아아 처음처럼 대우하지 않는구나. 于嗟乎 不承權輿"에 보인다.

31) 덕불체(德不逮) : 덕이 미치지 못하는 부족한 부분을 말하는데, 『서경』「필
명」"너 제후의 덕에 힘써 미치지 못하는 바를 여러 가지로 닦아라. 懋乃
后德 交修不逮"에 보인다.

32) 취재(臭載) : 수레에 실은 짐이 더럽다는 것으로, 『서경』「반경」"지금 형
세가 한 배를 탄 것 같은데, 너희들이 물을 건너지 못하면, 너희들의 짐이
더러워질 뿐이다. 若乘舟 汝弗濟 臭厥載."에 보인다.

33) 장백조여(將伯助予) : 『시경』소아「정월」"너의 짐을 떨어뜨리고 나서야,
백을 청하여 나를 도우라 하네. 載輸爾載 將伯助予"에 보이는데, 장(將)은
청(請)함이고, 백(伯)은 어떤 이의 자(字)이다.

34) 군음우(窘陰雨) : 은혜로운 비가 곤궁하다는 것으로, 『시경』소아「정월」
"종말을 길이 생각히 보니, 또한 음우에 곤궁하리로다. 終其永懷 又窘陰雨"
에 보인다.

한송(漢宋)에서 겨우 조금 행해지다가	僅小行於漢宋
모두 실상 저버리고 이름 힘쓰네.	胥背實而務名
티끌 속에 큰 수레를 몰고 가노니	將大車兮塵靡
이 수레 누군들 싫어하리오.	顧茲輿之誰憎
덕이 있고 없는 것은 사람 탓일뿐	德不德之在人
정지교(鄭之交)의 옛 일을 내 생각타가35)	我思古兮鄭之僑
이 말에 차례 있다 크게 말하네.	號斯言之有倫
내 수레 기름칠 해 처음 옷 입고	膏吾車兮反初服
푹 빠져 깊이 나감 바라본다네.	冀允陷而深造
아침엔 넓은 거처[仁]에서36) 노닐고	朝優遊於廣居
저녁에 큰 도 위를 떠다니면서	夕翺翔於大道
성인 경지 가리키며 기약을 삼아	指聖域而爲期
내 실은 것 떨어뜨림 없어야 하리.37)	終無輪乎我載
실제보다 과장됨은 부끄러우니	然可恥乎過情

---

35) 정지교(鄭之僑) : 정나라의 공자로 군주가 납세를 중하게 하는 것을 보고 '군주는 재화 없음을 근심하지 않고 평판이 없음을 근심하다'라 하여 군주의 마음을 바르게 했다.『좌씨전』 양공 24 "范宣子爲政 諸侯之幣重 鄭人病之 鄭伯如晉 子産寓書於子西以告宣子曰 子爲晉國 四鄰諸侯不聞令德 而聞重幣 僑也惑之 僑聞君子長國家者 非無賄之患 而無令名之難 夫諸侯之賄 聚於公室 則諸侯貳 若吾子賴之 則晉國貳 諸侯貳則晉國壞 晉國貳則子之家壞何沒沒也 將焉用賄 夫令名德之輿也 德國家之基也 有基無壞 無亦是務乎 有德則樂 樂則能久"에 보인다.

36) 광거(廣居) : 넓은 거처로, 인(仁)을 비유하여 이르는 말이다.『맹자』「등문공 하」 "居天下之廣居, 立天下之正位, 行天下之大道"에 보인다.

37) 무륜(無輪) : 짐을 떨어뜨리지 말라는 것으로,『시경』소아「정월」 "너의 짐을 떨어뜨리고 나서야, 백을 청하여 나를 도우라 하네. 載輸爾載 將伯助予"에 보인다. 이때 윤(輪) 떨어뜨림[墮]이다.

삼가 길러 때로 감춰짐을 바라네.38)　　　　　　庶遵養而時晦

덕과 법은 백성을 다스리는 도구39)
德法御民之具

백성 마음 좋고 나쁨 깊이 헤아려	揣民心之好惡
천자의 다스림의 실체 살폈지	覽元后之治體
그 누가 덕으로 마음 쓰지 않으며	孰非德而用懷
그 누가 법도로써 다스리지 않았던가?	孰非法而可制
덕과 법 두 가지를 아울러 함께 쓰면	猗二者之併用
실로 백성 다스리는 훌륭한 도구라네.	實御民之良具
옳은 임금 스승의 자리 있으면	故誼辟之宅師
반드시 이것에 먼저 힘을 쏟았다.	必於是乎先懋
온 천하 백성들 위에 임하여40)	臨率普之元元
온갖 기틀 여러 일을 어루만졌네.	撫萬機之庶務

---

38) 준양시회(遵養時晦) : 도(道)를 따라 힘을 길러서 때에 따라 모두 감추어준
다는 의미로, 『시경』 주송 「작」 "아, 훌륭한 왕의 군대이건만, 도를 따라
기르면 때와 더불어 감추었더니, 크게 밝아지자, 이에 큰 갑옷을 입으셨도
다. 於鑠王師 遵養時晦 時純熙矣 是用大介"에 보인다.

39) 공자의 제자 민자건(閔子騫)이 비(費) 땅의 읍재(邑宰)가 되어 공자에게 정
치에 대해 여쭙자 공자가 그를 위해 해준 대답이다. 『공자가어(孔子家
語)』에 보인다.

40) 솔보(率普) : 솔토보천(率土普天)으로 '넓은 하늘 아래 왕의 땅이 아닌 곳이
없고, 땅을 따라 물가가 왕의 신하가 아닌 자가 없다'란 의미로 『시경』 소
아 「북산」에는 "溥天之下 莫非王土 率土之濱 莫非王臣"로 되어 있으나 『맹
자』 「만장 상」에는 "普天之下 莫非王土 率土之濱 莫非王臣"로 되어 있다.

뭇 백성 우러러 기댐 생각하면서　　念羣生之仰賴

백성 마음 보존 힘듦 살펴야 하리[41]　　顧民嵒之難保

마땅히 닦아야 할 바에 힘쓰고　　勖在己之當修

다스림에 도 있음을 헤아려야지.　　揆制彼之有道

인자함 베풀어서 은택 베풀고　　施仁慈而澤下

항상된 법도 지켜 정사 세웠네.　　守常典而立政

너의 덕을 널리 펼쳐 베풀고　　布乃德之是博

이 법을 펼치길 공경히 했지.[42]　　陳時臬之克敬

제정할 땐 반드시 예의로 하고　　制必事以禮義

시행함은 언제나 이뤄진 법 따랐다네.　　動必遵乎成憲

처음과 끝 한결같기 기약하면서　　期終始之惟一

날로 힘써 불변의 법전을 폈네.[43]　　日邁種以敬典

은신(恩信) 넓혀 사방에 이르게 하며　　廓恩信而旁達

준칙 밝혀 천명함을 엄중히 했지.　　儼準則之昭揭

진실로 시행함에 합당케 하고　　亶施用之各當

삼가 허물 돌리어서 사납게 말라.　　敬回愆而罔厲

---

41) 민암(民嵒) : 백성의 마음이 일정하지 못하여 험하다는 것으로, 백성이 비록 천미하지만 두려워할 만하다는 말이다. 『서경』「소고」 "왕은 감히 뒤로 미룰 수 없습니다. 백성들의 험한 것을 돌아보고 두려워하십시오. 王不敢後用顧畏于民嵒"에 보인다.

42) 진시얼(陳時臬) : 『서경』「강고」 "그 밖의 일에 있어 너는 이 근본적인 법만을 진술하라. 外事 汝陳時臬"에 보이는데, 이때 시(時)는 시(是)이고 얼(臬)은 법(法)을 의미한다.

43) 매종(邁種) : 행하여 펼친다는 의미로, 『서경』「대우모」에 "고요가 힘써 세상에 덕을 펴 덕이 이에 내려가니 일반 백성이 그를 마음에 두고 있습니다. 皐陶邁種德 德乃降 黎民懷之"라 했다.

'불변의 이치요 가르침이다'44) 한 것은	曰是彝以是訓
그 표준에 모이고 귀의(歸依)하길 바래서라.45)	要會極以歸極
진실로 덕 성대해 법이 밝다면	固德盛而法明
누군들 덕을 보고 따르지 않겠는가?	疇觀德而不率
두려워 복종하여 덕을 마음에 두게 하면	紛畏服以敬懷
백성 마음 정해져서 일어나리라.	翕衆志之有定
자신의 선한 가르침 듣게 되면은	擧自我之善敎
감히 이를 어기고서 정사(政事)에서 구하리오.	敢越厥而干政
원근을 따지잖코 모두 교화되리니	無遠邇之咸化
사방 모두 성대하게 바람에 움직이리.46)	藹風動乎四境
이것이 덕과 법의 실제적인 보람이니	兹德法之實效
누가 이를 버리고서 능히 다스리리오?	孰捨是而能御
하지만 본말(本末)에는 구분이 있거니와	然本末之有分
어찌하여 선후의 차례가 없겠는가?	豈先後之無序
혹시라도 덕 외면해 법만을 일삼으면	倘外德而徒法

---

44) 시이시훈(是彝是訓) : 『서경』「홍범」 "황극을 표현한 말은 천하의 불변의 이치고 가르침이니, 상제의 가르침이다. 皇極之敷言 是彝是訓 于帝其訓"에 보인다.

45) 회극귀극(會極歸極) : 표준에 모이고 표준으로 귀의한다는 것인데 이때 극 (極)은 표준, 모델을 말한다. 『서경』「홍범」 "치우치거나 공정하지 않음이 없으면 왕도가 탕탕하게 되고, 공정하지 않거나 치우침이 없으면 왕도가 평평하게 된다. 상도를 어기거나 기울어짐이 없으며 왕도는 정직하게 되어, 천하 사람이 그 표준에 모일 것이고, 그 표준으로 귀의할 것이다. 無偏無黨 王道蕩蕩 無黨無偏 王道平平 無反無側 王道正直 會其有極 歸其有極"에 보인다.

46) 풍동(風動) : 바람에 따라 움직인다는 것으로, 『논어』「안연』의 "君子之德風 小人之德草 草上之風 必偃"에서 연유한 것이다.

정사는 문란해져 백성들 동요하리.　　　　嗟政紊而民擾

마땅히 예의로써 잘 인도하여서　　　　　當善導以禮義

또 이를 제재하여 가르침을 세워야 하리.　又制之而立教

그 옛날 요순은 중정(中正)의 도(道) 잡아서[47]　昔二帝之執中

"능히 덕에 밝아 모든 업공 빛났고,[48]　　謂克明以咸熙

백성이 변화하여 화합하게 되었으며[49]　懿於變以時雍

스스로 유사(有司)를 범함 없게 되었다" 하니,[50]　自不犯乎有司

아름답다! 삼대의 선한 다스림이여　　　美三代之善御

또한 덕을 체득하여 법도를 썼도다.　　亦體德而用法

백성 서로 마음 두고 두려워하여　　　民胥懷而胥畏

모두 남을 따라서[51] 도덕이 길하게 되었네.[52]　罄從人以迪吉

---

47) 집중(執中) : 중정의 도를 잡는 것을 말한다.『서경』「대우모」"인심은 위태롭고 도심은 은미하니 정밀하게 살피고 오직 도만을 향해야만 진실로 중정의 도를 잡을 수 있다. 人心惟危 道心惟微 惟精惟一 允執厥中"에 보인다.

48) 함희(咸熙) : 모두 빛난다는 것으로,『서경』「요전」"진실로 백관이 해야 할 일을 다스려 (백관이 해야 할) 모든 업공이 다 빛나게 하라. 允釐百工 庶績咸熙"에 보인다.

49) 어변시옹(於變時雍) :『서경』「요전」"백성들이 (타고난 바의 본성에) 밝아져 만방이 화합하였다. 이에 모든 백성이 변화하여 화합하게 되었다. 百姓昭明 協和萬邦 黎民於變時雍"에 보이는데, 이때 시(時)는 시(是)의 의미이다.

50) 불범호유사(不犯乎有司) :『서경』「대우모」"호생의 덕이 백성의 마음에 젖어 들어, 유사를 범하는 것이 없게 되었습니다. 好生之德 洽于民心 茲用不犯于有司"에 보인다.

51) 종인(從人) : 자신을 버리고 남을 따르는 것인데,『서경』「대우모」"여러 사람에게 상고하여 자신을 버리고 남을 따르며 무고한 자를 학대하지 않으며 곤궁한 자를 폐하지 않는 것은 오직 요만이 그것에 능하였다. 稽于衆 舍己從人 不虐無告 不廢困窮 惟帝時克"에 보인다.

덕은 사해(四海) 모두 숭앙하는 것이고	德四海之咸仰
법은 만고에 본보기가 되나니.	法萬古而作式
아! 명당(明堂)은 이미 훼손되었고	喟明堂之旣毁
세도는 어지럽고 날로 쇠퇴해지네.	紛世道之日替
덕은 점차 사그라져 없어지는데	德漸衰以漸亡
법은 넘쳐 폐단만 커져가누나.	法愈滋以愈弊
법도의 엄격하고 각박함이 애통하고	痛衡石之嚴刻
청묘법(靑苗法)53)의 변란은 개탄스럽다.	慨靑苗之變亂
멋대로 덕을 없애 위엄만을 세우나니	肆滅德而作威
이 어찌 치도(治道)라고 말할 수 있겠는가?54)	詎治道之足算
요행히 천에 하나 황하 맑아지려면	幸河淸乎千一
임금이55) 현명하고 어질어야 하리라.56)	偉當宁之明良
진실로 선왕이 이룬 덕에 부합하고57)	旣允協于成德

---

52) 적길(迪吉) : 도덕이 길하게 됨을 말하는데, 『서경』「대우모」 "도를 따르면 길하고 도에 역하는 것을 따르면 흉하니, 그림자와 메아리같이 틀림없다. 惠迪吉 從逆凶 惟影響"에 보인다. 이때 적(迪)은 도(道)를 가리킨다.

53) 청묘(靑苗) : 곡식의 푸른 싹을 말하는 것으로, 중국 송(宋)나라 왕안석이 신법(新法)의 하나로 청묘법(靑苗法)을 세웠다. 국고의 부족함을 보충하기 위해 싹이 파랄 때에 관에서 돈을 빌려주고 추수한 다음에 2부의 이자를 붙여 거두어들이는 제도이다.

54) 족산(足算) : 생각하기에 충분하다는 의미인데, 『논어』「자한」 "子曰 噫 斗筲之人 何足算也"에 보인다.

55) 당저(當宁) : 문과 병풍 사이를 말하는 것으로 고대에는 천자가 이곳에 거처하였기에 전하여 황제를 일컫는다.

56) 명량(明良) : 본래 임금이 현명하고 신하가 어진 것을 말한다. 『서경』「익직」 "임금이 분명하고 신하가 어질면 모든 일이 편안해진다. 元首明哉 股肱良哉 庶事康哉"에 보인다.

57) 윤협우성덕(允協于成德) : 『상서』「열명」 "왕이 믿어 어렵게 여기지 않으면,

옛 법도를 말미암아 따라야 하리.	亦率由乎舊章
풍성(風聲)과 교화(敎化)에 젖어듦이 성대하고	藹聲敎之洽著
법과 형벌 밝히 베풂 엄정히 하면,	儼典刑之昭垂
백성은 덕의 교화 덩실 춤을 출 터이니58)	民蹈舞於德化
그 누가 떳떳찮음 지나치게 하겠는가?59)	孰淫用乎匪彝
하지만 덕과 법이 길이 이어지는 것은	然德法之永休
유사(有司)의 올바른 다스림에 달려있다.	在有司之善釐
진실로 벼슬아치 마땅한 이 아니라면	苟在官之非人
어찌 펼쳐 베풂 마땅함을 얻겠는가?	奚設施之得宜
원컨대 성상(聖上)께선 이를 유념하시어서	願聖上之念玆
어질고 바른 이 뽑아 관직에 명하소서.	簡賢正以命宅
가을 위엄 본받아서 법으로 결단하고	象秋威而斷法
봄날 화창함 체득하여 덕으로 베푸소서.	體春和以宣德
해동(海東)에서 요순을 스승 삼아서	耆唐虞於海東
민생을 실로 길이 번창하게 하소서.	永民生之允殖

진실로 선왕이 이룬 덕에 부합될 것이니, 내가 말하지 않음이 있다면, 허물을 있을 것입니다. 王忱不艱 允協于先王成德 惟說不言 有厥咎"에 보인다.

58) 도무(蹈舞) : 족지도지(足之蹈之) 수지무지(手之舞之)를 말한다. 『맹자』「이루 하」 "孟子曰 仁之實 事親是也 義之實 從兄是也 智之實 知斯二者弗去是也 禮之實 節文斯二者是也 樂之實 樂斯二者 樂則生矣 生則惡可已 惡可已也 則不知足之蹈之 手之舞之"에 보인다.

59) 음용호비이(淫用乎匪彝) : 『서경』「소고」 "왕은 소민들이 떳떳하지 못한 것을 지나치게 한 것을 가지고 다 죽여 없애는 것으로 다스리려 하지 마소서. 其惟王 勿以小民 淫用非彝 亦敢殄戮用乂"에 보인다.

거듭 말하노니	重曰
하늘이 백성 냄에 욕심 있나니[60]	民生有欲
오직 임금만이 그 자리에 군림하네.	惟后統莅
덕으로 백성 마음 감화시키고	以德感心
법으로 백성 뜻을 정해야 하리.	以法定志
덕이 마땅히 체(體)가 된다면	德當爲體
법은 용(用)이 되어야 마땅하리라.	法當爲用
둘 중에 하나만 폐하여져도	或廢其一
능히 백성을 다스릴 수 없으리.	莫能御衆
삼가라! 영토를 가진 이들은[61]	敬哉有土
덕과 법을 아울러 다해야 하리.	在當兼盡
덕으로써 법을 시행해야만	以德行法
분명하여 진실로 믿게 되리라.[62]	惟明克允

---

60) 민생유욕(民生有欲) : 백성이 태어남에는 이목구비와 좋아하고 미워하는 욕
망이 있다는 말로, 『서경』 「중훼지고」 "하늘이 백성을 내는 데 욕심이 있
는데 임금이 없으면 혼란해진다. 하늘이 총명한 덕을 가진 사람을 내어서
이로 백성을 다스리게 하였다. 惟天生民有欲 無主乃亂 惟天生聰明 時乂"에
보인다.

61) 유토(有土) : 자신의 영토를 가지고 있는 모든 제후들을 말한다. 『서경』 「고
요모」 "군주가 총명함은 백성의 총명으로부터이고, 군주의 밝고 두려운 것
은 백성의 밝고 두려움으로부터이다. 아래위가 통하니, 땅 가진 모든 자들
이여, 삼가라. 天聰明 自我民聰明 天明畏 自我民明威 達于上下 敬哉有土"에
보인다.

62) 유명극명(惟明克允) : 법의 집행이 분명해야만 백성들이 이를 믿게 된다는
것으로, 『서경』 「순전」 "(재판이) 분명해야만 (백성에게) 믿음을 받을 수 있
다. 惟明克允"에 보인다.

오곡은 종자 중에 훌륭한 것(63)
五穀種之美

저 조화의 공은 복잡다단 하여서	伊造化之多端
온갖 씨앗 번식함은 무성도 하다.	藹庶種之繁殖
어지러이 싹을 틔워 열매 맺으니	紛以苗而以實
백성들 먹거리에 보탬이 된다.	咸有賴於民食
하지만 정미하고 거친 차이 있나니	然精糲之有殊
오곡의 씨앗이 어여쁨만 못하도다.	莫五穀之種美
좋은 씨앗 처음으로 하늘 내리니(64)	倣嘉種之誕降
성생(成生)의 화기(和氣)가 모여들었지.	鍾成生之和氣
씨앗 담궈 싹 틔워서 심어 두고선(65)	旣方苞於樹藝
김매고 북돋아 생기 있게 자라났네.	實函活於耘耔
비의 은택 힘입어서 이삭이 패이더니	資雨澤而滋穧
서리 이슬 적시어서 이삭이 영근다네.	洽霜露而登穗
백성들 베어내어 거두어 들여서는(66)	民是刈而是獲

---

63) 오곡종지미(五穀種之美) : 『맹자』「고자 상」 "孟子曰 五穀者 種之美者也 苟爲
不熟 不如荑稗 夫仁亦在乎熟之而已矣"에 보인다.

64) 가종탄강(嘉種誕降) : 『시경』 대아「생민」 "誕后稷之穡 有相之道 茀厥豐草
鍾之黃茂 實方實苞 實種實褎 實發實秀 實堅實好 實穎實栗 卽有邰家室 誕降嘉
種 維秬維秠 維穈維芑 恒之秬秠 是穫是畝 恒之穈芑 是任是負 以歸肇祀 誕我
祀如何 或舂或揄 或簸或蹂 釋之叟叟 烝之浮浮 載謀載惟 取蕭祭脂 取羝以軷
載燔載烈 以興嗣歲 卬盛于豆 于豆于登 其香始升 上帝居歆 胡臭亶時 后稷肇祀
庶無罪悔 以迄于今"에 보인다. 본문의 시구는 「생민」시에서 많은 부분 인
용하였다.

65) 방포(方苞) : 각주 64번에 보이는데, 방(方)은 방(房)이고, 포(苞)는 껍질이
아직 터지지 않은 것으로 이는 씨앗을 물에 담근 것을 말한다.

기쁘게 방아 찧고 절구에서 퍼낸다네.[67] 羌或舂而或揄

기색(氣色)도 따스하고 깨끗함 어여쁜데 美氣色之溫潔

그 맛도 향기롭고 윤기가 흐르누나. 而厭味之香腴

백성의 아침저녁 밥거리로 꼭 맞으니 適饔飧於民腹

진실로 양생하는 크나 큰 보배로다. 固養生之大寶

또 길일 택하여서 술과 밥을 마련해[68] 又吉蠲而爲糦

공손히 선조께 효성스레 제향한다. 恭孝享於祖考

이 오곡은 곡식 중에 지극한 보배이니 玆穀中之至寶

어떤 다른 종자를 여기에 견주리오. 孰他種之與比

아! 이 다섯을 보배로 삼는 것은 噫五者之爲寶

진실로 열매 맺어 여물기[69] 때문일세. 諒實栗之所致

혹시나 사람의 힘 이르지 못하여서 倘人力之未至

황무지에 뿌려져서 익지 못하게 하면, 俾荒穢而靡熟

비록 좋은 종자래도 어디에 쓸 것인가 雖美種以何用

도리어 피만도 못하게 될 것일세.[70] 反荑稗之不若

---

66) 시예시획(是刈是穫) : 베고 거두어들인다는 것으로, 시예(是刈)는 『시경』 국풍 「갈담」 "是刈是濩"에서, 시획(是穫)은 『시경』 대아 「생민」(각주 64번 참조)에서 각각 취한 것이다.

67) 혹용혹유(或舂或揄) : 방아 찧고 절구에서 퍼낸다는 말이다(각주 64번 참조).

68) 길견위치(吉蠲爲糦) : 길(吉)은 좋은 날을 택하는 것이고, 견(蠲)은 제계하고 씻기를 청결히 하는 것이며, 치(糦)는 술과 밥으로, 『시경』 소아 「천보」 "吉蠲爲饎 是用孝享"에 보인다.

69) 실률(實栗) : 이미 성숙한 것을 거둠에 그 열매가 모두 단단하여 쭉정이가 없는 상태이다(각주 64번 참조).

70) 제패(荑稗) : 『맹자』 「고자 상」 "孟子曰 五穀者 種之美者也 苟爲不熟 不如荑稗 夫仁亦在乎熟之而已矣"에 보인다.

참으로 그 맛은 얻기가 쉽잖으니,	寔厥味之難得
다스리는 공력이 어떤가에 달렸다네.	在治功之何如
차분히 이 이치를 묵묵히 깨달아서	潛斯理以默諭
제 몸에 돌이켜서 구해야 하리.	反吾身以求諸
오직 인(仁)의 도는 지극히 크거니와	惟仁道之至大
또한 단전의 좋은 곡식 된다네.	亦丹田之美穀
이 인(仁)의 좋은 뿌리 제대로 심어두고	植此仁之善根
유연히 아름답게 새싹을 틔워 내어,	暢悠然之美蘗
흙을 넓고 두텁게 북돋워 주고나서	培信土之博厚
지혜의 샘 넘쳐나게 물길을 대어주면,	灌智水之沃潑
일원(一元)의 낳고 기름 드넓어 져서	博一元之生養
온갖 선이 다다르는71) 근간이 될 것일세.	幹萬善之條達
마침내 어버이 섬김 열매로 삼아72)	竟事親以爲實
자신에게 쓰고서 남에까지 미친다면,	用己及於長物
이는 온갖 선의 뿌리가 될 것이니	斯衆善之根荄
한 마음의 온전한 덕 위대도 하다.	偉一心之全德
하지만 격물치지(格物致知) 연유함이 있나니	然格致之有由
실로 깊이 익혀서 스스로 얻음일세.	諒純熟以自得
만약에 그 근본이 서지 않는다면	苟厥本之不立
또한 조장(助長)하는 해로움에 이를지라.73)	又底害於助揠

---

71) 조달(條達) : 나뭇가지가 자라는 것같이 사방으로 퍼져 통한 것을 말한다.
72) 사친이위실(思親以爲實) : 『맹자』「이루 하」 "孟子曰 仁之實 事親是也 義之實 從兄是也 智之實 知斯二者弗去是也 禮之實 節文斯二者是也 樂之實 樂斯二者 樂則生矣 生則惡可已 惡可已也 則不知足之蹈之 手之舞之"에 보인다.
73) 조알(助揠) : 싹이 자라기를 조장하여 뽑아 올리는 것으로, 『맹자』「공손추

결실 맺지 못하는 재앙을 개탄하니	慨無實之不祥
비록 실로 곱다 한들 무슨 보탬 있으리오.	雖信美而何益
하물며 인(仁)의 지극한 공 베풀어서	肆爲仁之極功
힘입어 잘 기르면 성취함이 있으리라.	賴善養以有成
아름답다 군자가 근본에 힘씀이여74)	懿君子之務本
그 예를 정밀히 해 도타이 행하누나.	純其藝以篤行
몸소 힘써 농사 지어 가을에 추수하니	躬力稼而有秋
인(仁)의 덕이 이 내 몸을 윤택하게 하리라.	富仁德之潤身
어찌 저 사람은 농사일에 게을러	何彼哉之惰農
그 밭을 버려두고 김을 매지 않는가?	舍其田而不耘
아! 선의 싹이 없어져 버렸으니75)	喟善萌之牿亡
하물며 열매 맺기 바랄 수 있으리오?	矧成實之可冀
이에 있어 곡식이 여물지 않는다면	玆乃穀之不熟
강아지 풀과 다를 것이 하나도 없네.	與稂莠而不異
나는 본시 어짊을 좋아하여	曰余質之好仁
마음으로 아름다운 곡식을 아끼노라.	愛美穀於方寸
밤기운의 윤기로움 흠씬 적셔주고	滋夜氣之淸潤

상」 "宋人有閔其苗之不長而揠之者 芒芒然歸 謂其人曰 今日病矣 予助苗長矣 其子趨而往視之 苗則槁矣 天下之不助苗長者寡矣 以爲無益而舍之者 不耘苗者也 助之長者 揠苗者也 非徒無益 而又害之"에 보인다.

74) 무본(務本) : 근본에 힘쓴다는 의미로, 효제에 힘쓰는 것을 말하다. 『논어』「학이」 "有子曰 其爲人也孝弟, 而好犯上者 鮮矣 不好犯上 而好作亂者 未之有也 君子務本 本立而道生 孝弟也者 其爲仁之本與"에 보인다.

75) 곡망(牿亡) : 어지럽게 하여 없애버린다는 것으로, 『맹자』「고자 상」 "其日夜之所息 平旦之氣 其好惡與人相近也者幾希 則其旦晝之所爲 有牿亡之矣"에 보인다.

낮에는 그 뿌리를 북돋워 길러주네.　　　　日涵養其根本
꽃과 열매 저리도 무성히 자랐으니　　　　冀華實之茂密
머지 않아 장차 쓰게 되기를 바라노라.　　庶日至乎將用
처음엔 효제(孝悌)에서 실마리를 열고서　　初開端於孝悌
또한 넓게 베풀어 백성을 구제하리.76)　　又博施而濟衆
그러나 잠시라도 소홀히 한다하면　　　　然少頃之或忽
나의 밭은 잡초로 무성하게 뒤덮이리.　　致我田之蕪穢
좋은 곡식 열매 맺지 못할까 염려하여　　恐美種之不實
애오라지 잠(箴)을 지어 스스로를 경계하네.　聊作箴而自戒

잠(箴)에 말하기를,　　　　　　箴曰
온갖 씨앗 꽃 가운데　　　　　百種之華
오곡 가장 아름답네.　　　　　五穀之美
모든 선의 으뜸에는　　　　　衆善之長
인(仁)이 가장 존귀하다.　　　惟仁最貴
오곡도 안 익으면　　　　　　穀之不熟
어여뻐도 예쁘잖코　　　　　美者不美
인(仁)이 익지 아니하면　　　仁之不熟
귀한 자도 천하다네.　　　　貴者不貴
정조(精粗) 비록 다르지만　　精粗雖間

---

76) 박시제중(博施濟衆) : 은혜를 널리 베풀고 많은 사람을 구제한다는 의미인
데, 『논어』「옹야」 "子貢曰 如有博施於民而能濟衆 何如 可謂仁乎 子曰 何事
於仁 必也聖乎 堯舜其猶病諸 夫仁者 己欲立而立人 己欲達而達人 能近取譬 可
謂仁之方也已"에 보인다.

그 이치는 하나라네.	理無不同
선인 교훈 본받아서	式遵前訓
어찌 삼가 안 따르랴.	曷不篤恭

부귀(富貴)는 하늘에 달려있다[77]
富貴在天

상제께서 백성 살핌[78] 몹시 환하여	赫帝監之孔昭
이에 널리 인간 세상 명을 펴셨네.	誕敷命於下土
잡아 행한[79] 선과 악의 행동에 따라	隨秉爲之臧否
재앙 주고 신이 돕는 차이 생기네.	異降殃與神佑
부귀는 하늘 달림 진작 깨달아	悟富貴之在天
선현의 바른 말씀 느껴야 하리.	感前修之格說
진실로 얼굴 꾸밈 안될 말인데	諒不可乎容爲
구차히 얻기를 사람들은 왜 꾀하나?	豈人謀之苟得
아! 부귀가 세상에 빛남이여	猗二者之輝世
실로 모든 사람들 다들 좋아 하누나.	固衆情之咸利

---

77) 부귀재천(富貴在天) : 『논어』 「안연」 "死生有命, 富貴在天"에 보인다.
78) 제감(帝監) : 상제가 백성을 살피는 것으로, 『서경』 「여형」 "상제가 백성을 살펴보니, 향기로운 덕은 있지 않고 형벌로 들어나 들리는 것은 더러운 것 뿐이었다. 上帝監民 罔有馨香德 刑發聞 惟腥"에 보인다.
79) 병위(秉爲) : 백성이 작심하고 행동하는 것을 말하는데, 『서경』 「다사」 "상제가 천명을 주지 않은 것은 우리 하민들이 작심하고 행하는 것이 선하지 않기 때문이다. 惟帝不畀 惟我下民 秉爲"에 보인다.

크게는 사해와 제후의 나라요　　　　　　　大四海與侯國

작게는 후한 녹과 천승의 수레라네.　　　　小萬鍾及千駟

명예 지위 높고 귀함 보기도 좋커니와　　　儼名位之尊顯

하사받은 봉토는 무겁고도 후하도다.　　　而爵土之重厚

백성들 우러보며 삼가 예를 표하고　　　　聳觀瞻於衆望

화려한 그 명성은 우주에 드날리네.　　　　華聞譽於宇宙

일을 했다 하면 이루지 못함 없어　　　　　事無求而不就

진실로 넉넉하여 여유가 넘쳐나네.80)　　　誠綽綽乎有裕

이쯤 되면 부유하고 또 귀한 것이니　　　　斯旣富而且貴

그 누군들 이에 이름 뜻 두지 않으리오.　　孰不志乎致此

하지만 천명 나뉨 이미 정해졌나니　　　　然分命之已定

요행으로 어이 얻고 함부로 취하리오.　　　詎倖得而冒取

다만 자신의 극기수신(克己修身) 달렸으니　但在己之克修

부귀는 이와 함께 절로 옴을 알겠네.　　　信彼與之自至

혹 처음엔 가난해도 나중엔 부자 되고　　　或前貧而後富

예전에 천했는데 지금은 귀함 있네.　　　　有昔賤而今貴

이렇게 되는 까닭 끝내 알지 못함은　　　　羌不知其使然

진실로 위 사람들 때문이라 할 수 있네.81)　亮在上之攸致

순임금은 그림 옷에 거문고를 연주하며　　被袗衣而鼓琴

---

80) 작작호유유(綽綽乎有裕) : 넉넉하고 여유가 넘치는 모양으로,『맹자』「공손
　　추 하」"吾聞之也 有官守者 不得其職則去 有言責者 不得其言則去 我無官守
　　我無言責也 則吾進退 豈不綽綽然有餘裕哉"에 보인다.
81) 백성들도 모두 부귀에 이르고자 하지만 극기와 수신을 통해 얻어질 수 있
　　다는 것을 백성의 위 자리에 있는 사람들이 몸소 보여주지 않아서 그리
　　되었다는 의미다.

스스로는 마른 밥과 채소를 드셨다네.[82]　　　　自飯糗而茹草

탕임금은 이윤을 신(莘) 땅으로 세 번 찾아[83]　　　　三湯聘於莘耕

만민의 스승으로[84] 자리를 내주었지.　　　　　　位垂師之師保

이 어찌 마음에 꾀함 있어 그랬으리　　　　　　此豈有心圖爲

의도하지 않았는데 절로 그리 된 것이라.　　　　莫之致而自然

아! 성철(聖哲)은 하늘 명을 미리 알아　　　　　懿聖哲之知命

시종일관 하늘 뜻에 귀를 기울였도다.　　　　　惟終始乎聽天

이익을 도모함에 급급하지 않았고　　　　　　　無汲汲於謀利

---

82) 이 구절은 『맹자』「진심 하」 "孟子曰 舜之飯糗茹草 也 若將終身焉 及其爲天
子也 被袗衣 鼓琴 二女果 若固有之"에 보인다. 순임금은 마른 밥을 먹고 채
소를 먹을 때에도 그대로 종신할 듯 하더니, 천자가 되어서도 그림 옷을
입고 거문고를 타시며 두 여자가 모시는 것을 원래 그리했던 것처럼 여겼
다.

83) 삼탕빙어신경(三湯聘於莘耕) : 탕임금이 신땅에서 밭갈이하는 이윤을 세 번
이나 찾아갔다. 마침내 이윤은 탕임금을 도와 하(夏)나라를 정벌하고 백성
을 구제하였다는 것으로, 『맹자』「만장 상」 "萬章問曰 人有言 伊尹以割烹要
湯 有諸 孟子曰 否 不然 伊尹耕於有莘之野 而樂堯舜之道焉 非其義也 非其道也
祿之以天下 弗顧也 繫馬千駟 弗視也 非其義也 非其道也 一介不以與人 一介不
以取諸人 使人以幣聘之 囂囂然曰 我何以湯之聘幣爲哉 我豈若處畎畝之中 由是
以樂堯舜之道哉 湯三使往聘之 旣而幡然改曰 與我處畎畝之中 由是以樂堯舜之
道 吾豈若使是君爲堯舜之君哉 吾豈若使是民爲堯舜之民哉 吾豈若於吾身親見之
哉 天之生此民也 使先知覺後知 使先覺覺後覺也 予天民之先覺者也 予將以斯道
覺斯民也 非予覺之 而誰也 思天下之民匹夫匹婦有不被堯舜之澤者 若己推而內之
溝中 其自任以天下之重如此 故就湯而說之以伐夏救民 吾未聞枉己而正人者也 況
辱己以正天下者乎 聖人之行不同也 或遠或近 或去或不去 歸潔其身而已矣 吾聞
其以堯舜之道要湯 未聞以割烹也 伊訓曰 天誅造攻自牧宮 朕載自亳"에 자세한
내용이 보인다.

84) 사보(師保) : 만민의 스승을 의미하는데 여기에서는 이윤(伊尹)을 지칭한다.
『서경』「태갑」 "旣往 背師保之訓"에도 보인다.

가난을 지키느라 근심치도 않았다네. 不戚戚於守貧
공자는 위경(衛卿)으로 명을 말해 주었고[85] 孔言命於衛卿
맹자는 제인에게 부끄러움 일깨웠지.[86] 孟譬羞於齊人
채찍을 잡는대도 구할 수가 없나니[87] 不可求於執鞭
어찌 조맹에게[88] 구멍 뚫게 하겠는가?[89] 寧鑽穴乎趙孟
어이하여 저들은 이다지도 미혹하게 何彼哉之惑惑
매양 지혜 팔아 요행을 바라는가? 每售智而徼倖

---

85) 위경(衛卿) : 위나라의 경으로, 공자는 예의로써 진퇴할 뿐이지 얻고 얻지
   못하는 것은 천명에 달려 있기에 '위경'도 천명이라고 한 부분이다. 『맹자』
   「만장 상」 "彌子謂子路曰 孔子主我 衛卿可得也 子路以告 孔子曰 有命 孔子進
   以禮 退以義 得之不得曰 有命"에 자세한 내용이 보인다.

86) 수어제인(羞於齊人) : 맹자가 부귀영화를 바라는 사람들의 욕망을 제나라
   사람을 비유로 들어 말한 것으로, 『맹자』「이루 하」 "齊人有一妻一妾而處室
   者 其良人出 則必饜酒肉而後反 其妻問所與飲食者 則盡富貴也 其妻告其妾曰
   良人出 則必饜酒肉而後反 問其與飲食者 盡富貴也 而未嘗有顯者來 吾將瞷良人
   之所之也 蚤起 施從良人之所之 徧國中無與立談者 卒之東郭墦間 之祭者 乞其
   餘 不足, 又顧而之他 此其爲饜足之道也 其妻歸 告其妾曰 良人者 所仰望而終身
   也 今若此 與其妾訕其良人 而相泣於中庭 而良人未之知也 施施從外來 驕其妻
   妾 由君子觀之 則人之所以求富貴利達者 其妻妾 不羞也 而不相泣者 幾希矣"에
   자세한 내용이 보인다.

87) 집편(執鞭) : 공자가 부유함을 구할 수만 있다면 채찍이라도 잡겠다고 말한
   것으로, 『논어』「술이」 "子曰 富而可求也 雖執鞭之士 吾亦爲之 如不可求 從
   吾所好"에 보인다.

88) 조맹(趙孟) : 진(晉)나라의 경으로 세력이 막강하여 다른 사람의 귀함을 좌
   지우지할 수 있었다. 『맹자』「고자 상」 "欲貴者 人之同心也 人人有貴於己者
   弗思耳. 人之所貴者 非良貴也 趙孟之所貴 趙孟能賤之"에 보인다.

89) 찬혈(鑽穴) : 본래 담장에 구멍을 뚫는 것인데, 사사롭게 함을 의미한다.
   『맹자』「등문공 하」 "丈夫生而願爲之有室 女子生而願爲之有家 父母之心 人皆
   有之 不待父母之命 媒妁之言 鑽穴隙相窺 踰牆相從 則父母國人皆賤之 古之人
   未嘗不欲仕也 又惡不由其道 不由其道而往者 與鑽穴隙之類也"에 보인다.

파리떼와 개떼 마냥90) 어지러이 붙좇으며	紛蠅營而狗苟
편안히 지내면서 천명 기다리잖네.	罔居易而俟命
계자(季子)가 황금 많음 그것을 사모하고91)	慕季子之金多
풍환(馮驩)이 칼자루 침92) 위로를 하는도다.	勞馮生之彈鋏
부귀가 하늘 달림 모르기 때문이니	是自昧夫在天
이익 찾는 마음만 가득함을 슬퍼하네.	哀利心之充塞
여기 하늘가에 어떤 사람 다시 있어	若有人兮天涯
여러 해를 강호에 묻히어 지내었지.	處江湖其幾年
자연에 순응하여 편안하게 살면서	順自然而晏如
선현의 높은 자취 우러러 사모하네.	仰高躅於前賢
뒤주가 자주 비어도 즐거움 고치잖코93)	樂不改乎屢空
제문(齊門)에서 즐거이 거문고를 타는구나.94)	肯操瑟乎齊門

---

90) 승영구구(蠅營狗苟) : 파리가 분주히 이리저리 날아다니듯이 사소한 이익을
얻으려고 악착같이 노력하는 것과 개가 먹을 것을 찾아 헤매듯이 이익을
좇아 조금도 부끄러움을 모르는 것을 말한다.

91) 계자(季子) : 『논어』에 보이는 계씨(季氏)를 말하는데, 계씨는 주공보다 부
유하였다고 한다. 『논어』 「선진」 "季氏富於周公 而求也爲之聚斂而附益之"에
보인다.

92) 풍생(馮生) : 풍환(馮驩)으로 중국 전국 시대 제나라 사람이다. 맹상군의 문
객이었는데 자신을 알아주지 않자 칼자루를 치면서 노래를 불러 한탄하였
고 이를 들은 맹상군이 그의 요구를 들어주게 되었다는 내용이다. 풍환이
칼자루를 쳤다는 고사는 자신의 재능을 알아주지 않는 주군이나 상관에게
자신을 알아달라는 것과 자신의 영달을 구한다는 비유로 자주 사용되었다.
『전국책·제책 4』에 보인다.

93) 불개호루공(不改乎屢空) : 공자의 제자 안회는 뒤주가 자주 비어도 자신의
즐거워하는 바를 바꾸지 않았다는 고사에서 나온 것이다. 『논어』 「옹야」
"子曰 賢哉 回也 一簞食 一瓢飮 在陋巷 人不堪其憂 回也不改其樂 賢哉 回也"
에 보인다.

저 옳지 않은 부귀는 　　　　　　　　　彼不義之富貴

나에겐 뜬 구름 허망할 뿐이라네.95) 　　其於我乎浮雲

잇대어 말하기를, 　　　　　　　　　　係曰

부유함은 못 구하니 　　　　　　　　　富不可求

내 또 어이 구하리오. 　　　　　　　　吾又何求

귀함도 못 꾀하니 　　　　　　　　　　貴不可謀

내 또 어이 꾀하리오. 　　　　　　　　吾又何謀

못 구하고 못 꾀하니 　　　　　　　　不求不謀

하늘 뜻에 따르리. 　　　　　　　　　順天所爲

가난은 근심거리 못되고 　　　　　　貧不足憂

천함도 슬퍼할 것 아닐세. 　　　　　賤不足悲

고요히 텅빈 마음 　　　　　　　　　澹然虛室

광풍제월(光風霽月)96) 꼭 같아라. 　　風光月霽

---

94) 조슬호제문(操瑟乎齊門) : 제문(齊門)에서 거문고를 탄다는 것은 자신이 좋
아하는 바를 할 뿐이지 복록을 위해 그 즐거움을 바꾸지 않는다는 의미이
다. 한유(韓愈)의 『唐宋八代家文抄』「荅陳商書」 “愈白辱惠書語高而旨深 三四
讀 尙不能通曉 茫然增愧赧 又不以其淺弊 無過人知識且喻以所守幸甚 愈敢不吐
情實 然自識其不足補吾子所須也 齊王好竽 有求仕於齊者 操瑟而往立王之門 三
年不得入 叱曰吾瑟鼓之能使鬼神上下 吾鼓瑟合軒轅氏之律呂 客罵之曰王好竽
而子鼓瑟 瑟雖工如 王不好 何是所謂工於瑟而不工於求齊也 今擧進士於此世 求
祿利 行道於此世 而爲文必使一世人不好得 無與操瑟立齊門者比歟 文雖工 不利
於求 求不得則怨且怨 不知君子必爾爲不也 故區區之心每有來訪者 皆有意於不
肖者也 畧不辭讓遂盡言之 惟吾子諒察”에 보인다.

95) 이 두 구절은 『논어』「술이」 “子曰 飯疏食飮水 曲肱而枕之 樂亦在其中矣 不
義而富且貴 於我如浮雲”에 보인다.

96) 광풍제월(風光月霽) : 비 개인 후의 밝은 하늘과 맑고 깨끗한 청신함을 말

| 내 누굴 믿겠는가? | 吾誰恃乎 |
| 오직 상제 뿐이로다. | 有皇上帝 |

효도와 공경[97]
孝悌

천지 중에 사람만이 명을 받고 태어나니	惟人生受天地之中
타고난 성(性) 누구나 선하지 않음 없다.	莫不有本然之善性
여기에 사덕(四德)과 오상(五常)을 지녀 있어	亦四德五常
아! 온갖 행실 두터이 차례 짓네.	猗歟惇叙乎百行
양지(良知)와 양능(良能)이[98] 발현되는 것은	伊良知良能之發見
효제(孝悌)가 으뜸가는 바탕이라네.	曰孝曰悌之最切根
본성 중에 본디부터 갖추고 있어	性中之固有
유연히 펴게 되면 법도에 맞네.	暢悠然之合則
씀은 각기 천심(天心)에도 근원을 두니	用各原於天心
처음 나며 시작되지 않음이 없네.	罔不自厥初生肇
저 아이들 자라서 어른이 되면	彼孩提而及長

하는데 마음이 개활(開闊)하고 담백함을 비유한다.

97) 이 시의 제명은 『논어』 「학이」 "有子曰 其爲人也孝弟 而好犯上者 鮮矣 不好
犯上 而好作亂者 未之有也 君子務本 本立而道生 孝弟也者 其爲仁之本與"에서
의 '孝悌'로 보인다.

98) 양지양능(良知良能) : 경험이나 교육에 의하지 아니하고도 알며, 또한 행할
수 있는 타고난 지능을 말하는 것으로, 『맹자』 「진심 상」 "孟子曰 人之所不
學而能者 其良能也 所不慮而知者 其良知也"에 보인다.

애친(愛親) 경장(敬長) 높은 뜻을 모두 다 알리.	咸知愛親與敬長
그 실마리 멀지 않음 깊이 새겨서	識其端之不遠
일상에서 환히 밝게 하여야 하리.	在日用之昭明
봉양은 즐거움을, 병은 우환 부르나니	養致樂兮病致憂
실로 절로 마음 속 정성에서 나온다네.	實自發於中誠
형의 팔을 차마 못 비트는 것은99)	兄之臂兮不可紾
진실로 사람마다 한결 같은 정리(情理)일세.	固人人之常情
어찌 굳이 애를 써서 이를 하게 하겠는가	夫豈勉强而爲之
천리의 자연스럼 예서 볼 수 있겠네.	可見天理之自然
효제(孝悌)는 온갖 선의 근저라 할 것이니	斯萬善之根柢
진실로 사람 도리 우선으로 할 바라.	諒人道之所先
어여뻐라! 군자가 근본에 힘씀이여100)	美君子之務本
언제나 들고 낢이 여기에 있는 것을.101)	恒出入乎在玆
제 몸에 돌이킴을 성심(誠心)으로 하여서	反諸身而皆誠
마땅히 직분으로 해야 할 바 다하누나.	盡職分之當爲
핏덩이의 그 마음을 잃지 아니하고102)	心不失其赤子

---

99) 형지비불가진(兄之臂不可紾) : 형의 팔을 비틀 수 없다는 것인데, 예(禮)가 식(食)보다 더 중요한 것임을 비유적으로 드러낸 것이다. 『맹자』 「고자 하」 "紾兄之臂而奪之食 則得食 不紾 則不得食 則將紾之乎 踰東家牆而摟其處子 則得妻 不摟 則不得妻 則將摟之乎"에 보인다.

100) 군자무본(君子務本) : 『논어』 「학이」 "有子曰 其爲人也孝弟 而好犯上者 鮮矣 不好犯上 而好作亂者 未之有也. 君子務本 本立而道生 孝弟也者 其爲仁之本與"에 보인다.

101) 출입(出入) : 『논어』 「학이」의 "子曰 弟子入則孝 出則弟 謹而信 汎愛衆而親仁 行有餘力 則以學文"에서의 출입으로 보인다.

102) 심불실기적자(心不失其赤子) : 적자의 마음은 순일하여 거짓이 없는 것인데,

길이 애(愛)와 경(敬)을 법도로 삼는도다.	永言典夫愛敬
크게는 뜻을 이어 사업을 펼치고	大而繼志述事
작게는 계절 따라 부모를 봉양하네.103)	小而溫淸定省
어른의 뒤에서 천천히 뒤따르고104)	徐其行兮後長
일 있을 젠 그 수고를 내가 대신 하는구나.105)	服其勞於有事
힘을 다해 지극 정성 다하지 않음 없고106)	無不竭力而極誠
시종일관 한결같은 마음을 견지하네.	肩一心於終始
내 부모 봉양함이 남의 부모까지 미쳐107)	老吾老而及人之老
인(仁)의 도가 이로부터 말미암아 확충되네.	仁之道由是而擴充
다른 어른 섬김 내 어른 섬김에서 비롯되니	長彼長而自我長之
의(義)의 쓰임 어찌해 이것을 벗어나리.	義之用豈越乎此中
이는 바로 근본 서매 도(道)가 생겨남이니108)	斯本立而道生

그러한 순일한 마음을 잃지 않는다는 뜻으로, 『맹자』「이루 하」 "孟子曰 大人者 不失其赤子之心者也"에 보인다.

103) 온청정성(溫淸定省) : 자식이 부모를 겨울에는 따뜻하게, 여름에는 시원하게 봉양하고 아침저녁으로 부모의 안부를 물어서 살피는 것이다. 『예기』「곡례 상」 "凡爲人子之禮 冬溫而夏淸 昏定而晨省"에 보인다.

104) 서기행후장(徐其行後長) : 어른의 뒤를 천천히 따르는 것으로, 『맹자』「고자 하」 "徐行後長者謂之弟 疾行先長者謂之不弟 夫徐行者 豈人所不能哉 所不爲也 堯舜之道, 孝弟而已矣"에 보이는데, 이는 결국 효제와 관련된 문제이다.

105) 복지노유사(服其勞有事) : 『논어』「위정」 "子夏問孝 子曰 色難 有事弟子服其勞 有酒食先生饌 曾是以爲孝乎"에 보인다.

106) 갈력(竭力) : 부모님을 봉양함에 있는 힘을 다하는 것으로, 『논어』「학이」 "子夏曰 賢賢易色 事父母能竭其力 事君能致其身 與朋友交言而有信 雖曰未學 吾必謂之學矣"에 보인다.

107) 『맹자』「양혜왕 상」 "老吾老 以及人之老 幼吾幼 以及人之幼 天下可運於掌"에 보인다.

108) 본립도생(本立道生) : 『논어』「학이」 "有子曰 其爲人也孝弟 而好犯上者 鮮矣

아! 백성 덕이 두터움에 귀의하리.109)　　　　　　懿民德之歸厚

이 일 어이 몸 닦는데만 그치고 말겠는가　　　　　事豈止於修身

아! 그 쓰임은 실로 풍부하도다.　　　　　　　　誕厥用之是富

제가치국(齊家治國) 나아가 평천하(平天下)에 이르리니　家齊國治天下平

크도다 미뤄 변화하는 지극한 그 공이여!　　　　大哉推化之極功

효제(孝悌)의 아름다운 그 덕 실로 위대하니　　　偉孝悌之懿德

이는 온갖 선의 으뜸이 되는도다.　　　　　　　是衆善之攸宗

중도(中道)와 극(極)을 세움110) 천자의 자릴러니　　建中建極位天

만물 기름 그 누가 이 도를 벗어나리.　　　　　育物孰不本於斯道

옛날의 성현들을 상고해 보건데　　　　　　　若稽古之聖賢

모두다 이로 조차 광대하게 되었다.　　　　　咸迪此而洪造大

요임금은 진실로 공손하고 겸양하여　　　　　堯之允恭克讓

화합으로 백성들을 변화하게 하였도다.111)　　協和而於變時雍

거듭 빛난 순임금은 문명을 환히 밝혀　　　　重華之濬哲文明

실로 아름답게 오전(五典) 능히 따랐다네.112)　　愼徽而五典克從

不好犯上 而好作亂者 未之有也. 君子務本 本立而道生 孝弟也者 其爲仁之本與"
에 보인다.

109) 민덕귀후(民德歸厚) : 『논어』「학이」"曾子曰 愼終追遠 民德歸厚矣"에 보인
다.

110) 건중건극(建中建極) : '중'은 중도이고, '극'은 표준을 말하는 것으로 『서
경』의 「홍범구주」를 의미한다. 『서경』「서경집전 서」"建中建極"에 보인다.

111) 이 두 구절은 『서경』「요전」"若稽古 帝堯 曰放勳 欽明文思安安 允恭克讓
光被四表 格于上下 克明俊德, 以親九族 九族旣睦 平章百姓 百姓昭明 協和萬邦
黎民於變時雍"에 보인다.

112) 이 두 구절은 『서경』「순전」"曰若稽古 帝舜 曰重華 協于帝 濬哲文明 溫恭
允塞 玄德升聞 乃命以位 愼徽五典 五典克從 納于百揆 百揆時叙 賓于四門 四
門穆穆 納于大麓 烈風雷雨弗迷"에 보인다.

가없고 우뚝한 덕 이름 짓기 어려워도[113]   蕩蕩巍巍厥德難名

그 도의 바탕 캐면 효제(孝悌)일 따름일세.   原其道也孝悌而已

오전(五典)을 바로잡아 철저히 시행하여[114]   勅五典而敦哉

비로소 사람 윤리 세워 닦게 하셨지.[115]   式肇修其人紀

어버이로 사랑 세우고 어른으로 공경 세움[116] 立愛惟親立敬惟長

「이훈(伊訓)」[117]에서 징계하여 진언한 말씀일세. 商訓之所以進誡

효 생각함 길이 하매 본보기가 되었음은[118]   永言孝思孝思惟則

「주시(周詩)」에서 일컬어 기렸던 까닭이라.   周詩之所以稱譽

모두 본성 따라서 교화를 세움이니   茲皆率性而立敎

윗사람이 행할진대 아래 사람 본받으리.   亦越上行而下效

백성들이 모두다 효제(孝悌)로 일어나   民咸興孝而興悌

그 어른과 부모를 열심히 섬긴다면,   奔走事厥長厥考

세도(世道) 어이 쇠미하며 교화 어이 타락하리 奈何世衰而敎墜

슬프다! 이 백성이 본성 잃고 말았도다.   哀斯民喪厥性矣

이 도리 너무 높아 행하기 어렵다 말을 하니 謂斯道高遠難行

---

113) 이 구절은 『논어』 「태백」 "子曰 大哉堯之爲君也 巍巍乎 唯天爲大 唯堯則之 蕩蕩乎 民無能名焉 巍巍乎 其有成功也 煥乎 其有文章"에 보인다.

114) 오전(五典) : 군신, 부자, 형제, 부부, 붕우의 관계를 말하는데, 『서경』 「고요모」 "天叙有典 勅我五惇哉"에 보인다.

115) 조수인기(肇修人紀) : 『서경』 「이훈」 "先王肇修人紀"가 보인다.

116) 이 구절은 『서경』 「이훈」 "今王嗣厥德 罔不在初 立愛惟親 立敬惟長 始于家 邦 終于四海"에 보인다.

117) 상훈(商訓) : 이윤의 가르침인 『서경』 「이훈」 편을 말하는 것으로, '상(商)' 은 『서경』의 '상서(商書)'를, '훈(訓)'은 「이훈」 편을 가리킨다.

118) 영언효사효사유칙(永言孝思孝思惟則) : 『시경』 대아 「하무(下武)」 "成王之孚 下土之式 永言孝思 孝思惟則"이 보인다.

쉽고 가까운데 있음을 모르기 때문일세.	昧在易而在邇
혹은 부자간에 서로 해침 이르거니[119]	或父子至於相夷
부모 심은 나무라도 공경해야 하는 것을.[120]	矧桑梓之敬止
그 형에게 크게 공손하지 않으면서	大不克恭乎厥兄
어른 위해 가지조차 못 꺾겠다 하는도다.[121]	曰折枝之不能
백성 윤리 이지러짐 안타깝기 그지없네	慨民彝之泯亂兮
군자가 길이 슬퍼함이 마땅토다.[122]	宜君子職悗斯弘
은혜로서 부지런히 성품 선함 말하여서[123]	恩斯勤斯道性善
말하면 반드시 효제(孝悌)만을 일컬으리.	言必稱乎孝悌
들어가면 효도하고 나와서는 공경하라[124]	入則孝兮出則悌

---

119) 부자지어상이(父子至於相夷) : 부자간에 서로 해치는 것으로 『맹자』 「이루
    상」 "公孫丑曰 君子之不敎子 何也 孟子曰 勢不行也 敎者必以正 以正不行 繼
    之以怒 繼之以怒 則反夷矣 夫子敎我以正 夫子未出於正也 則是父子相夷也 父子
    相夷 則惡矣 父子之間不責善 責善則離 離則不祥莫大焉"에 보인다.
120) 상재경지(桑梓敬止) : 뽕나무와 가래나무도 부모가 심으신 것이라면 반드시
    공경해야 한다는 뜻으로, 『시경』 소아 「소변」 "維桑與梓 必恭敬止"에 보인다.
121) 절지(折枝) : 어른을 위해 나뭇가지를 꺾는 것으로, 『맹자』 「양혜왕 상」
    "挾太山以超北海 語人曰 我不能 是誠不能 爲長者折枝 語人曰 我不能 是不爲
    也 非不能也 故王之不王 非挾太山以超北海之類也王之不王 是折枝之類也"에
    보인다.
122) 직황사홍(職悗斯弘) : 『시경』 대아 「소민」 "옛날에는 부유해서, 이와 같지
    않았는데, 지금의 곤란함은, 이런 적이 없었네. 저 (소인과 군자의 차이는)
    거친 쌀과 도정된 쌀과 같은데, (소인들은) 어찌해서 스스로 물러나지 않는
    고. 오로지 슬픔을 이에 길게 하노라. 維昔之富 不如時 維今之疚 不如茲 彼
    疏斯粺 胡不自替 職兄斯引"에 보인다.
123) 은사근사(恩斯勤斯) : 『시경』 빈풍 「치효」 "사랑하고 독실히 하여, 자식을
    기르느라 근심스러웠다. 恩斯勤斯 鬻子之閔斯"에 보인다.
124) 입즉효출즉제(入則孝出則弟) : 『논어』 「학이」 "子曰 弟子入則孝 出則弟 謹而
    信 汎愛衆 而親仁 行有餘力 則以學文"에 보인다.

공자께선 그 문하의 제자들을 가르쳤지.　　　夫子之教其門弟

어버이를 친애하고 어른을 공경하라[125]　　　親其親兮長其長

맹자께선 당시에 이런 훈계 하시었네.　　　孟氏之訓於當世

묵자(墨者)의 치상(治喪) 박함 나무라 끊으시고[126]　　　絶墨者之薄喪

원양(原壤)이 불손하자 정강이를 때리셨지.[127]　　　叩原壤之不遜

비록 그 가르침 세상 교화 못했어도　　　縱厥教未能化俗

만민의 완성된 법 이뤄지게 되었도다.　　　作萬民之成憲

우리의 바른 윤리 되돌아 볼진대　　　顧我人之秉彝

어찌 근본 세움을 서두르지 않을손가?[128]　　　盍慥慥乎立本

자신에게 성실하여 어버이 기쁘게 하고　　　宜誠身而悅親

자신을 공경하고 어른 섬김 마땅하다.　　　又恭己而事長

하지만 백성 법도 문왕(文王)만을 기다리니[129]　　　然民典必待文王

몸소 실천하는 것은 임금에게 달려 있네.[130]　　　自躬行之在上

---

125) 친기친장기장(親其親長其長) : 『맹자』「이루 하」 “孟子曰 道在爾而求諸遠 事
在易而求之難 人人親其親 長其長而天下平”에 보인다.

126) 묵자박상(墨者薄喪) : 묵자는 상(喪)을 다스림에 박하게 하는 것을 도(道)로
삼는다는 것으로, 『맹자』「등문공 상」 “吾聞夷子墨者 墨之治喪也 以薄爲其道
也 夷子思以易天下 豈以爲非是而不貴也 然而夷子葬其親厚 則是以所賤事親也”
에 보인다.

127) 고원양(叩原壤) : 원양은 공자의 친구로 어머니가 죽자 노래를 불렀으니,
노자(老子)의 무리로서 스스로 예법의 밖에 방탕한 자이다. 공자는 인륜을
무너뜨리고 풍속을 어지럽히기에 원양의 정강이를 친 것이다. 『논어』「헌
문」 “原壤夷俟 子曰 幼而不孫弟 長而無述焉 老而不死 是爲賊 以杖叩其脛”에
보인다.

128) 조조(慥慥) : 서두르는 모양으로, 『중용』에 보인다.

129) 대문왕(待文王) : 『맹자』「진심 상」 “孟子曰 待文王而後興者 凡民也 若夫豪傑
之士 雖無文王猶興”에서 유래한 듯 한데, 보통 백성은 문왕의 교화를 기다
린 이후에야 비로소 흥기할 수 있다는 것이다.

받듦은 효성으로, 대접함은 공경으로[131]	奉思孝兮接思恭
진실한 덕 아래 사람과 실로 합치하는도다.[132]	旣允德之協下
저들이 진실로 이 마음 지녀있어	彼固有乎是心
모두다 사모하며 교화를 따르리라.	擧咸慕而率化
그 누가 이 도를 능히 다 이루어서	孰此道之能盡
우리 성현 효성스런 다스림을[133] 즐기리오?	樂我聖之孝治
군주에게 일욕(逸欲)을 가르치려 들지 말고[134]	無教逸欲有邦
오전(五典)을 베풀어서 크게 가르쳐야 하리.	敷五典而丕示
여기에 성실한 신하가 하나 있어[135]	若有臣兮斷斷
집안에서 교화 이미 이루었다네	教已成於在家
임금에게 충성하고 어른에게 공손하니	忠移君兮順移長
왕께선 '오직 너를 내 미쁘게 여긴다' 말하시리.[136]	王若曰惟汝予嘉

---

130) 재상(在上) : 『서경』에 자주 등장하는 단어인데, '재상(在上)'은 하늘과 임금을, '재하(在下)'는 땅과 백성을 가리킨다.

131) 봉사효접사공(奉思孝接思恭) : 『상서』「태갑」 "선조를 받들 때는 효도를 생각하고 아래 사람을 대접할 때 공경함을 생각하라. 奉先思孝 接下思恭"에 보인다.

132) 윤덕협하(允德協下) : 『상서』「태갑」 "자기 몸을 닦아서 진실한 덕이 아래 사람과 합치되는 것이 밝은 임금입니다. 脩厥身 允德協于下 惟明后"에 보인다.

133) 효치(孝治) : 『효경』「효치」에 보이는데, 효도의 도리로써 국가를 다스려 백성을 교화시킴을 말한다.

134) 무교일욕유방(無教逸欲有邦) : 『서경』「고요모」 "천자가 제후에게 일욕을 가르치지 말아야 하고 조심하여야 한다. 無教逸欲有邦 兢兢業業"에 보인다.

135) 단단(斷斷) : 단단해서 성실한 모양인데, 유사한 구문이 『서경』「진서」 "내 생각해 보매, 한 사람의 신하가 있는데, 단단해서 다른 기술은 없지만, 그 마음이 아름다워서 남을 포용함이 있을 것 같다. 昧昧我思之 如有一介臣 斷斷猗無他技 其心休休焉 其如有容"에 보인다.

오직 너의 고운 덕인 효(孝)와 공(恭)을 가지고서[137]　惟爾令德孝恭

정치에 능히 펴면 공 세울 수 있으리라.　　　克施有政底可績

백성들도 교화됨을 볼 수가 있으리니　　　斯可以俾民觀化

남쪽 나라 가더라도 이를 본받으리라.[138]　往哉南國是式

시냇가서 쑥을 뜯는 노래를 부르면서[139]　歌采繁兮澗之中

길 가는 이 사방 들서 길을 양보하리라.[140]　行者讓路於四野

서생이 산해간에 베옷을 입고서도　　　　書生之山海布衣

삼가 몸을 닦아 아침저녁 노력하리.[141]　愼厥身修庶幾夙夜

---

136) 『서경』에 쓰이는 관용적인 구문이다.
137) 유이영덕효공(惟爾令德孝恭) : 『서경』「군진」 "군진이여! 네가 가진 아름다운 덕은 孝와 敬이다. 효도하여 형제에게 우애 있게 하고 더 나아가 정치를 시행할 수 있다. 君陳 惟爾令德孝恭 惟孝 友于兄弟 克施有政"에 보인다.
138) 남국시식(南國是式) : 『시경』 대아 「숭고」 "힘쓰는 신백을, 왕이 선대의 일을 잇게 하여, 사땅에 도읍하여 남국이 본받게 하였다. 亹亹申伯 王纘之事 于邑于謝 南國是式"에 보인다.
139) 채빈혜간지중(采繁兮澗之中) : 『시경』 소남 「채빈」 "어디에서 다북쑥을 뜯을까, 산골짜기 시냇가에서. 어디에서 이것을 쓸까, 공후의 묘당에서. 于以采蘩 于澗之中 于以用之 公侯之宮"에 보인다.
140) 『시경』 대아 「면」에 "우와 예가 질정하러 왔다가 화해했으니, 문왕께서 그들의 성품을 감동시킨 것이네. 虞芮質厥成 文王蹶厥生"란 구절이 있는데, 우와 예의 군주가 서로 밭을 다투어 오랫동안 평화롭지 않았다. 그러나 서로에게 말하길 '서백은 어진 사람이니, 어찌 가서 묻지 않는가?'라고 했다. 그래서 서로 주나라에 조회하려 그 경계에 들어갔는데 밭가는 사람들이 밭두둑을 양보했고, 길가는 사람들은 길을 양보했다. 그 읍에 들어서자 남자와 여자가 길을 달리했고, 늙은 사람들이 손에 짐을 들고 있지 않았다. 그 조정에 들어가자 선비는 대부가 되는 것을 양보하고, 대부는 경이 되는 것을 양보했다. 두 나라의 군주는 감동하여 서로에게 말하길 '우리들은 소인이니, 군자의 조정을 밟을 수 없다'고 했다. 그리고는 서로 양보하여 다투던 밭을 사잇논으로 삼고 물러났다. 세상 사람들이 그것을 듣고 귀화하는 나라가 40여 나라였다.

내 부모에 효도하여 내 정성을 다하고	孝吾親兮竭吾誠
내 어른을 공경하되 내 공손함 다하리라.	悌吾長兮盡吾敬
이 마음을 붙들고서 깊이 있게 나아가서	操此心而深造
잠시라도 게으르지 않기를 기약하리.	期不懈於俄頃
이 두 가지 즐김을 어찌 그만 두겠는가	樂斯二者惡可已
그 사람됨 또한 군자라 할 수 있네.	其爲人也君子
효로 백성 순종케 하고 교화로 백성 화목케 하니	孝民順兮教民睦
바라건데 교화의 이치 저버리지 말기를.	庶幾無負於化理

맑게 개인 출정하는 아침[142]
會朝淸明

원래 세도(世道)의 맑고 흐림은	原世道之淸濁
임금의 덕 깨끗하고 더러움에 달려있다.	係君德之馨穢
진실로 성인께서 어지러움 고치시어	苟聖人之革亂
전엔 비록 흐렸어도 이제는 활짝 갰네.	昔雖曀而今霽
싸우는 날 아침의 청명함을 생각노니	想會朝之淸明

---

141) 서기숙야(庶幾凤夜) : 『시경』 주송 「진노」 "바라건대, 아침저녁으로 열심히
   해서, 길이 마무리지어 명성을 얻기를. 庶幾夙夜 以永終譽"에 보인다.

142) 회조청명(會朝淸明) : '회조'는 회전(會戰)하는 날인데, 그날 아침이 청명하
   였다는 것으로, 『시경』 대아 「대명」 "목야가 광대하니, 박달나무 수레 선
   명하며, 네 필 원마 강성하도다. 태사인 상보가, 때에 매가 날듯 하여, 저
   무왕을 도와, 병사를 풀어 상나라를 정벌하나, 싸우는 날 아침이 청명하도
   다. 牧野洋洋 檀車煌煌 駟騵彭彭 維師尙父 時維鷹揚 涼彼武王 肆伐大商 會朝
   淸明"에 보인다.

무왕의 공을 이룸 참으로 아름답다.[143]　　　　嘉武功之耆定

제비의 운 이른 것은 마땅하다 하겠으되[144]　　　當玄鳥之運訖

독부(獨夫) 주(紂)의[145] 어둔 정사 안타깝구나　　　慨獨夫之昏政

날마다 술에 빠져 덕이 어지러워져서[146]　　　　日酗酒而冒德

음란하고 방일함 멋대로 하였었지.[147]　　　　　誕惟縱其淫逸

백성이 그 포학함 아파하고 슬퍼하니[148]　　　　民盡傷於虐焰

상제께서 더러운 덕 옳게 아니 보시었네.[149]　　帝不蠲夫穢德

---

143) 기정(耆定) : '기(耆)'는 이르다는 의미이다. 『시경』 주송 「무」 "아! 위대한 무왕이시여, 다툴 수 없는 공적이로다. 진실로 문덕이 있으신 문왕께서, 그 뒷일을 열어주신 것이었네. 후사인 무왕이 그것을 받아, 은나라를 이겨 살인을 막아서, 당신의 공을 이루셨네. 於皇武王 無競維烈 允文文王 克開厥後 嗣武受之 勝殷遏劉 耆定爾功"에 보인다.

144) 현조운걸(玄鳥運訖) : 『시경』 상송 「현조」에 "하늘이 제비에게 명하여, 내려와 상나라를 낳았다. 天命玄鳥 降而生商"란 구절이 보이는데, 고신씨(高辛氏)의 비(妃)이며, 유융씨(有娀氏)의 딸인 간적(簡狄)이 교매(郊禖)에 기도할 적에 제비가 알을 떨어뜨려 주거늘 간적이 이를 삼키고 설(契)을 낳았는데, 그 후세에 마침내 유상씨(有商氏)가 되어 천하를 소유했다. 그 이후에 탕임금이 이를 넓혔으며, 무왕에게까지 미치니 제후들이 서직을 받들고 와서 제사를 돕지 않음이 없었다.

145) 독부(獨夫) : 주(紂)가 군도를 잃어버리고 크게 위엄만을 폈기 때문에 붙여진 것으로, 『서경』 「태서」 "獨夫受 洪惟作威 乃汝世讎"에 보인다.

146) 후주(酗酒) : 『서경』 「무일」 "은나라 왕 수가 혼미해 주덕에 빠진 것같이 하지 마십시오. 無若殷王受之迷亂 酗于酒德哉"에 보인다.

147) 탄유종기음일(誕惟縱其淫逸) : 『서경』 「주고」 "크게 떳떳치 못한 것으로 음일함을 통제하지 않고 내버려두었다. 誕惟厥縱淫泆于非彝"에 보인다.

148) 민혁상어학염(民盡傷於虐焰) : 『서경』 「주고」 "백성들이 그 마음 아파하고 슬퍼하지 않은 자가 없었다. 民罔不盡傷心"에 보인다.

149) 불견(不蠲) : 『서경』 「여형」 "상제가 깨끗하게 여기지 않아 그 묘민들에게 허물을 내리니, 묘민들이 변명할 이유가 없었다. 上帝不蠲 降咎于苗 苗民無辭于罰"에 보인다.

이때 주왕(周王) 상제 뜻을 잘 이어 받들어서150)	時周王之靈承
죽이고 멸하는 큰 책임을 제 임무로 여기셨네.151)	任誅殘之丕責
사해를 독으로 병들게 함 걱정하고152)	愍四海之毒痛
죄악으로 가득차게 한 것을 증오했지.153)	憝貫盈之罪惡
하늘의 재앙은 감히 닫지 못하거니154)	不敢閉乎天威
하물며 백성 기다림 극에 달함 있어서랴?155)	況民徯之方極
씩씩한 범과 같은 병사에게 맹세하며156)	誓桓桓之虎士
갑자일 아침에 상나라를 치는구나.157)	甲之朝于征商

---

150) 주왕영승(周王靈承) : 『서경』「다사」 "지금 우리 주나라 왕은 상제의 일을 크게 잘 이어 받들었다. 今惟我周王 丕靈承帝事"에 보인다.

151) 임(任) : '자신의 임무로 여긴다'라고 해석한다. 『서경』에 자주 보인다.

152) 사해독부(四海毒痛) : 『서경』「태서」 "斮朝涉之脛 剖賢人之心 作威殺戮 毒痛 四海 崇信姦回 放黜師保 屏棄典刑 囚奴正士 郊社不修 宗廟不享 作奇技淫巧 以悅婦人"에 보인다.

153) 관영죄악(貫盈罪惡) : 『서경』「태서」 "상나라 죄가 관통하여 가득 찼는데, 하늘이 명하여 처벌하게 했다. 商罪貫盈 天命誅之"에 비슷한 구문이 보인다.

154) 불감폐호천위(不敢閉乎天威) : 『서경』「대고」 "나 소자는 마치 깊은 물을 건너는 듯하니 내 지금 가는 것은 건널 수 있는 방법을 찾는 것이다. 전장 법도를 닦아 밝게 하고 앞사람 받은 명을 펴는 것은 그 큰 공을 잊지 못하기 때문이니, 내가 감히 하늘이 내리는 재앙을 닫아버릴 수 없다. 予惟小子 若涉淵水 予惟往 求朕攸濟, 敷賁 敷前人受命 茲不忘大功 予不敢閉于天降 威用"에 보인다.

155) 민혜(民徯) : 백성들이 왕이 와서 도탄에 빠진 자신들을 구원해주기 바라는 것으로, 『서경』「중훼지고」 "우리 임금을 기다렸는데, 임금이 오니 살아났다. 徯予后 后來其蘇"와 구절의 의미가 유사하다.

156) 환환호사(桓桓虎士) : 무왕이 수와 싸울 때 목야에서 지은 『서경』「목서」 "바라노라, 씩씩하게 호랑이처럼, 비처럼, 곰처럼, 큰곰처럼 상나라 교외에서 용맹하게 하라. 尚桓桓如虎如貔, 如熊如羆于商郊"에 보인다.

157) 갑조정상(甲朝征商) : 『서경』「목서」 "이 갑자일 새벽녘, 왕이 아침에 상나

목야(牧野)에서 흰 깃발로 일제히 통솔하니158)　　白旄一揮於牧野

아름답다! 우리 무력 드높이 날림이여.159)　　懿我武之攸揚

저 상나라 군대는 헤아릴 수 없이 많아160)　　彼商旅之不億

목야에 숲과 같이 자욱하게 진을 쳤네.161)　　縱矢野之如林

하지만 마음과 덕 이미 떠나 버렸으니　　然離心而離德

그 누가 우리 군대 감히 대적하겠는가?　　孰我師之肯敵

하물며 어진 이는 무리도 대적 못하나니　　矧仁人不可爲衆亂

거꾸로 창을 들어 서로 군대 무찔렀네.　　倒戈而相逐兵

피 한 방울 안 흘리고 어느새 제압하여　　旣制於不血

한 번의 전쟁으로 문득 크게 평정했지.　　奄大定于一戎

우주가 맑고 밝게 환하니 빛이 나니　　赫宇宙之淸明

라 교외 목야에 이르러 맹세하였다. 時甲子昧爽 王朝至于商郊牧野 乃誓"에
보인다.

158) 백모(白旄) :『서경』「목서」"왕이 왼손엔 황금 장식된 도끼를 들고 오른손
엔 흰 깃을 잡고서 휘둘렀다. 王左杖黃鉞 右秉白旄"에 보인다.

159) 아무유탕(我武攸揚) :『서경』「태서」"나의 무력을 드높여 저 국경으로 쳐
들어가라. 我武惟揚 侵于之疆"에 보인다.

160) 상려불억(商旅不億) :『시경』대아「대명」"상의 무리들, 숲과 같이 모였네.
목야에 진을 치니, 우리 병사들 흥기하네. 殷商之旅 其會如林 矢于牧野 維予
侯興"에 유사한 구절이 보인다.

161) 이 아래 시 구절은『서경』「무성」"갑자일 새벽에 수가 숲처럼 많은 무리
를 거느리고 목야에 모였으나 우리 군대에 대적할 자가 없었다. 앞의 무
리가 창을 거꾸로 하여 뒤를 공격해 패배시키니, 피가 흘러 절구공이를
흘러가게 하였다. 한번 융의를 입자 천하가 크게 정해지고 이에 상나라
정치를 돌이켜서 정치가 옛 것을 따르게 했다. 甲子昧爽 受率其旅 若林 會
于牧野 罔有敵于我師 前徒倒戈 攻于後以北 血流漂杵 一戎衣 天下大定 乃反商
政 政由舊"에서 인용된 구절이 많다.

여태도 하루 해가 다 기울지 않았었네.162)　　尚一朝之未崇

몇 날이고 해와 달을 열어주지 않으매163)　　幾日不開夫天麗

은나라 교외 황폐해져 어둡게 되었었지.　　荒殷郊而昏瞀

이제 크게 한번 들어 깨끗이 씻어내어　　今大滌乎一擧

신우(神雨)로 병장기를 말끔히 씻었다네.　　注洗兵之神雨

재앙의 매운 바람 엄숙히 쓸어내자　　肅掃氛之烈風

하늘에 흰 해가 툭 터져 개였구나.　　廓晴天之白日

화합하여 정벌한 신묘한 무공이여164)　　偉燮伐之神武

번쩍이는 광채가 사방에 환하도다.165)　　耿光灼于四域

아! 상제께서 환히 하토(下土) 임하시어　　噫上帝之赫臨

백성 덕을 살피시어 순순히 이끄셨네.　　覽民德而順迪

세상이 진실로 어둡고 혼탁하면　　世苟底於昏濁

천명을 빌려주어 어지러움 다스렸지.　　假有命而撥亂

---

162) 숭(崇) : 끝나다는 의미로, 무왕이 주(紂)와 싸울 때 새벽에 시작하여 하루
　　아침이 다 가기도 전에 정벌한 것을 말한다. '숭'의 이러한 용법을『시
　　경』「체동」"朝隮于西 崇朝其雨"에도 보인다.

163) 천려(天麗) : 하늘에 붙어 있는 해와 달로, 백성이 의지하여 사는 것을 말
　　한다.『서경』「다사」"그 상제의 명을 노리면서도 백성의 목숨이 걸려 있
　　는 것을 열어주지 않고 그들에게 크게 벌을 내려 하나라를 더욱 혼란스럽
　　게 만들었다. 厥圖帝之命 不克開于民之麗 乃大降罰 崇亂有夏"에 '민려(民麗)'
　　가 보인다.

164) 섭벌(燮伐) : 화합하여 정벌한다는 의미로,『시경』대아「대명」"保右命爾
　　燮伐大商"에도 보인다.

165) 작우사역(灼于四域) :『서경』「여형」"덕이 있는 사람이 위에 있고 밝은 지
　　혜를 갖은 사람이 아래에 있어 사방에 밝게 드러나 덕을 부지런히 하지
　　않음이 없었다. 穆穆在上 明明在下 灼于四方 罔不惟德之勤"에 유사한 구문
　　이 보인다.

옛 하나라 걸왕은 어두운 덕으로써 　　　　　　　昔夏桀之昏德

온갖 백성들을 도탄에 빠뜨렸지.166) 　　　　　　陷生靈於塗炭

성탕(成湯)께서 백성 날로 새롭게 함 돌아보아 　　　眷成湯之日新

그 백성을 밝게 하여167) 천명을 바꾸셨네. 　　　　俾爽師而革上

먼 나라를 어루만져 평화롭게 다스리니 　　　　　撫遠邦而輯寧

천하가 이때문에 온통 맑게 되었다네. 　　　　　　天下爲之一淸

그래서 그 손자 무왕이 군대를 일으켜서 　　　　　故厥孫之肆暴

천하의 어둔 곳에 이르게 하였구나. 　　　　　　　致寰宇之晦冥

아름답다 무왕께서168) 한번 쓸어 버림이여 　　　　美寧王之一掃

실로 탕(湯)과 같은 광채가 있음일세.169) 　　　　　實于湯之有光

하늘의 돌아봄을 능히 꾀한 것이니 　　　　　　　寔天顧之克謀

그 업적이 끝도 없이 환하게 빛나리라. 　　　　　光顯丕乎無疆

거룩한 덕 우러르며 노래 지어 부르면서 　　　　　仰聖德而載歌

『시경·대명』 옛 노래에 잇대어 놓는도다. 　　　　續大明於舊章

---

166) 이 구절은 『서경』 「중훼지고」 "하나라는 덕에 어둡고 백성은 도탄에 빠트렸다. 有夏昏德 民墜塗炭"에 보인다.

167) 상사(爽師) : 『서경』 「중훼지고」 "상제가 좋게 여기지 않아서 상나라로 하여금 명을 받게 하니 그 백성들은 밝아져 새롭게 되었다. 帝用不臧 式商受命 用爽厥師"에 보인다.

168) 영왕(寧王) : 무왕이 무력을 써서 천하를 편하게 했다는 것에서 연유하여 무왕을 영왕이라고 한다. 『서경』에 자주 보인다.

169) 우탕유광(于湯有光) : 탕임금이 포악한 군주를 제거하고 백성을 편안하게 한 업적과 같은 맥락에서 무왕에게도 빛남이 있다는 것으로, 『서경』 「태서」 "탕과 같은 맥락에서 빛남이 있다. 于湯有光"에 보인다.

노래하기를,	歌曰
목야(牧野)는 드넓은데	牧野洋洋
네 필 원마(騵馬) 건장쿠나.170)	駟騵彭彭
천명 받아 죄인 치니	奉天討罪
위풍 널리 떨치었다.	威風震厲
그 옛날 은나라 적	昔時殷天
독한 기운 거듭되다,	毒霧重爍
오늘 아침 청명해라	今日朝明
신령한 비 목욕했네.	靈雨新沐
오래 물든 더런 풍습	舊染汚俗
모두 다 새롭구나.	咸與惟新
온 천하 툭 터져서	四海一秋
만리에 티끌없네.	萬里無塵
동쪽에서 서쪽에서	自西自東
주나라로 귀부(歸附)하니,171)	附大邑周
아아! 만세토록	於萬斯年
하늘 명을 받으리라.	受天之休

---

170)『시경』대아「대명」의 시 구절이다(각주 142번 참조).
171) 부대읍주(附大邑周) :『서경』「무성」 "하늘의 아름다운 천명이 진동하여
    그들로 하여금 대읍 주에 귀부하게 하였다. 天休震動 用附我大邑周"에 보
    인다.

동지

　－가정 임자년(명종 7년, 1552) 과거에 급제하였다. 그해 11월에 임
　　금께서 영남과 호남의 문신들에게 성균관에서 재주를 겨루게
　　하셨다. 공이 이「동지부(冬至賦)」로 으뜸을 차지했다. 임금께서
　　『선시(選詩)』10권을 하사하셨다.

　　冬至
　　嘉靖壬子登科. 其年十一月, 上命嶺湖文臣較藝于洋宮. 公以此賦居
　　魁. 御賜選詩十卷.

하늘 땅 아래 위서 자리를 정해	惟乾坤定位乎上下
음양이 오가면서 풀무질 하네.	二氣往來而橐鑰
소멸함이 있으면 다시 자라고	玆有消而必長
또한 이미 깎여도 되살아나네.172)	亦旣剝而乃復
네 계절의 운행이 다 하여가니	窮四時之錯行
다만 홀로 동지 때에 느낌이 인다.	竊獨感此冬至
뭇 음(陰)이 이때에 지극하다가	際衆陰之斯極
한 양(陽)이 시작될 조짐 있었지.	會一陽之兆始
율력(律曆)은 황종(黃鍾 : 음력 11월)의 절기 응하고	律黃鍾之應節
별자리는 두병(斗柄)의 건자(建子)이라네.173)	星斗柄之建子
태양은 남두(南斗)에서 운행 다하고	日行極於南斗

---

172) '박(剝)'과 '복(復)'은 괘명으로 볼 수도 있는데, 박은 9월이고 복은 11월이
　　다. 동지인 11월에는 하나의 양이 아래에서 회복되기에 복괘가 된다.
173) 두병건자(斗柄健子) : 북두칠성 자루 쪽의 세 별을 두병이라 하고 건자(建
　　子)는 하력(夏曆)으로 11월이다.

달은 흑도에서[174] 다스림을 곧게 한다.	月御貞於黑道
여섯 구멍 가관(葭管)에서 재가 날리고[175]	葭六管之飛灰
볕이 한 줄 나란히 도수 더하네.	景一線兮添度
현명(玄冥)의 위엄 점차 느슨해지고	稍玄冥之弛威
얼음 신령 비로소 일 넘겨주네.	始氷師之讓事
하늘 마음 인(仁)을 펴는 실마리되고	端乾心之發仁
땅의 굴대 조금씩 기운이 솟네.	漸坤軸之升氣
일원(一元) 기운 움직임은 고요하건만	默一元之動氣
많은 싹의 생기가 모여드누나.	彙衆萌之生意
운초(芸草)는 싹이 트고 여초(荔草) 움 돋아	芸始芽兮荔將挺
온갖 초목 앞서서 절기를 맞네.	首萬卉而迓候
버들가지 움터나고 매화 벙글어	柳思舒兮梅欲綻
모두 새롬 나아가 옛 것 바꾼다.	咸就新而替舊
천둥소리 한밤 중에 환구(圜丘)[176] 울리고	雷鼓夜動於圜丘
운화(雲和)의 갖은 악기 연주 하누나.	奏雲和之遠響
옥패소리 자황전(紫皇殿)서 조회를 하니	玉佩朝趨於紫殿
군도(君道)가 더욱 유장해짐을 하례하누나.	賀君道之益長
동지는 한 해 역수(曆數) 으뜸이 되니	斯一歲之歷元
삼백 예순 날 한해의 시작이 된다.	日三百之是初
아! 하늘 땅이 엇갈려 태괘(泰卦)가 되매,[177]	噫天地之交泰

---

174) 흑도(黑道) : 일월(日月)이 운행하는 궤도의 하나인데, 달은 황도(黃道)의 북
    쪽에서 행하기에 흑도(黑道)라 이름 한 것이다.
175) 고대에 갈대를 태운 재를 피리 구멍에 넣고 밀폐된 방에서 불어 재가 날
    리는 구멍을 보고서 절기를 예측하였다.
176) 환구(圜丘) : 둥근 언덕으로 천자가 동지에 하늘에 제사지내는 곳이다.

음양은 서로서로 오르내린다.	兩儀互其升降
음(陰)은 하지(夏至)에서 처음 싹터나	陰始孽於夏至
시월의 어름에는 거세차지네.178)	十月之交極壯
아래 위 모두 서로 굳게 닫히매	互上下之固閉
양(陽)의 기운 거의 다 시들어졌네.	陽和幾乎剝喪
하지만 종자씨마저 먹지는 않아,179)	然碩果之不食
하루 밤에 한 줄기 조짐 있었지.	眹一脉於一夜
식은 화로 남은 불씨 입김 불어서	噓微熖於寒爐
음(陰)의 틈새 엎드렸던 기운 일어나,	起羣伏於陰罅
2월 들자180) 점차 양기 감돌고	二之日兮漸陽
3월 지나 온화한 봄날이 온다.	越春三之和煦
운초(芸草)는 돋아나 부쩍 자라고	芸發生而長養
자욱하니 원기(元氣)가 펼쳐지도다.	藹元氣之流布
모든 양이 나타났다 흩어짐이니	諟諸陽之著散
원래 그 출발이181) 이로부터라.	原權輿之自是

---

177) 천지교태(天地交泰) : 『주역』 「태괘」 "象曰 天地交 泰后以財成天地之道輔相天
地之宜 以左右民"에 보인다.
178) 10월은 양이 없고 모두 음으로 되어 있는 坤卦이다.
179) 석과불식(碩果不食) : 『주역』 「박괘」 "상구는 종자 씨는 먹지 않음이니, 군
자는 수레를 얻고 소인은 집을 헐리게 된다. 上九 碩果不食 君子得輿 小人
剝廬"에 보이는데, 이것은 비록 음이 극성하고 양이 없지만, 양이 자라날
기미마저 사라진 것이 아니라는 의미이다.
180) '이지일(二之日) : 『시경』 빈풍 「칠월」에 보이는데, 이때는 주(周)나라 2월
을 말한다. 주나라는 '건자(建子)'이기에 11월이 정월이 된다.
181) 권여(權輿) : 저울을 만들 때에는 저울대[權]부터 만들고, 수레를 만들 때에
는 수레의 판자[輿]부터 만들기 때문에 모든 일의 처음을 일컫는 말로 사
용된다. 『시경』 진풍 「권여」 "于嗟乎 不承權輿"에 보인다.

위대하다 하늘 마음 심원하여서	偉天心之於穆
굳건히 운행하여 그침이 없네.[182]	信行健而不已
소장(消長)에도 운수 있음 느껴 알아서	感消長之有數
의리의 끝없음을 깨달으리라.	悟義理之無窮
인간만이 하늘 굳셈 땅의 순응함 갖췄으니[183]	惟人具此健順
본성 중에 건원(乾元)과 합하는도다.	配乾元於性中
아! 사물에 얽매여 가리워지면	嗟物累之交蔽
어지러이 사라짐에[184] 이르잖음 드무나니.	鮮不至於牿亡
궁음(窮陰)이 마음 하늘 꽉 막아 버려	窮陰凝閉於心天
욕심 물결 못물을 꽁꽁 얼게 해.	慾波氷沍於方塘
하지만 텅 비어 깨끗한 본성	然虛靈之本然
그래도 한 실마리 남아 있어서,	尚一端之不滅
밤 기운을 타고서 싹을 잘 틔워[185]	乘夜氣而善萌
우물 드는 아일 보고 슬퍼하였네.[186]	見入井而怵惕
이것이 마음의 동지(冬至)이거니	茲心上之至日

---

182) 오목불이(於穆不已) : 『시경』 주송 「유천지명」 "하늘의 명은, 아아! 심원하여 그치지 않네. 維天之命 於穆不已"에 보인다.

183) 하늘의 덕은 건(健)이고, 땅의 덕은 순(順)이다. 『주역』에 보인다.

184) 곡망(牿亡) : 어지럽게 하여 없애버린다는 것으로, 『맹자』 「고자 상」 "其日夜之所息 平旦之氣 其好惡與人相近也者幾希 則其旦晝之所爲 有牿亡之矣"에 보인다.

185) 야기(夜氣) : 『맹자』 「고자 상」 "牿之反覆 則其夜氣不足以存 夜氣不足以存 則其違禽獸不遠矣"

186) 견입정출척(見入井怵惕) : 『맹자』 「공손추 상」 "孟子曰 人皆有不忍人之心. 先王有不忍人之心 斯有不忍人之政矣 以不忍人之心 行不忍人之政 治天下可運之掌上 所以謂人皆有不忍人之心者 今人乍見孺子將入於井 皆有怵惕惻隱之心 非所以內交於孺子之父母也 非所以要譽於鄉黨朋友也 非惡其聲而然也"에 보인다.

어찌 몸을 돌이켜 삼가잖으리.	盍反身而省飭
진실로 이로 인해 잘 보존하면	苟因此而善保
어이해 우산(牛山)이 헐벗으리오?187)	豈牛山之濯如
마침내 활짝 펼쳐 사방 이르면	竟條暢而四達
천하에 앞장 되고 남음 있으리.	先天下而有餘
한 이치에 접촉하여 잘 기른다면	觸一理而長之
나라에도 또한 징험할 수 있으리.	亦可驗於邦國
세상 도리 지극히 비색함 만나	當世道之極否
어리석음 빠지고 어둠에 묻혀,	汩淹昧而昏塞
어지러이 음한 무리 일을 꾸미니	紛陰類之用事
북풍의 싸늘함이 안타깝구나.188)	慨北風之其凉
이때에 어떤 사람 벌떡 일어나	時有人其挺起
바른 기운 옳은 도리 품부 받아서,	禀正氣之純綱
열흘 추위 하루 볕을 들게 하여서	開一曝於十寒
양기(陽氣)를 회복하길 바라는도다.	庶陽和之可回
나라 운명 환히 밝게 이르게 하고	致國步於明昌
음기(陰氣)가 재앙 부림 끊어야 하리.	絶陰沴之爲災
이야말로 군자 무리 나아갈 바니	是則君子之類進兮
진실로 양(陽)이 돋는 한 시작이라,	固陽生之一始

---

187) 우산탁여(牛山濯如) : 『맹자』「고자 상」 "孟子曰 牛山之木嘗美矣 以其郊於大
國也 斧斤伐之 可以爲美乎 是其日夜之所息 雨露之所潤 非無萌蘗之生焉 牛羊
又從而牧之 是以若彼濯濯也"에 보인다.

188) 북풍기량(北風其凉) : 『시경』 패풍「북풍」 "북풍이 싸늘하지, 눈비도 퍼붓
지요. 北風其凉 雨雪其雱"에 보인다.

참으로 하늘 사람 한 이치이니	諒天人之一揆
어찌 이것저것 살피잖으리.	盍審幾於彼此
때문에 선왕은 시작을 삼가	肆先王之謹始
언제나 동짓날엔 관문을 닫네.189)	每閉關於是日
때를 따라 공경하여 일처리하면	敬順時而撫事
한 해 공을 이룸이 틀림 없으리.	成歲功而不忒
원컨대 성상(聖上)께선 원기(元氣) 체득해	願聖上之體元
종일 애를 쓰시고 저녁에도 삼가소서.190)	玆乾乾而夕惕
『주역』에서 나고 듦을 곰곰 살피고	察進退於義易
『제전(帝典)』을 공경히 본받으소서.191)	法欽若於帝典
한 마음을 잡아 지킴 유념하셔서	念一心之操存
높은 덕 밝히심에 힘 쏟으소서.	明峻德乎勉勉
미천한 신 또한 좋은 때 맞아	微臣亦除昌辰
양덕(陽德)의 밝고 환함 기뻐하리라.	欣陽德之昭融
좋구나! 이 좋은 날 경사 올리며192)	嘉履長而納慶

---

189) 폐관시일(閉關是日) : 『주역』「복괘」 "象曰 雷在地中 復 先王以至日閉關 商旅 不行后不省方"에 보이는데, 동지에는 관문을 닫아 걸고 조용히 있어야 양 이 길러진다. 길을 다니는 사람은 길을 잃지 않아야 하고 제후는 사방을 순시하지 않아야 한다. 안정되게 해서 미미한 양을 기르는데 다만 천도를 따를 뿐이다.

190) 건건석척(乾乾夕惕) : 『주역』「건괘」 "九三 君子終日乾乾 夕惕 若厲 無咎"에 보인다.

191) 제전(帝典) : 『서경』의 「요전」과 「순전」을 말한다.

192) 이장납경(履長納慶) : 조식(曹植) 「동지헌말이표(冬至獻襪履表)」 "伏見舊儀 國 家冬至 獻履貢襪 所以迎福 踐長先臣 或爲之頌 臣旣玩其嘉藻 願述朝慶 千載昌 期 一陽嘉節 四方交泰 萬物昭蘇 亞歲迎祥 履長納慶 不勝感節情 繫帷幄 拜表 奉賀 幷獻紋履七量襪若干 副上獻以聞謹獻"에 보인다.

강구(康衢)의193) 상서로움 송축하노라.　　　頌康衢之祥風

봉래산 노래
蓬萊山辭

□□에 어떤 사람이 있어　　　　　　　若有人兮□□
□□한 아름다움 잘 닦았다네.　　　　　□美要渺兮好修
긴 칼을 허리 차고 육지를 떠나　　　　帶長鋏兮陸離
절운관(切雲冠) 머리 쓰고 패옥 울리며,　冠切雲兮佩琳瑯
티끌세상 벗어나 높이 올랐네.　　　　　超塵埃兮高擧
봉래산 건너가면 선구(仙丘)라길래 '　　涉蓬萊兮仙丘
뇌사(雷師) 명해 앞장서 인도하랬지.　　命雷師余先道兮
풍백(風伯)이 펄럭이며 수레를 몰아　　風伯翩翩其馭輀路
가파른 길 굽이굽이 백 번 돌았네.　　　余崎嶇兮百轉
깊은 숲 아득해라 초목 우거져　　　　　深林杳兮草木稠
푸른 절벽 올라가 옥 꽃 주웠지.　　　　攀蒼崖兮拾瓊英
찬 샘물 양치해서 날려 흘리며　　　　　漱冷泉兮飛流
그대를 생각하나 오지를 않네.　　　　　思夫君兮不來
힘겹게 산 속에서 혼자 머무니　　　　　謇獨留兮山之幽

---

193) 강(康)은 오방(五方)으로 통하는 길이고 구(衢)는 사방(四方)으로 통하는 길
　　로, 번화한 거리를 말한다. 요임금이 말년에 평복 차림으로 강구에 나가
　　노니는데, 아이들이 부르는 동요에 임금이 없어도 태평성대를 누릴 수 있
　　다는 대목이 있었다고 한다.

산 속엔 □□□□□□.	山中兮□□琅玕□□
흰 돌은 동글동글 중주(中洲)에 □□	白石團團□中洲
흰 이슬 갑작스레 밤에 내린다.	白露忽兮野下
내 품은 그리움 아득하건만	余思兮悠悠
지초(芝草) 캐러 왔다고 둘러대었지.	薄言兮採芝
꽃다운 향기는 그침이 없어	芳菲菲兮未休
□□에서 내 머리를 감아 보았네.	沐余髮兮□□
내 패옥을 버리려 머뭇대는데	捐余佩兮夷猶
□□가 층층하늘 울려 퍼지네.	□□兮徹重霄
하늘 가 좋은 기약 기다리면서	望佳期兮天一頭
바다 산을 구름 학 불러 건너니	引雲鶴兮海嶠
신령한 못 잠긴 규룡(虯龍) 울음을 우네.	泣潛虯兮靈湫
봉황이 깃을 치며 내려 오더니	鳳凰翼其來下
울음 소리 저 멀리 들리어 온다.	雝雝一聞兮遙□
유하주(流霞酒) 따라내어 영액(靈液) 띄우고	酌流霞兮泛靈液
신선 불러 서로 함께 주고받는다.	喚羽人兮與之相酬
왕자교(王子喬) 나를 위해 일어 춤추고	王喬爲余而起舞兮
자안(子安)도 나를 위해 노래를 하네.	子安爲余而長歌
나는 청조(靑鳥) 시켜서 날아 올라가	吾令靑鳥兮飛騰
구름 언덕 서왕모(西王母)를 청해 오랬지.	邀王母兮雲之阿
부용꽃 의상을 펄럭이면서	衣芙蓉兮披披
구름 수레 뱀이 끌게 내맡기고서,	委蛇兮雲車
귀여운 웃음을 담뿍 실으니	載笑兮瑳然
향기와 윤기가 화려하구나.	芳與澤其方華

「백운곡」 산 언덕에 울려퍼지매	白雲兮山陵
곡이 마치기도 전에 탄식 나오네.	曲未終兮爲余一嗟
인간 세상 마치도 뜬 구름 같고	人世兮若浮
강 물결은 도도히 흘러가누나.	滔滔兮江波
환한 얼굴 위에 흰 머리 나니	昭顏與素髮
□□ 마음 상심한들 어이하리오.	□□心傷如何
만고도 돌아보면 유유하구나	萬古兮悠悠
멍하니 혼자 살며 길이 살핀다.	塊獨處兮久視
친하고 싶지만은 □□ 못하니	欲與親兮不可以□
거만하게 그 어여쁨 지키려 하나	驕傲兮保厥美
순식간에 왔다가 홀연히 가네.	倐爾來兮忽爾逝
바라봐도 못 미치고 구름만 자욱	望不及兮雲溶漓
□□□□□□□□□.	匪□□□□□□□□
한 해도 뉘엿 지고 날씨는 찬데	歲晼晚兮天寒
구슬꽃 캔다 한들 뉘게 주리오.	采瓊華兮誰遺
내 장차 요포(瑤圃) 가서 노닐으리니	吾將往遊兮瑤之圃
중화전(重華殿)에 절 올리고 마음 씻으리.	拜重華兮漱余衷
넓고 거친 세상은 이미 낡았고	世洪荒兮旣古
백성들의 좋고 나쁨 제각금일세.	民好惡兮不同
산엔 덤불, 못에는 도꼬마리가	山有榛兮濕有苓
□□□□□하여 황황하도다.	□□□遑遑
중화(重華)께서 내 탄식을 들으시더니	重華聞余歔欷
남훈가(南薰歌)와 소소곡(簫韶曲)을 연주하시네.	操南薰兮奏簫韶
창오(蒼梧) 들판 바라봐도 보이질 않고	望蒼梧兮望不見

겉으론 홀로 서도 마음 괴롭다.	表獨立兮心煩勞
가을 바람 □□해라 벌벌 떨리니	秋風□兮懍慄
마음은 두근두근 못 부르겠네.	魂怔怔兮難招
고향땅 아득해라 길 가로 막혀	故鄕渺兮擁隔
물길도 멀고멀다 갈 수가 없네.	川路長兮不可由
산에 올라 남쪽 땅 바라보면은	涉岵兮南望
흰 구름만 둥실둥실 떠가는 것을.	白雲兮浮浮
햇볕도 흐릿흐릿 □□□하니	日曖曖兮□□惜
잠깐의 세월은 □□□□해.	隙駟之□□
위로 올라 은하수에 호소하리라	吾將上訴乎天漢
우레와 비 앞질러 떠 노닐자고.	軼雷雨兮浮遊
이무기를 불러다 다리를 놓고	麾蛟龍而梁津
문지기에 명하여 빗장을 열리.	命帝閣而開關
내 꾸밈 바야흐로 씩씩하지만	及余餙之方壯
시절 또한 아직은 익지 않았네.	時亦猶其未闌
홀연히 분주하게 앞뒤 다투니	忽奔走而先後兮
백옥루는 구슬로 난간 꾸몄네.	白玉樓兮珠欄干
희화(羲和)더러 좇지 말라 명령을 하고	令羲和而勿迫
성신(星辰)에겐 자리 정돈 하라 말했지.	謂星辰而肅班
계수나무 맑은 이슬 방울이 지고	滴秋桂之淸露
옥토끼 서리털은 나부끼누나.	飛玉免之霜毫
충간(忠肝)을 갈라서 내 모두 말해	剖忠肝余盡白
시끄러운 인간 세상 전달하리라.	達下土之嗷嗷
은빛 못에 남은 물결 쏟아부어서	注銀潢之餘波

흐린 세상 어지러움 씻어내리라.   洗濁世之紛囂

경사스런 구름 일고 감로(甘露) 내리고   慶雲興兮甘露零

왕교(王郊)엔 상서론 기린 봉황이.   祥鱗瑞羽兮王之郊

산 속으로 마침내 돌아와 보니   歸來兮山中

안개 노을 예전과 다름이 없네.   烟霞無恙兮依依

여라(女蘿) 덩굴 모아다 띠를 만들고   集女蘿兮爲帶

마름 연잎 지어서 옷을 만들리.   製芰荷兮爲衣

가운데 언덕에선 두약(杜若)을 캐니   采中阿兮芳杜若

꽃잎은 여태도 시들잖았네.   及英華之未衰

대저 그 사람을 잊을 수 없어   夫人兮不可忘

애오라지 긴 그리움 전해 보지만,   聊以遺兮長思

푸른 바다 아득한데 나루도 없어   滄海浩渺而無津

포구 끝 바라보며 근심 겨워라.   望極浦兮愁人□

□□□□□□□□□   □□□□□□□

북두성 당겨다가 이슬 적시며   援北斗兮浥沆瀣

□□□ 거닐면서 회포를 편다.   □焉彷徉以舒懷

산중의 생활도 즐길만 한데   山中兮可樂

그대는 어이하여 오지를 않나.   君胡爲兮不來

岐峯集 권 2

오언절구(五言絶句)

김하서를 그리며 –이름은 인후이다
思金河西〔名麟厚〕

들 해는 사령(沙嶺)에 환히 빛나고	野日明沙嶺
시내 구름 판진(板津)에 잠기어 있네.	溪雲沉板津
그대 가매 무고한지 안부 묻노라	君歸問無恙
옥천(玉川) 있는 나와는 같지 않겠지.	有異玉川人

소소래에 묵고서 –부안에 있다
宿小蘇來〔在扶安〕

등나무 넝쿨이 옛길 에워싸	藤蘿籠古逕
고라니 사슴이 뜰까지 온다.	麋鹿出堂壇
입정 든 스님은 말씀이 없고	入定僧無語

바다의 달빛만 빈 창에 차다.　　　　　　　虛窓海月寒

낙일대에서 - 소소래 서편 숲 아래에 있다
落日臺〔在小蘇來西林下〕

바다는 황도(黃道)로 통하여 있고　　　　　海國通黃道
곤륜산은 백파(白波)로 들어가누나.　　　　崑崙入白波
지는 해는 쫓아도 미칠 수 없어　　　　　　羲輪去無及
홀로 선 이 마음이 어떠하리오.　　　　　　獨立意如何

부녕관에서 지화의 운에 차운하여 문백장에게 주다(2수)
- 지화는 양송천의 자이다
扶寧舘次志和韻贈文伯章 二首〔志和松川字〕

1

가을 내내 봉래산 바라보지만　　　　　　蓬萊一秋望
남해는 흰 구름 저 너머일세.　　　　　　南海白雲邊
그댈 보면 마음에 위로될텐데　　　　　　見子聊相慰
헤어진 지 어느덧 반년 지났네.　　　　　離懷已半年

2

송천은 지금은 아주 좋아서　　　　　　　松川今卽吉

국화촌(菊花村)서 탈 없이 지내고 있지.　　無恙菊花村

고향 온 즐거움을 알고 싶은가　　知我歸鄕樂

맑은 시 찬찬히 논해 보세나.　　淸詩又細論

백상루에서 의주목사 이선생에게 드림
百祥樓呈主人牧伯李先生

선생이 주신 술에 크게 취해서　　大醉先生酒

봄바람에 백상루에 올라 보았네.　　春風上百祥

세 갈래 강물 빛은 아스라하고　　三叉江色迥

바라뵈는 구름 뫼는 끝도 없어라.　　入塑雲峯長

사미당이 보내온 시에 수답하다
─김영정 자가 정숙 호는 사미당
酬四美見寄〔金永貞 字正叔 號四美堂〕

병중에 칼을 어루만지니　　病中時撫劍

그윽한 마음을 가눌 길 없다.　　幽意自難禁

좋은 시 나날이 텅비어가서　　玉韻漸虛牝

마치 오래 시 짓기를 그만 둔 듯이.　　其如久廢唫

안주로 가는 한사경을 전송하며
送韓士烱之安州

묘향산 봉우리 꼭대기 폭포	香嶽峯頭瀑
청천강 위에 솟은 높다란 누각.	晴川江上樓
유유히 천리 길 떠나는구려	悠悠一千里
병중에 그대 노님 전송하노라.	抱病送君遊

벌등포 영벽정에서 묵고
宿伐登浦映碧亭

서생이 장검을 의지하고서	書生倚長劍
한필 말로 궁벽한 곳 두루 다니네.	一馬遍窮荒
황릉묘(皇陵廟) 묵은 자취 감개하노니	感慨皇陵古
진나라 수나라는 알 길 없어라.	秦隋未可詳

제목을 잃음
題缺

이경이라 묏부리 달 토하더니	二更山吐月
석문봉에 와서는 걸리어 있네.	來掛石門峯
거울도 아닌 것이 수은도 아냐	非鏡亦非汞
천추에 동서로 왕래하누나.	千秋西復東

오언사운(五言四韻)

봉산관에서 밤에 읊조리다
鳳山舘夜詠

객지 생활 다시금 먼 길 떠나와	久客還征遠
올봄에도 여태 아직 못 돌아갔네.	今春亦未歸
겹겹 뫼는 구름만 자욱히 꼈고	重岡雲漠漠
옛 역엔 버들만 휘늘어졌다.	古驛柳依依
형제는 헤어짐을 괴로워하고	兄弟分離苦
처자식은 의탁할 곳 많지 않으리.	妻兒寄托微
무슨 일 이루자고 이리 바쁜가	驅馳何事業
옛 동산 고사리만 생각하노라.	空憶故山薇

철옹성에서 어사 박군옥에게 주다 —이름은 계현이다
鐵甕城贈朴御史君沃〔名啓賢〕

천리 길 황금빛 변방 성채에	千里黃金塞
겹겹 관문 흰 눈에 덮힌 성이라.	重關白雪城
어여쁜 아가씬 술을 권하고	佳人勸美酒
어사는 바쁜 일정 굳이 붙든다.	御史滯嚴程
옥피린 매화롱(梅花弄) 가락을 불고	玉笛梅花弄
거문고 녹수정(綠水停) 곡을 뜯누나.	瑤琴綠水停
차가운 창가엔 병든 서기(書記)가	寒窓病書記
양생의 경전을 혼자 읽는다.	空讀養生經

결승정에서 서울 가는 홍장원을 전송하며 차운하다
—이름이 부(溥)이니, 기유년에 함께 급제했다
決勝亭別洪壯元還洛次韻〔名溥 己酉同蓮榜〕

들 해는 강물 위에 저리 환하고	野日明江水
진달래꽃 천층만층 활짝 피었네.	千層躑躅花
잡은 손 나누어도 저녁 아닌데	分携應未夕
가는 길 술 사 줌을 깜빡 잊었네.	去路却忘賒
떠돌이 오래인데 봄마저 가니	客久春將盡
근심을 못 가누어 살적이 센다.	愁深髮欲華
고향 땅 가고파라 어드메인가	鄕關何處是

피리 소리 늦바람에 빗겨 들리네.   一笛晚風斜

창성관에서 방백의 시에 차운하여
昌城舘次方伯韻

서쪽 변방 관문 방비 튼튼하여서   西塞關防壯
전쟁 먼지 오래도록 놀람 없었네.   胡塵久不驚
장군은 농막서 바둑을 두고   將軍碁賭墅
막객(幕客)은 취했다가 깨곤 한다네.   幕客醉還醒
늦은 노에 봄 물결은 더욱 푸르고   晚棹春波綠
청루(靑樓)에선 대낮에도 꿈이 달콤해.   靑樓午夢成
강과 호수 마치도 옛 나라 같아   江湖如古國
흰 새가 빗 속을 가벼이 나네.   白鳥雨邊輕

병으로 의주 청심당에 누워 회포를 적다
病臥義州淸心堂書懷

삼천리 먼 길을 집 떠나 와서   離家三千里
아파 눕자 어버이 배나 그리워.   臥病倍思親
오랑캐 땅 바람 소리 이상도 하고   胡地風聲異
변방 백성 생김새는 신기도 해라.   邊氓面目新
근심 겨워 꿈조차 꾸기 어려워   愁多難作夢

눈물 솟아 온몸을 적시는구나.　　　　　　涙迸欲沾身
어인 일로 서강에 내리는 비는　　　　　　何事西江雨
주룩주룩 새벽까지 내리는 게냐.　　　　　浪浪夜達晨

삼가 연경 가는 고응임에게 부침(2수)
  －이름은 경진. 기유년에 함께 급제했다
　寄奉高應任赴燕〔名景軫 己酉同蓮榜 二首〕

1
근래에 중국을 살펴본 사람　　　　　　近古觀周者
그대가 나이 가장 어릴 것일세.　　　　吾兄最少年
황도(皇都)의 관문은 백 두 개이고　　　皇都關百二
고국으로 오는 길은 삼천리라네.　　　　故國路三千
문물은 소대(昭代)로 다 돌아가고　　　　文物歸昭代
산하는 짤막한 채찍에 들리.　　　　　　山河入短鞭
와전된 일 모두 다 물을 터이니　　　　傳訛皆可質
어이 홀로 말 소리만 질문하리오.　　　豈獨語音然

2
서관(西關)에 일월은 장구하건만　　　　西關綿日月
남국엔 또다시 전쟁이 일어.　　　　　　南國又兵戈
미관말직 얽매임을 웃는다 해도　　　　笑我微官縛
그대와의 이 이별을 어이하리오.　　　如君此別何

북방 구름 나그네 꿈 어지러운데　　　　　　燕雲迷客夢
요동 학 호가(胡笳) 소리 섞이어 나네.　　　　遼鶴雜胡笳
청천강의 전별을 이루지 못해　　　　　　　　未遂晴川餞
새 근심이 묵은 병의 곱절이로세.　　　　　　新愁倍舊痾

숙녕관에서 기쁜 소식을 듣고 주인선생에게 드리다
肅寧舘聞喜呈主人先生

듣자니 남쪽 정벌 하는 장수가　　　　　　　聞道征南將
무려 십만의 군대라 하네.　　　　　　　　　張皇十萬軍
깃발은 바닷가에 펄럭거리고　　　　　　　　旌旗騰海甸
북과 피리 오랑캐 땅 진동한다네.　　　　　　鼓角動胡雲
도적은 모두다 목을 벴으니　　　　　　　　　盜賊全歸馘
하늘 땅 잠깐 사이 재앙 씻었네.　　　　　　　乾坤暫雪氛
변방 신하 마땅히 경계할지라　　　　　　　　邊臣宜創戒
임금 염려 수고롭고 힘겨우심을.　　　　　　　聖慮重勞勤

위원군 동헌에 쓰다
題渭原東軒

흰 눈으로 뒤덮힌 황금새(黃金塞)에서　　　　白雪黃金塞
말 달리다 한해가 하마 저무네.　　　　　　　驅馳歲已殘

오랑캐 피리소리 밤에 놀라고　　　　胡笳驚半夜
고향 꿈은 몇 겹이나 산을 넘는다.　　鄕夢幾重山
물 가까워 비파로 연주를 하고　　　　水近琵琶曲
뾰족한 뫼 나라 절은 스산하기만.　　峯尖國寺寒
언제나 맡은 일 모두 끝나서　　　　　何時從事罷
남해서 노래자(老萊子)의 색동춤 추나.　南海舞萊斑

사미가 부쳐온 시에 수답하다(2수)
酬四美見寄

1

진작에 문단에서 함께 했더니　　　　早忝論文地
돌아와 기댐 또한 갈리었구나.　　　　依歸亦解方
아성(亞聖)의 말씀 들음 어기지 않고　不違聞亞聖
전왕(前王)을 사모함을 기뻐하였지.　於輯慕前王
풍진 세월 떠돈 지도 하마 오랜데　　漂泊風塵久
변방 관문 오래도록 내달린다네.　　　駈馳關塞長
이를 따라 근심과 병 몰려들어서　　　自從愁病集
온갖 일 모두다 귀찮기만 해.　　　　　百事摠相妨

2

어버이 그린 생각 만리 밖인데　　　　思親猶萬里
게다가 병마저 몸에 얽혔네.　　　　　況復病沉綿

장마비 부뚜막엔 개구리 나고	積雨蛙生竈
빈 침상 모포 위엔 곰팡이 핀다.	空床綠上氈
구름 하늘 오랑캐 눈 근심하면서	雲天愁狄眼
세월은 구르듯이 쉬 흘러가네.	歲月易馮顚
근고에 한가히 지내는 그대	近古閒居子
이따금 「벌목편(伐木篇)」을 보내오누나.	時傳伐木篇

병을 얻어 완계(浣溪)를 지나며 옛날을 얘기하다가 느낌이 있어, 소매 속에 있던 사미가 부쳐온 시 두 수에 보운(步韻)하고, 남쪽으로 가는 사미와 작별하다.

病得浣溪枉過談舊有感仍步所袖寄四美韻二首兼別四美南行

1

분성(盆城) 사는 그대에게 감사하노니	多謝盆城子
자주 와 병든 마음 만져 주었지.	頻來慰病唫
삼사당(三事堂)의 평상을 기억하노니	憶曾三事榻
＊ 시산에 삼사당이 있다.	〔詩山有三事堂〕
일재(一齋) 선생 거문고를 듣곤 했었지.	時聽一齋琴
어느덧 기쁨 슬픔 자리 바꾸고	忽忽悲歡轉
유유히 세월만 아마득해라.	悠悠歲月深
간직해 둔 한 말 술이 있지 않아서	惜無藏斗釀
함께 마셔 답답함 못 품이 애석하여라.	消鬱伴君斟
＊ '소(消)'는 '초(悄)'로도 쓴다.	〔消一作悄〕

2

남쪽 고개 넘어 가는 그대 부러워	羨君南嶺去
흥취는 백화(白華)의 노래에 있네.	興在白華唫
가을 빛 서리 맞은 벼 위에 밝고	秋色明霜稻
시냇물 거문고 소리 뒤섞이누나.	溪聲雜玉琴
나그네 오랜 병 안쓰러운데	客遊憐病久
고향 꿈 깨고 나면 근심만 깊어.	鄕夢覺愁深
시산관(詩山舘)의 일일랑은 말씀 마시게	莫道詩山舘
마음 술잔 밤마다 함께 하세나.	心盃夜共斟

앞의 운자를 써서 사미에게 부치다
用前韻寄四美

사미당(四美堂)의 늙은이 홀로 그리니	獨憐四美老
맑은 계절 오히려 괴롭게 읊네.	時淸猶苦唫
소상팔경 여덟 폭 그림에다가	湘江八疊畵
뒷골목엔 하나의 거문고라네.	陋巷一張琴
동작 나루 바람 안개 저물어가고	銅雀風烟晩
아차산 나무 숲은 깊기도 해라.	峨嵯樹木深
병 깊어 도리어 왕래 끊기니	病沉還枉絶
근심 겨워 술도 능히 못 따른다네.	愁思未能斟

송담을 생각하며
思松潭

송담 사는 사람 얘기 내 들었나니　　　我聞松潭人
집 한 채 구름 바위 둘려있다지.　　　　一室繞雲石
지리산의 기이함을 시에다 담고　　　　詩拾頭流奇
순강(鶉江)의 푸르름을 술 빚는다네.　　釀汲鶉江碧
삼황(三黃)의 매화를 보지 못하니　　　不見三黃梅
사람 일 구슬픔 배나 되누나.　　　　　人事倍悰戚
그대 인해 긴 회포 부쳐 보내니　　　　因君寄長懷
물가에서 향초를 건져 올리리.　　　　　澗渚搴芳若

연주정의 저물녘 술자리에서 사밀의 시를 차운하다
－정자는 능성에 있다
連珠亭晚酌次士密韻〔亭在綾城〕

강가 정자 저녁 빛은 깨끗도 한데　　　江亭晚色淨
강 나무엔 대나무 숲 섞이어 있네.　　　江樹雜脩篁
아득한 들 흰구름은 깔리어 있고　　　　野迥雲鋪白
빈 난간에 빗방울이 선듯하구나.　　　　欄虛雨納凉
향기로움 향초와 다름이 없고　　　　　薰馨同蕙茝
무성한 풀 난새 봉새 보는 듯 해라.　　　萋葑見鸞鳳
크게 취해 그제야 헤어지는데　　　　　大醉還分手
가을산은 더더욱 아스라 하다.　　　　　秋山更渺茫

월명암을 바라보며
望月明菴

깎은 벼랑 텅 빈 경계 뛰어넘어서	絶磴超虛界
아슬한 난간 푸른 하늘 높이 솟았네.	危欄出碧霄
바람 우레 언제나 숙여서 듣고	風雷常俯聽
구름 비는 반공에서 사라진다네.	雲雨半空消
깊은 밤 달 아씨는 춤을 추는데	逈夜月娥舞
맑은 가을 왕자교(王子喬)는 퉁소를 분다.	清秋王子簫
언제나 흰 봉황을 잡아 타고서	何時駕白鳳
패옥 던져 가지 끝에 걸어 보려나.	捐珮掛林梢

석천의 운을 써서 이군신에게 주다
用石川韻贈李君信

가을 바람 가는 옷깃 불어가는데	秋風吹去袂
나그네 길 부여에서 시작되누나.	客路自扶餘
백마강 찬 물결 여태 푸르고	白馬寒波綠
구름 누대 묵은 나무 성글기만 해.	雲臺古木踈
집도 없이 옛나라를 찾아나서다	無家尋舊國
흥이 일어 그대 집을 찾아 보았네.	有興訪君廬
밤나무 감나무 동산서 술잔 나누니	柿栗原頭酌
왕희지의 산음 땅도 이만 못하리.	山陰亦未如

중장과 헤어지며 주다
贈別仲章

서쪽 시내 얼음 눈이 깨끗도 하며	西溪氷雪淨
사흘 밤을 함께 지냄 너무도 좋아.	三夜好同襟
혜초(蕙草) 심은 밭두둑에 향기가 맑고	蕙晦薰薰臭
오동나무 언덕에선 해맑은 소리.	梧岡嘰嘰音
그대 소식 예전부터 알았었지만	風期知在昔
왕래함은 이제부터 시작이로다.	來往可從今
모산(茅山)길서 눈물을 글썽이노니	凝睇茅山路
무성한 대숲만 짙푸르구나.	青青萬竹林

병부교
兵部橋

옛 나라 산하는 여태도 남아	舊國山河在
나그네 길 위에서 마음 상한다.	傷心客路中
못과 누대 황량한 풀 덮히어 있고	池臺荒草合
노래 소리 안개 허공 끊기었구나.	歌管斷烟空
천 잔의 술을 마셔 크게 취하여	大醉千盃酒
피리 소리 바람 속에 외로이 읊네.	孤唫一簫風
고향 땅 어느새 아득하여라	鄉關已迢遞
제비와 기러기의 소식을 묻네.	消息問燕鴻

정숙의 시에 차운하다
次正叔韻

길게 읊조려도 안 될 것 없네	長唫無不可
하늘 땅 한 사람의 서생이로다.	天地一書生
새로 만난 얼굴 따라 기쁨이 오고	喜逐新逢面
오래 사귄 정을 좇아 즐거움 도네.	懽從舊識情
풍류는 매화 □□□ 한데,	風流梅□□
□□한 술동이는 향기롭구나.	□□酒尊馨
술 취해도 마음은 말짱하기만	到醉心還醒
그대 시는 편편이 주옥이로세.	君詩箇箇瓊

오언고시(五言古詩)

석천 선생의 매죽당 시에 삼가 차운하다

敬次石川先生梅竹堂韻

서쪽 담장 백 개 열 개 대나무 줄기	西墻百十竿
하나하나 푸른 옥이 시원하구나.	箇箇碧玉涼
높은 자태 두 그루 매화 잇닿아	風標連雙梅
해맑은 연못가에 그림자 잠겨.	蘸影淸池傍
그 속에 옛 것을 좋아하는 이	中有喜古子
온 집은 고요한데 향을 사르네.	一堂靜焚香
눈 속 달빛 높은 뜻 쏟아내는데	雪月瀉高懷
오래된 진한 술을 꺼내 오누나.	綠醅開舊藏
한 잔만 마셔도 취할 수 있어	一觴亦可醉
술 취해 무하향(無何鄕)에 들어가리라.	醉入無何鄕
죽림칠현 무리들을 소리 쳐 불러	大呼竹林徒
서호의 집에서 함께 누우리.	共臥西湖庄

역양 오동 깎아 만든 거문고 타니　　　　更調嶧陽桐
귀 가득 양양한 소리 들린다.　　　　　　盈耳乎洋洋
다시금 삼천년을 지낼 만하여　　　　　　還當三千春
훈풍 드는 내 집서 연주하노라.　　　　　奏我薰風堂

군옥을 대신하여 가애의 소매에 적어 주다
－이름은 은옥이다
　　代君沃題可愛袖〔名銀玉〕

지난 날의 철옹성이　　　　　　　　　昔日鐵瓮城
지금은 태화정(太華井)이 되었네.　　　今爲太華井
부용꽃이 그 속에서 피어나오니　　　　芙蓉生其中
은실에 녹옥(綠玉)으로 자루를 했지.　　銀絲綠玉柄
깨끗하여 나비도 찾기 어렵고　　　　　皎潔蝶難尋
벼랑이라 안개 눈이 어둡기만 해.　　　層崖烟雪暝
원컨대 꽃 다스리는 어사가 되어　　　　願爲花御史
가고 가서 꼭대기에 다다르리라.　　　　去去窮絶頂
가애(可愛)는 차마 버릴 수 없어　　　　可愛不可捨
천년간 연단 솥을 단련하누나.　　　　　千年鍊丹鼎
　　* '결(潔)'은 '질(質)'로도 쓴다.　　　　〔潔一作質〕

김몽언의 시에 차운하여
次金夢彦韻

쟁글쟁글 오래도록 노래 않으매	丁丁久不歌
선듯선듯 이아(爾雅)는 시들어가네.	習習傷爾雅
아득히 천년을 격하여 있어	悠悠隔千載
지사(志士)는 오로지 탄식만 한다.	志士惟嘆吒
오래 서로 공경함과 믿고 뽐내지 않음	久敬與不挾
그 누가 안영(晏嬰)·맹가(孟軻) 능히 배우리.	誰能學晏軻
쫓아 노님 말 멍에함 즐겨하나니	追遊喜輿馬
기운과 뜻 술잔에 넘쳐흐른다.	氣義繁醆斝
김군은 속되지 않은 선비라	金君不俗者
회포 맡겨 나를 두고 괜찮다 하네.	托懷云我可
바다 구름 서편에서 서로 만나서	相逢海雲西
가을 국화 아래서 비파를 탔지.	泛瑟秋菊下
저 멀리 읍양(揖讓)의 풍습 따르니	遠追揖讓風
군자가 그것을 다투는도다.	君子其爭也
높은 노래 늙은 용이 일어나는 듯	高歌老龍起
춤 자리로 가벼운 구름 떨어지누나.	舞席輕雲墮
사나이는 사업을 귀히 여기고	男兒貴事業
큰 둥치는 집 지탱함 기약한다네.	巨幹期扶厦
크게 취해 손 나누고 헤어지려니	大醉欲分手
산달은 맑은 정자 위로 오른다.	山月上淸榭
말 타고 성 동편 제방 나서니	跋馬城東堤

기러기는 강과 들에 시끄럽구나.　　　　　　　梟鴈鬧江野
산공(山公)도 한바탕 웃을 만하여　　　　　　山公大可笑
손뼉 치며 길 왼편을 막아서리라.　　　　　　拍手攔道左
다시 노님 맺으려는 생각 있다면　　　　　　有意結重遊
동쪽 집 저는 노새 빌리시게나.　　　　　　　東舍蹇驢借

칠언절구(七言絕句)

송경에서 술에 취해 읊조리다
松京醉詠

만월대 가에서 한 잔 술 기울이니	滿月臺邊把一盃
오백년 옛 터전에 피리 소리 구슬퍼라.	半千基業笛聲哀
그 누가 당시 일을 알아들을 사람인가	誰人認聽當時事
궁전도 황량해라 잡초에 묻혀있네.	宮殿荒凉但草萊

자하동
紫霞洞

궁궐 지는 해에 황량한 연기만이	宮城落日但荒烟
번화한 오백년이 눈 깜짝할 사이로다.	驚眼繁華五百年
강개한 맘 누굴 조차 술 한 번 취해 보나	慷慨誰從拚一醉
자하동 신선에게 흥망 물어보리라.	興亡欲問紫霞仙

화담을 지나면서
過花潭

송악산 앞머리에 객의 수레 머물리고
한 잔 술 마주 하니 슬픈 얘기 뿐이로다.
화담 주인 가고 없고 물만 흘러 가는구나
드넓은 우주에서 누굴 지남(指南) 삼으리오.

松岳山前駐客驂
一樽相對摠悲談
花潭人去空流水
宇宙悠悠孰指南

부벽루
浮碧樓

저물녘 능라도에 그림배를 대고서
어여쁜 풍광 속에 부벽루를 취해 찾네.
이 좋은 곳 와서 노님 지금껏 적었거니
게다가 봉래서 온 신선 하나 있음에랴.

晩向綾羅泊畵船
醉尋浮碧好風烟
玆遊奇絶從來少
更有蓬萊降一仙

회포를 읊조리다
詠懷

고향 땅 꽃 일은 한봄 내내 어긋나서
소반 앵두 오르도록 여태도 못 갔구나.
작은 동산 대나무 순 웃자랐을 생각하니
주렴 밖 보슬비에 비단 옷이 두텁도다.

故鄕花事一春違
盤薦櫻桃尙未歸
忽憶小園新竹長
一簾微雨錦褙肥

다시 연경 가는 김형언을 전송하며
送金亨彦再赴燕京

청천강 배 위에서 예전 헤어질 적엔 　　昔別晴川江上舟
푸른 버들 꽃다운 풀 마음만 아득했지. 　綠楊芳草意悠悠
지금의 눈앞 경치 변함 없이 그대론데 　祗今風物渾依舊
그 누가 큰 술잔에 객수를 위로하리. 　誰勸深盃慰客愁

송경 가는 길에 김정중을 만나서(2수)
 －이름은 희련이다
松京道中遇金精仲〔名希鍊 二首〕

1
고향 땅 봄 깊은데 나그넨 집 못 가니 　故國春深客未歸
석양에 이별 한이 곱절이나 삼삼하다. 　夕陽離恨倍依依
그대여 고려 적 일 묻지를 마시게나 　憑君莫問前朝事
황량한 터 나무 늙어 백 아름도 더 된다오. 　樹老荒臺已百圍

2
우리 모두 하늘가서 나그네 근심인데 　俱是天涯客裏愁
북궐의 소식은 이미 지난 가을일세. 　北闕消息已前秋
이제 와 또 다시 관하에서 이별하니 　從今又作關河別
눈 가득한 황량한 터 눈물만 흐르누나. 　滿目荒臺淚欲流

천수문
天水門

천수문 앞으로 봄날 해는 기울고　　　　天水門前春日斜
나그네 돌아보면 묏부리만 어지럽다.　　客程回首亂峯多
예로부터 영웅들이 마음을 상하던 곳　　英雄從古傷心地
몇 번이나 금릉 향해 외상 술을 찾았던고.　幾向金陵喚酒賖

총수산(2수)
蔥秀山 二首

1
총수산 밑자락을 취중에 지나가니　　　　蔥秀山前醉裏過
부딪치는 냇물 소리 꿈속에도 자욱하다.　溪聲激激夢中多
우인(郵人)이 쌍비(雙碑) 있다 풀어서 말하길래　郵人解道雙碑在
말 타고 올라 보니 해가 하마 저물었네.　卸馬登看日已斜

2
운강(雲岡)과 장공(章貢)은 중국의 호걸인데　雲岡章貢中朝傑
바다 밖에 남긴 이름 단지 작은 비석일세.　海外留名只短碑
만리 밖 기름 바른 장막 속 선비 하나　　萬里青油幕下士
저물녘 여관에서 또한 시를 짓노라.　　　夕陽孤舘亦題詩

생양관에서 김언희를 만나 취해 애기하다 한밤중에 피리 소리를 듣고(2수)
生陽舘逢彦喜醉話夜半聞簫 二首

1

삼경이라 피리 소리 변방에 근심 겨워   短笛三更愁出塞
외론 등불 먼 나그네 홀로 시를 읊노라.   孤燈遠客獨吟詩
사람더러 동헌의 달 부러워 하게 하니   令人却羨東軒月
「매화제일지」 한 가락을 취해서 부는고나.   醉弄梅花第一枝

2

우리 모두 관하 땅 만리 길 나그네 몸   俱是關河萬里身
생양관(生陽舘) 안에서 또 봄을 맞았고야.   生陽舘裏又逢春
그 누가 슬픈 피리 삼경에 놀래키나   誰將怨笛驚三夜
매화가 다 지도록 사람은 뵈지 않네.   落盡梅花未見人

임경대
臨鏡臺

보잘 것 없는 이 몸 동과 서로 떠돌다가   東西漂泊我支離
이 한 때에 변방 밖서 함께 와 노닐다니.   塞外同遊此一時
임경대 앞 다시금 아쉽게 이별하니   臨鏡臺前還惜別
봄 바람 이월이라 버들가지 실 같구나.   春風二月柳如絲

안주에서 서울 가는 길을 전별하며
餞赴京之行于安州

청천강 위에는 버들가지 푸르니	晴川江上綠楊枝
봄바람에 나그네 근심 겨운 때로구나.	政是東風惱客時
가소롭다 능라도의 어여쁜 꾀꼬리 말	可笑綾羅鶯語巧
저물녘 하늘하늘 가만있지 못하네.	斜陽裊裊不勝垂

가애를 대신해서 군옥에게 부치다
代可愛寄君沃

약산은 예로부터 풍류스런 땅이거니	藥山從古風流地
어사의 바쁜 일정 또한 머물렀었지.	御史嚴程亦滯行
청천강 건너가면 소식도 끊기리니	一渡晴川消息斷
너무도 무정하다 그때엔 말 못했지.	當時不道太無情

자수를 골려주다
調子修

철옹성에 있는 사람 모두다 나그네라	鐵瓮城中摠客遊
산을 찾아 잠시 동안 떠돌이 근심 위로하네.	尋山暫欲慰羈愁
절집 술에 그대가 먼저 취함 애처롭네	憐君先醉禪房酒

흰 바위 물가에 함께 가서 못 읊으니.　　　　未共行吟白石洲

산을 나와 희천 가는 도중에 읊조리다
出山向熙川途中口號

서쪽 땅 와 날마다 고향 생각 뿐이러니　　　西來無日不思鄉
남국의 강과 호수 꿈 속에 아득하다.　　　　南國江湖夢裏長
한 봄 내내 꽃 달 약속 헛되이 저버리매　　　辜負一春花月約
어느 때나 돌아가 초록 그늘 누워보나.　　　何時歸臥綠陰凉

희천 남헌에 쓰다
　－박계현의 집이다.
題熙川南軒〔朴啓賢居〕

가파른 강 길 따라 희천 땅에 들어서니　　　崎嶇江路入熙川
나그네 베게 맡에 바람이 배꽃 턴다.　　　　風擺梨花客枕邊
앉아서 향로봉의 진면목과 마주하니　　　　坐對香爐眞面目
여태 올라 보지 못함 비웃는 듯 하여라.　　　似應嘲我未窮顚

사선봉을 보고 말을 세우고
見四仙立馬

봉래산 제일봉을 어저께 내려오니	昨下蓬萊第一峯
상투 끝엔 여태도 초록 구름 남은 듯.	輕鬟猶帶綠雲容
쌍쌍이 배꽃 아래 말을 세워 보노라니	雙雙立馬梨花下
눈 녹아 붉은 깁이 옥총마(玉驄馬)에 어지럽다.	雪醺紅紗亂玉驄

진서루에서 조군옥에게 주다
鎭西樓贈趙君玉

높은 누각 올라보니 병든 눈이 환한데	一上高樓病眼明
늦은 산에 날리는 비 숲 저편서 우는구나.	晚山飛雨隔林鳴
나른히 붉은 소매 쌍쌍 추는 춤 보자니	懶看紅袖雙雙舞
반평생 나그네 맘 철옹성을 둘렀네.	半世羈懷鐵瓮城

패강 배 위에서 김언희·정노경과 헤어지며
浿江舟中別金彦喜鄭魯卿

청산은 그림 같고 물은 하늘 맞닿아	青山如畫水連天
이별 잔을 취해 잡자 생각만 하릴없다.	醉把離盃思黯然
중추절 달 밝은 밤 만날 약속 다시 하고	更約仲秋明月夜
연광정 내려가서 다락 배를 띄우노라.	錬光亭下泛樓船

기양에서 북막으로 근행(覲行) 가는 최가운을 전송하며
　─이름은 경창, 호가 고죽이다
　　　岐陽送崔嘉運覲北幕〔名慶昌 號孤竹〕

자네는 북녘으로 나는 장차 서편으로	君行將北我將西
천리라 갈바람에 이별 한만 어지럽다.	千里秋風別恨迷
강남 땅 사흘 밤 꿈 이을 수만 있다면	會續江南三夜夢
향로봉 학을 타고 흰 구름 속 깃들이리.	香爐伴鶴白雲捿

외로운 밤
　　獨夜

철옹성 높고 높다 산 해도 어둑하니	鐵瓮城高山日昏
어버이 그린 병든 객은 다시 마음 상하네.	思親病客重傷魂
변방 아이 피리소리 바람은 불다 말다	天風吹斷羌兒笛
지는 잎 우수수 문을 가득 막는다.	落木蕭蕭滿塞門

임경대에서 날이 늦게 개이길래 김직경과 조군옥에게 주다.
　　臨鏡臺晚晴贈金直卿趙君玉

산 구름 잠깐 걷혀 묏부리 끝 드러나니	山雲乍捲露危岑
다락의 해 새로 개어 저녁 그늘 상쾌해라.	樓日新晴爽夕陰
타향이니 술잔 잡아 마음껏 취하세나	把酒異鄉須盡醉

철옹성 깊은 곳엔 남녘 소식 못 오리니.　　　南晉不到鐵關深

취해 이자운에게 주다
醉贈李子雲

황금새(黃金塞)에 일년간 병이 든 나그네가　　一年病客黃金塞
백옥배(白玉盃)로 한밤 중에 근심에 겨워 있네.　半夜愁懷白玉盃
내일은 그대 함께 눈 찾아 흥을 내면　　　　　明日携君尋雪興
철성산 동대에 달빛이 가득하리.　　　　　　鐵城山月滿東臺

벌등포 영벽정에 묵어 자며(3수)
宿伐登浦映碧亭 三首

1

변방 밖서 유유히 한차례 이별하니　　　一別悠悠塞外天
누런 빗돌 풀도 시든 옛 성의 가이로다　黃碑白草古城邊
영웅은 스러지고 모두 진토 되었으니　英雄事去俱塵土
진인(秦人)이 제멋대로 신선 배움 웃지 말라　莫笑秦人謾學仙
　* '황(黃)'은 '황(荒)'이 옳다.　　　　〔黃當作荒〕

2

장군의 위엄 명망 오랑캐 땅 진동하니　將軍威望動胡天

옥장(玉帳) 가 기러기 소리에 꼼짝없이 항복하네.　納款聲雁玉帳邊
　* 때마침 비가 와서 군막(軍幕)을 철거한 것이다.　〔時雨卽幕輟去者〕
수항정(受降亭) 달빛 아래 취하여 누었자니　醉臥受降亭上月
옆 사람 나를 보고 시선(詩仙)이라 하는구나.　傍人喚作老詩仙

3

평생에 사방으로 노닒을 즐겼더니　平生喜作四方遊
우물안 개구리 부끄러움 오늘에야 펴보네　此日翻懷井底羞
호수와 산 이르러서 말머리를 돌리나니　一到湖山回馬首
긴 줄에는 오랑캐 왕 머리를 못 걸었네.　長纓未係左賢頭

삭주 가는 도중에
　　朔州途中

고개 관문 어귀서 형제탄(兄弟灘)을 접어드니　入嶺關頭兄弟灘
석양에 말 지치고 삭풍은 매섭구나.　夕陽羸馬朔風寒
취한 얼굴 검게 되고 갖옷조차 꽁꽁 얼어　醉顔生鐵重裘凍
서생은 벼슬 맛의 괴로움을 견뎌 웃네.　堪笑書生官味酸

연평문
延坪門

군장(軍裝)하고 새벽녘에 삭주성을 출발하니	戎裝晨發朔州城
깃발은 펄럭이고 칼과 창은 번쩍이네.	旗纛飜風劍戟明
연평문 다시 올라 뉘엿한 경 바라보니	更上延坪成晚望
수없는 오랑캐 산 눈 앞에 펼쳐있네.	胡山無數眼前平

권공이 지은 고향산 그리는 시의 운을 차운하여
次權公憶鄉山韻

한해 장차 지나가니 바람 안개 아쉬운데	一年將盡惜風烟
하물며 집안 편지 끊겨 잇지 못함에랴.	況又家書斷未連
어이해야 그대 함께 묘향산을 찾아가서	安得携君香嶽去
짙은 쪽빛 하늘 위로 근심을 떨쳐볼까.	愁懷聊遣蔚藍天

병중에 조선생 경양의 운에 차운하여
病次趙先生景陽韻

선생께서 성현 말씀 글로 써서 보내시니	先生書贈聖賢言
글자마다 한결같이 도에 드는 문이로다.	字字皆爲入道門
나이 들어 들림 없음 어이 어지럽다 하리	年迫無聞胡亂者

이제라도 앞선 자취 따르기를 바라노라.　　　從今庶得定前踨

자수가 보내온 시에 차운하여
次子修見寄

변방 끝서 병을 안고 아침 내내 누웠자니　　　窮邊抱病臥終朝
젊은 날의 장하던 꿈 호기 점차 스러지네.　　　少日雄心漸減豪
새 달력 나눠 주매 해 바뀜에 놀랐는데　　　皇曆初頒驚歲改
천리 밖 흰 머리 어버이 그리움을 어이하리.　　　況思千里鶴添毛

박일초가 질정관으로 연경에 가는 것을 전송하며(2수)
－이름은 호원이다. 임자는 문과에 함께 급제했다
送朴一初質正赴京〔名好元壬子文科同榜〕

1
쌍령촌 서쪽에서 강을 건너 들어가서　　　雙嶺西邊入渡河
□□□□에서 뗏목을 띄우누나.　　　□□□□泛星槎
나라 떠나 삼천리라 말하지 말려무나　　　莫言去國三千里
사해의 수레와 글 다만 한 집안일세.　　　四海車書秪一家

2
그대와의 사귐은 아우 형제 사이려니　　　與君交契弟兄間

몸겨 누워 먼데 이별 차마 견딜 수가 없네.　　病臥難堪遠別顔
어드메 이국에서 나그네 꿈 놀라 깨면　　　何處異鄕驚客夢
요새(遼塞)에 밤은 찬데 달은 관문 떠있으리.　夜寒遼塞月臨關

부여 회고
扶餘懷古

낙화암 바로 곁에 고란사 서있는데　　　　落花巖畔皐蘭寺
일천년 옛 나라의 남은 터라 말하누나.　　云是千年故國墟
지난 일 해를 따라 물에 떠서 흘러가고　　往事日隨流水去
흥망은 피리 소리 가락 속에 남았구나.　　興亡惟有笛聲餘

팔월 보름밤에 고성촌에서 자다가 사람을 꿈꾸었다
宿古城村夢人中秋十五夜

갈바람 필마로 강남 땅에 내려오니　　　秋風匹馬下江南
천리라 관하 길 그리움은 한이 없네.　　千里關河思不堪
오늘 바로 한 해 중에 달이 가장 밝은 밤　政是一年明月夜
객창서 새벽 꿈에 와자지껄 얘기했지.　　客牕殘夢語喃喃

봉서루에서 북으로 가는 영응에게 주다.
鳳棲樓贈靈應北行

지난 해 4월에 호남에 왔을 적에	前年四月下南湖
가지산 두 봉우리 발우 하나 뿐이었네.	迦智雙峯但一盃
늦가을에 또다시 풍악 향해 떠나가니	又向高秋楓岳去
드넓은 북해에서 붕새 포부 보는 듯.	洋洋北海看鵬圖

밤에 술 마시다 정숙의 운자에 차운하여
夜酌次正叔韻

한 말 술로 시 논하니 모름지기 백 편인데	一斗論詩須百篇
담장에 성근 대에 달빛도 곱디 곱다.	半墻踈竹月娟娟
호수와 산 남과 북에 서로 만남 늦었거니	湖山南北相逢晚
술잔 앞에 이르러 질펀하게 취해보세.	擬到尊前爛漫顚

사미가 부쳐온 시에 수답함
酬四美見寄

드넓은 길 붉은 먼지 수레와 말 번잡하니	九陌紅塵車馬闐
봉성의 궁궐은 채색 구름 가이로다.	鳳城宮闕綵雲邊
사미정 속 늙은이는 어떻게 지내시나	如何四美亭中老
동작 나루 강 물결에 낚시 배만 한 척이리.	銅雀江波一釣船

우연히 짓다
偶題

변산 길 사십 리를 고개 돌려 바라보니
맑은 샘물 흰 바위가 숨어살기 알맞구나.
척박한 땅 몇 이랑에 뽕과 삼이 풍족하니
늘그막에 그대 함께 호미 한번 잡아보리.

回首邊山四十里
淸泉白石稱幽居
薄田數頃桑麻足
歲晚同君一把鋤

원효방—부안에 있다
元曉房〔在扶安〕

벼랑에는 갈매기가 둥지 틀고 있었는데
천년의 옥우물엔 푸른 이끼 자욱하다.
땅 영험해 신선 찾는 길을 잃고 헤맸으니
이번 걸음 환골(換骨) 못함 응당 애석하도다.

曾是懸崖海鶴巢
千秋玉井碧苔饒
坤靈迷我尋眞路
應惜玆行未伐毛

자씨암—부안에 있다
慈氏菴〔在扶安〕

절벽 따라 넝쿨 걸어 위태론 길 내려오니
꺾인 막대 터진 신발 피곤한 줄 몰랐네.
자씨당 가운데서 가야할 길 물어보니
청림사는 이곳서도 한참을 더 간다네.

搴蘿緣壁下欹危
杖破鞋穿不覺疲
慈氏堂中問前路
靑林去此里三奇

청림사—부안에 있다
靑林寺〔在扶安〕

수당(垂堂)을 다 벗어나 골짝으로 내려서다   脫盡垂堂下洞天
솔숲서 길 잃으니 도리어 아득해라.   松杉失路轉茫然
황량한 옛 절엔 스님네 남았으니   荒凉古寺殘僧在
마음 놓고 시 보따리 차차로 전하리라.   任許詩裝次次傳

떠나기에 앞서 고청림사에 써붙이다
將還題古靑林

푸른 강물 흰 돌 위로 붉은 잎 어지럽고   白石滄洲紅葉迷
지팡이 떨쳐 가니 저문 구름 깔려있다.   輕藜拂盡暮雲低
계수나무 끌어당겨 누구게든 주고파도   攀援蒼桂欲誰贈
아득히 그리는 이 은하수 저편 있네.   渺渺相思天水西

양진당에서 김선경 백중에게 주다
養眞堂贈金善卿伯仲

맑은 집 오래 앉아 햇볕 이미 옮아가니   坐久淸軒景已移
지나가는 비를 따라 한기가 스물스물.   凉生偏逐雨過時
무수한 남은 단풍 맑은 거울 위에 떠서   殘紅萬片浮澄鏡

한 자락 가을빛이 작은 못에 잠겨 있네.　　　一抹秋光鎖小池

구일
九日

무슨 일로 중양절에 집에 있지 못하는가　　　何事重陽不在家
시내 서편 국화 포기 누런 꽃이 피었는데.　　　澗西叢菊已黃花
흰 옷 입고 온종일 찾아오는 사람 없어　　　白衣竟日無人到
용산에서 취한 맹가(孟嘉) 하릴없이 생각했네.[1]　　　空憶龍山醉孟嘉

천엽매
千葉梅

섣달 지난 강남땅엔 눈 기운 자욱한데　　　臘盡江南雪意奢
찬 달빛에 옅은 단장 그림자 빗겨있네.　　　淡粧寒月影橫斜
시 늙은이 비쩍 마름 싫다할까 염려해　　　怕却詩翁嫌太瘦
부러 천 잎 보태어서 번화를 흉내내네.　　　故添千葉學繁華

---

1) 맹가(孟嘉)는 진나라 때 사람. 환온(桓溫)이 용산(龍山)에서 잔치를 베풀었는
데, 바람이 불어 맹가의 모자를 떨구었다. 맹가가 미처 깨닫지 못하자 그
를 골려 주려고 모자를 숨겨 놓고 글을 짓게 했는데, 그 글이 몹시 아름다
웠다. 이후 선비의 초탈하고 시원스런 풍모를 나타내는 말로 쓴다.

난초 밭의 새벽 이슬
蘭畦曉露

쓸쓸한 가을 뜰에 바람 이슬 희미한데	蕭瑟秋庭風露微
고운 난초 세모(歲暮)에도 여전히 무성하다.	幽蘭歲暮尙菲菲
묻노라 너는 정말 정 없는 물건인가	問渠政是無情物
시인은 어이하여 거리 둔다 원망하나.	騷客如何怨有違

서편 담장의 자줏빛 대나무
西墻紫竹

백 개의 상수(湘水) 대는 자줏빛 옥 줄기라	百箇湘竿紫玉莖
늙은 시인 좋으라고 세한(歲寒) 맹세 지켰구나.	好爲詩老歲寒盟
뜨락 가득 서리 달만 쓸쓸한 이 밤에	滿庭霜月蕭蕭夜
가지 끝 향해 서서 봉황 울음 듣는다.	佇向枝頭聽鳳鳴

서리를 견디는 노란 국화
傲霜黃菊

그 꽃 어이 서리 맞아 피는 꽃이 아닐런가	不是渠花肯傲霜
무서리에 또한 홀로 꽃떨기를 보호하네.	霜威亦自護孤芳

초나라 연못 가서 가을 저녁 밥이 되고[2]   堪從楚澤餐秋夕
동쪽 울서 술잔 띄워 취하기에 알맞구려   合得東籬泛醉觴

어촌의 작은 배
漁村小艇

저물녘 동편 나루 안개가 자욱한데   日暮東津烟水迷
노 젓는 몇 소리가 오리 갈매기 쫓아가네.   數聲柔櫓逐鳬鷖
강 장사치 때마침 붉은 비늘 회를 파니   江商政賣紅鱗鱠
집식구에 급히 알려 막걸리를 걸러 놓네.   急報家人漉白醍

위상사의 집에 적다
 ―이름은 곤이니 함께 급제했다. 고읍 방촌에 있다.
 ### 題魏上舍軒〔名鯤同蓮榜 在古邑傍村〕

옛 성 남은 성가퀴 반너머 덤불인데   古城殘堞半藤蘿
오차(烏次)에 남은 백성 몇 집이나 되려는지. 烏次餘民有幾家
산악은 그대로요 강과 바다 드넓은데   山岳不崩江海闊
장생 비결 선녀에게 물어보려 한다네.   長生我欲問仙娥

---

2) 굴원의 『이소(離騷)』에 "저녁엔 가을 국화의 진 꽃잎을 먹노라. 夕餐秋菊之
  落英"이라 한 것이 있다.

만수원에 적다
─장흥에 있다
題滿樹院〔在長興〕

사자산 기슭에 호계의 바로 곁에
숲에 둘린 높은 다락 낮잠이 늘어지네.
서쪽 변방 그리운 이 소식이 끊겼으니
남국이 고향임을 도리어 잊었는가?

獅山之下虎溪傍
滿樹高樓午夢長
西塞有思消息斷
却忘南國是吾鄉

회포가 있어(2수)
有懷 二首

1

달 지자 사람 가고 누대는 비었는데
배꽃 아래 한 잔 술은 이별의 잔이로다.
만약 훗날 은정이 옅어지지 않는다면
천리 길 꿈에라도 자로자로 오시소.

月沈人散但空臺
一酌梨花是別盃
若非他日恩情薄
千里須頻入夢來

2

지난 해 헤어질 땐 가을 물결 단풍잎
올해 헤어질 땐 봄 산 언덕 지는 꽃.
가을 물결 아득하고 봄 산은 텅 비니
단풍잎 지는 꽃을 따져 무엇 하리오.

去年別楓葉秋江波
今年別落花春山阿
秋波杳杳春山空
楓葉落花知奈何

최고죽의 부채에 쓰다

—공이 평사가 되었을 때 안주의 기생을 사랑했다. 병으로 교체되어 돌아오다가 길에서 올라가던 고죽과 만났다. 부채에 이 시를 써주었다. 고죽은 부채를 기생에게 주었다. 기생이 구슬퍼하는데, 이미 부고가 이르렀다.

題崔孤竹扇〔公爲評事時, 眷安州妓. 以病遞還, 路逢交承孤竹. 題此詩 於扇. 孤竹以贈扇妓. 妓慘然而已訃至.〕

관서의 명승으로 큰 강이 셋 있나니	關西名勝大江三
곳곳마다 꽃 정자가 객의 수레 머물리네.	處處花亭駐客驂
백상루 가거들랑 누 아래서 물어 보게	君到百祥樓下問
푸른 창엔 분명히 몽강남(夢江南)이 있을테니.	碧牕應有夢江南

호당 숙직 중에 취해 읊조리다

湖堂直中醉吟

독서당 가에 뜬 달 그 모습 활과 같아	讀書堂畔月如弓
오사모(烏紗帽) 취해 벗고 강 언덕에 바람 쐬네.	醉脫烏紗倚岸風
한 곡조 피리 소리 십리 강산 퍼져가니	十里江山輸一笛
황홀해라 이 내몸 그림 속에 들었구나.	怳然身在畫圖中

岐峯集 권 3

칠언사운(七言四韻)

사냥을 보다가
觀獵

삼경의 뿔피리소리 철관(鐵關)을 울리니	鼓角三更動鐵關
장군의 사냥 길에 삭풍은 차고 맵다.	將軍出獵朔風寒
산 오르며 나무 베어 온 묏부리 온통 붉고	登山斬木羣巒赭
짐승 쫓아 숲 에워싸 함성소리 시끄럽다.	逐獸圍林萬口讙
재주 보기 마땅하고 때로 무기 번뜩이니	觀藝正宜時耀武
군대 펼침 오랑캐를 정벌하는 연습이라.	張師端爲試征蠻
정위(廷尉)의 하는 일은 오직 말을 내달림 뿐	廷評事業惟馳馬
공자(孔子)·안자(顔子) 배운 일은 한바탕 웃음거리.	堪笑當年學孔顔

가을 물결
秋漲

오랜 □□□에 하늘 닿을 듯 물 불어나
바라뵈는 푸른 바다 아득해 가이 없다.
밥 연기는 아스라이 봉래도에 이어 있고
성궐은 들쭉날쭉 옥전(玉田)과 맞닿았네.
맑고 얕음 보려 하니 뜬 세상 아득하고
차고 빔을 찾노라니 고요한 맘 그윽해라.
창생들은 다만 곡식 상함 원망하며
날마다 날씨 좋아 풍년 들기 기원하네.

久□□□水漲天
望中滄海浩無邊
人烟杳靄連蓬島
城闕參差接玉田
清淺看來浮世遠
盈虛索得靜心玄
蒼生但怨傷禾稼
日祝調元大有年

향로봉 보현사에서 언희의 운에 차운하여
香爐普賢寺次彦喜韻

긴 칼 차고 돌아와 북쪽 땅을 다녔으나
향로봉 한 묏부리 그중 가장 웅장하다.
맑은 시내 백옥 같아 볼수록 흥이 솟고
여린 풀 향그런 꽃 하나하나 시로구나.
산 나그네 술잔 당기자 나는 비 지나가고
강 아가씨 비파 타니 지는 볕이 더디어라.
풍류로 웃으면서 그대 먼저 일어서니
취한 뒤 나 혼자서 다 마시게 하는구려.

長劍歸來遍北郵
香爐一岳最雄奇
清溪碧玉看看興
細草瑤花箇箇詩
山客引尊飛雨過
江娥弄瑟夕陽遲
風流堪笑君先起
醉後令人獨盡巵

다시 언희의 운에 차운하다
又次彦喜

간밤 보슬비가 한바탕 개이더니	小雨前霄一陣晴
아침 들어 강물빛도 십분이나 맑아졌네.	朝來江水十分清
바위 기댄 작은 나무 구름 따라 푸르고	倚巖低樹緣雲綠
물가에 숨은 꽃은 수면 비쳐 해맑도다.	繞渚幽花照鏡明
승지(勝地)에 벗이 노니 세상 일은 못찾겠고	勝地朋遊塵事少
낯선 고장 꾀꼬리 소리 나그네 넋 놀라누나.	異鄉鸎語旅魂驚
향로봉 꼭대기로 지팡이 짚고 곧장 올라	扶藜直上香爐岳
옥 우물 근원에서 다시 갓끈 씻어보세.	玉井源頭更濯纓

만포 수항정에서 차운하다
滿浦受降亭次韻

수항정 아래쪽에 변방 강물 흘러가고	受降亭下塞江流
달 부르는 호드기 소리 나그네 근심 일깨운다.	叫月胡笳動客愁
서리는 기다란 공부검(工部劍)에 떨어지고	霜拂倚天工部劍
바람은 난간 기댄 중선루(中宣樓)에 거세도다.	風高憑檻中宣樓
십년간의 글 공부는 참으로 아이 장난	十年鉛槧眞兒戲
만리에 깃발 날림 장쾌한 노님일세.	萬里旗麾是壯遊
연연산(燕然山) 꼭대기에 공훈을 새겨 놓고[1]	會勒燕然山上石

---

1) 후한 효화황제(孝和皇帝) 때 두헌(竇憲)과 경병(耿秉)이 흉노를 크게 물리치

돌아가 밭 갈리니 다시 무얼 바라랴.　　　　歸耕五畝復何求

청원에서 이선생의 초정에 제하다
清源題李先生草亭

서쪽 변방 구름 산에 갈 길은 아득한데　　西塞雲山道路賒
외론 신하 이곳에서 마음이 어떠하리.　　孤臣此地意如何
물가의 띠 정자는 무릎 겨우 들이겠고　　草亭臨水纔容膝
성 가의 판자집은 달팽이 집만하다.　　板屋依城小若蝸
골이 좁아 한낮에야 비로소 해를 보고　　峽擁午天初見日
뜰은 추워 4월에도 꽃이 아직 안 피었다.　　庭寒四月未生花
말 달리는 나도 또한 집 떠난 사람이라　　驅馳我亦離家者
만리 바람 먼지에 터럭이 세려 하네.　　萬里風沙鬢欲華

홍장원 기실을 영북(嶺北)으로 전송하며
送洪壯元記室嶺北

압록강은 서편으로 두만강은 동쪽으로　　鴨綠西流豆滿東
백두산 꼭대기서 발원함은 한가질세.　　白頭峯上發源同
기성(箕星) 북두(北斗) 구분하니 별자리 아득하고　　區分箕斗星文迥

고 국경에서 3천리 떨어진 연연산에 올라 반고(班固)에게 글을 짓게 하여 돌에 한나라의 위덕(威德)을 새기고 돌아온 고사에서 나온 말.

화(華)와 이(夷)가 격해 있어 지세가 웅장하다.　眼隔華夷地勢雄
나는 벌써 뗏목 타고 변방 두루 다녔거늘　　　我已乘槎窮玉塞
그대 이제 말에 올라 구름 속을 건너누나.　　君今躍馬渡雲中
변방이 가까워서 근심 적지 않겠지만　　　　　邇來邊圉宸憂重
모름지기 천산(天山) 향해 일찍 활을 거시게나.　須向天山早掛弓

개평의 사절정에 제하다
題開平四絶亭

신선의 약 달이는 연기 정자에서 가깝고　　　亭近仙人藥竈烟
향로봉의 푸른 기운 반쪽 처마 앞이로다.　　香爐積翠半檐前
푸른 시냇길에 구름 숲은 아스라한데　　　　雲林縹緲靑溪路
옥같은 골짝에선 생학(笙鶴) 소리 들리는 듯.　笙鶴依俙玉洞天
관하(關河) 땅 먼 나그네 세월 꿈에 놀라서　　遠客關河驚歲夢
작은 고을 술 항아리 이별 자리 위로한다.　　小陲罇酒慰離筵
기양(岐陽) 땅 돌아가 밭갈 계획 못 이룬채　　岐陽未遂歸耕計
살적만 성글어짐 가련하기 그지없네.　　　　鬢髮蕭疎已可憐
　*'첨(檐)'은 '영(楹)'으로 함이 마땅하다.　　　〔檐當作楹〕

다시 연경으로 가는 김형언을 전송하며
送金亨彦再赴燕京

몇 해 전 질정관(質正官)이 이번엔 서장(書狀)으로	年前質正今書狀
연경 구름 다시 향하니 네 필 말이 장대하다.	重向燕雲四壯騑
문물과 풍요(風謠)는 진작에 또렷하고	文物風謠曾歷歷
산하와 원역(院驛)은 예전과 다름없다.	山河院驛故依依
자세히 다 알기론 중국 제도 뿐 아니니	周詳不獨中朝制
마땅히 만국 법도 다 꿰고 있으리라.	領略應兼萬國儀
병 많은 몸 교외까지 전송하진 못하오나	多病未能郊外送
충정(衷情)을 남겨두니 좋이 돌아 오소서.	衷情惟在好來歸

서울 가는 박일초 질정을 전송하며
送朴一初質正赴京

용만 땅서 일찍이 통군정에 올라가	龍灣曾上統軍亭
송골산 서편에서 연경 쪽을 가리켰네.	松鶻山西指帝京
병든 몸 홍곡(鴻鵠)의 뜻 고단함을 연민하다	憐我病孤鴻鵠志
그대 행차 봉황성을 지나감을 전송한다.	送君行過鳳凰城
천년의 화표주(華表柱)엔 바람 안개 예스럽고	千秋鶴柱風烟古
만국의 사신 행렬 해달 보다 환하도다.	萬國鵁班日月明
헤어진 뒤 소식을 자주 보내 주시게나	別後莫令稀信使
압록강 봄 적막한데 흰 갈매기 맹서하네.	綠江春寂白鷗盟

무신년 여름 아우 이수(而粹) 백광안(白光顔)이 남녘의 전염병을 피해 능가산에 놀러왔다가 돌아가려고 할 때, 또 시산(詩山)에서 영천(靈川) 신잠(申潛) 선생께 절 올리고, 가고 머무는 마음을 인하여 시를 지어 증별(贈別) 하였다. 이때는 7월 초였다.

戊申夏, 舍弟而粹避南州之癘, 遊于楞迦, 將還, 又拜靈川於詩山, 因去留之思, 詩以贈別, 時七月之初也.

형제가 서로 좇아 오래도록 먼데 노니　　兄弟相從久遠遊
흰 구름 남녘 소식 꿈속에 아득하다.　　白雲南徼夢悠悠
솔 삼 둘린 영현(寧縣)에선 능가산 여름 맞고　　松杉寧縣楞迦夏
안개비 속 시산(詩山)에선 함담정(菡萏亭)의 가을일세.　　烟雨詩山菡萏秋
너는 북당(北堂) 가까워서 돌아갈 뜻 재촉하고　　爾近北堂催去意
나는 객관 머무르며 이별 근심 하염없다.　　吾留客館抱離憂
누각에서 내일 출발 하려니 잠을 못 이루는데　　高樓明發而無寐
바래기는 불볕 길에 하인 조심 그뿐일세.　　惟願炎途戒僕騶

김창령에게 차운하여 주다
次贈金昌齡

새 가을 풍경을 올해 다시 맞이하니　　新秋風景又今年
온 종일 난간 기대 생각만 하릴없다.　　竟日憑闌思渺然
대 그림자 뜰에 가득 해맑기 물 같은데　　竹影滿庭淸似水
연꽃이 연밥 내니 크기가 주먹만해.　　蓮花出藕大如拳

참새들 시끄럽게 처마 밑서 벌레 쪼고　　　　　喧簷亂雀晴虫啄
들을 건넌 새털구름 늦은 비를 불러온다.　　　　度野輕雲晩雨牽
시 짓고 바둑 두며 그대 있음 고마워　　　　　　贈句論棋憐爾在
석양 전에 돌아갈 길 되 머물고 말았네.　　　　更留歸屐夕陽前
　　* '화(花)'는 혹 '파(葩)'로도 쓴다.　　　　　〔花或作葩〕

선현의 운을 차운하여 정숙 사순에게 보이다
次前賢韻示正叔士順

대 처마 텅 비어 선듯함 해 꺼리고　　　　　　　涼生畏日竹簷虛
바라뵈는 방죽 길은 십리 남짓 이어지네.　　　　入望平堤十里餘
붓 던지고 시를 놓은 병 깊은 나그네요　　　　　閣筆廢詩眞病客
소 몰고 호미 매니 모두다 농부로다.　　　　　　駈牛荷鋤盡農夫
사업은 통함 여부 따름을 이미 아니　　　　　　已知事業隨通否
예로부터 어진 이들 굽히고 폄 있었네.　　　　從古明賢有卷舒
늦게라도 혹시나 처음 뜻 행한다면　　　　　　歲晩倘然行幼志
서강의 갈매기 길 한번 와 낚시하리.　　　　　西江鷗路一來漁

삼우당을 찾아갔다가 주인은 못 보고 회포를 쓰다
尋三友堂不見主人書懷

먼 나그네 삼우당(三友堂)을 가만히 찾았더니　　遠客幽尋三友堂

주인은 외출하고 책상만 고요하다.	主人初出靜書床
연꽃 방죽 비 씻기어 가을 그늘 깨끗하고	荷塘雨洗秋陰淨
대밭엔 바람 높아 오후 볕이 서늘하다.	竹場風高午景涼
옛날 너무 즐겁던 일 갑자기 떠올리매	忽憶昔年歡意極
오늘 이별 아득함을 견디지 못하겠네.	不堪今日別懷長
그래도 흰 머리의 거문고 노래 듣나니	猶聽白髮琴姑唱
한때는 이원(梨園)에서 으뜸가는 꽃이었네.	曾擅梨園第一芳

* 서울에서 떠돌다 호남까지 온 늙은 기생이 있었는데, 거문고를 타며 노래를 불렀다.
삽상하니 여태도 젊은 날의 흥취가 일어나는 지라, 내가 듣고 쓸쓸함을 달랬다.
〔有老妓自京漂到湖南者, 卄□彈琴幷唱. 颯然尙起芳年之興, 余聞而
慰寂.〕

해령에 올라 ―부안에 있다
　　登亥嶺〔在扶安〕

세모라 강성에서 사람은 근심 겨워	歲暮江城愁殺人
서쪽 고개 멀리 올라 잠시 마음 달랜다.	遠登西嶺暫娛神
바람 구름 눈에 가득 하늘 끝에 닿아있고	風雲滿望通天極
연기 불 마을 잇고 바닷가를 치누나.	烟火連村撲海濱
푸릇누릇 이삭 구름 사방 들에 가득한데	稼雲靑黃堆四野
배가 오자 한 두 사람 동쪽 나루 드는구나.	船來一兩入東津
돌아가 다시금 푸른 솔을 꺾으리니	將歸更折蒼松樹
봉래산 향해 가서 친한 이를 만나리라.	擬向蓬丘遭所親

실상사 백운각에 제하다
題實相白雲閣

사방 산이 하늘 둘러 푸른 빛이 자욱한데	四嶂撓天簇簇靑
긴 시내 굽이굽이 붉은 기둥 둘러있네.	長川曲曲繞朱楹
바위 구름 다 지나자 나무에선 바람 일고	巖雲去盡風生樹
골짝의 비 막 내리자 잎은 뜰에 지는구나.	洞雨鳴初葉下庭
이날에 호계(虎溪)에서 좋은 구경 다했으니	此日虎溪窮勝賞
어느 때에 왕안석은 임경(林坰)을 일으킬꼬.	何時安石起林坰
산승은 차 마신 후 잠이 한창 깊어 있어	山僧茶罷方濃睡
시 짓느라 고생하는 날 또한 비웃으리.	笑我思詩亦苦生

입춘에 내린 눈―이십운배율
立春雪〔二十韻排律〕

갑자년 해 바뀌어 오늘이 입춘이니	甲子寅賓是立春
작은 창서 눈을 보고 이른 새벽 일어났지.	小牕看雪起凌晨
허공 멀리 제멋대로 은꽃 비녀 흩어지고	連空恣散銀花鈿
동산 가득 바야흐로 백옥 방석 깔렸구나.	滿院方鋪白玉茵
낙엽은 답 쌓여서 가벼이 볕 피하고	落樹堆堆輕避旭
주렴 뚫고 부러 자주 사람을 찾아보네.	穿簾故故巧尋人
토끼가 약 절구질 재촉하여 옥가루 무성하고	兎催藥杵繁香屑
용이 주궁(珠宮)서 싸우면서 흰 비늘 벗겨내는 듯.	龍鬪珠宮剝素鱗

인간 세상 하루 아침 땅 잃었나 의심하니 　　下界一朝疑失地
청도(淸都) 만리 길에 홀연 길을 잃겠구나. 　　淸都萬里忽迷津
희디 흰 염전에 소금이 쌓인 듯이 　　　　皚皚淮甸堆鹽徧
아득한 시내 버들 솜을 털어 놓는 듯이. 　　漫漫溪楊放絮均
눈 쌓인 대 그래도 마디 꺾임 견딜 생각 　　壓竹猶思堪折節
솔가지도 하마 벌써 제 몸을 못 이길 듯. 　　堆松已欲不勝身
깊은 강도 얼어붙어 유리세계 아득하고 　　深江凍合琉瑀逈
뭇 묏부리 모가 뾰족 창검이 늘어선 듯. 　　列岳稜尖劍戟陳
마을과 집들에선 개 닭 소리 끊기었고 　　籬落于家鷄犬斷
시내 벌판 바라봐도 길이 모두 막히었네. 　　川原一望道途陻
하늘이 욕심 적어 보석을 남겨준 듯 　　　圓靈少欲初遺寶
대지가 재주 많아 보배를 파는 듯이.[2] 　　厚媼多才護市珍
가랑비 먼저 옴은 풍년의 조짐이니 　　　表瑞豐年先霢霂
백성들아 추위 빌어 얼굴 찌푸리지 말라. 　　祈寒黎庶莫嗟嚬
강 매화는 믿음 있어 남쪽 가지 눈이 트니 　江梅有信南枝亞
바다 나그네 푸진 마음 고향생각 잦아진다. 　海客饒懷北首頻
패교(灞橋) 위서 나귀 타니 시가 막 되려하고 　灞上孤驢詩欲就
산음(山陰)의 작은 배는 흥취가 새롭구나. 　山陰小艇興方新
맑고 차니 차 달이는 물로 쓰기 알맞겠고 　清寒好取煎茶水
얼고 떫어 술 거르는 두건 쓴다 꾸짖으랴? 　凍澁將呵漉酒巾
자고새 향로 향 사르니 연기 글씨 향기롭고 　香爇鷓鴣薰篆筆
앵무잔에 더운 술도 시인 입술 못 녹이네. 　暖斟鸚鵡凍唫脣

---

2) 원령(圓靈)은 하늘을 말한다. 후온(厚媼)은 땅을 여성의 신격으로 나타낸 말
이다.

햇볕 드는 매화 길엔 마른 이끼 안쓰럽고　　　　晴尋梅逕憐苔瘦
흰 빛 비친 거문고 술통 학발(鶴髮) 부모 위로하듯.　白映琴樽訝鶴親
아스라한 산하는 분칠 그림 뽐을 내고　　　　　縹緲山河誇粉繪
들쭉날쭉 성궐에는 은구슬이 반짝반짝.　　　　參差城闕耀珠銀
군생(群生)들아 다시는 요염한 자태 다투지 말라　羣生不復爭妖態
만상은 마침내 참됨으로 돌아가네.　　　　　　萬象終歸混一眞
이로부터 현명(玄冥)은 옛 더러움 말끔 씻고　　自是玄冥除舊穢
태호씨(太昊氏) 좇아 보며 새로운 인(仁) 선포하리.　從觀太昊布新仁
기쁘게 혼자서 유란곡(幽蘭曲)을 읊조려도　　　夷猶獨詠幽蘭曲
가난한 살림이야 어찌해 볼 도리 없네.　　　　奈爾嗷嗷白屋貧

칠언고시(七言古詩)

8월 26일 장모님 생신에 느낌이 있어 정숙(正叔)에게 써서 주다
仲秋念六聘慈生辰有感書贈正叔

오늘 그대 헌수(獻壽) 술잔 부럽기 그지없네	羨君今日獻壽觴
고당(高堂)의 두 어른은 강녕하고 굳세시니.	高堂二人方康強
자매들 갖추 모여 줄을 지어 앉아 있어	娣妹具爾坐成行
온 집안에 화기가 양양하게 피는도다.	一家和氣生洋洋
동산의 토란과 밤 좋은 음식 향기롭고	園中芋栗盤羞香
게 배딱지 막 가르자 가을 서리 날리누나.[3]	蟹臍新劈飛秋霜
큰 술잔에 찬 술은 끝없음을 기뻐하고	樽深酒冽樂未央
자리 위 밝은 해는 긴 날이 즐거워라.	席上白日欣方長
예쁜 여인 좌우에서 비파 생황 연주하니	妖姬左右調瑟簧
맑은 노래 고운 춤은 환한 빛을 다투누나.	淸歌妙舞爭韶光

---

3) 해제(蟹臍) : 게의 배딱지. 게장의 배딱지를 벗기자 흰 서리 같은 살이 먹음직스럽다는 말.

공명도 부귀도 어찌 족히 감당할까　　　功名富貴何足當
이 날에 그대 마음 응당 가이 없으리라.　　君心此日應無疆
그대와 나 함께 즐겨 친족 반열 참예하니4)　而我同歡忝潘揚
취한 뒤에 느낌 일어 마음에서 싹터나네.　醉餘感懷弸中腸
남풍5)이 불어가매 가을 산 황량한데　　　凱風吹去秋山荒
다시금 홀어버이 먼 곳 홀로 계신다네.　　又離偏親在遠鄉
술잔 들고 눈물 흐름 막지 못할 것만 같아　臨觴未御淚欲滂
그대 위해 축하하며 시를 뽑아 부르네.　　爲君再賀抽詩章
좌중에는 나보다 배 슬픈 이 있을지니6)　坐中亦有倍我傷
지는 해 안개비에 주변 산은 푸르구나.　　落日烟雨邊山蒼

자줏빛 복숭아. 김정숙(金正叔)에게 주다
紫玉桃贈金正叔

동남동녀(童男童女) 안돌아오고 동해는 아득한데　童男不返東海遙
복사꽃 만 그루가 무릉도원 피었구나.　　　桃花萬樹開仙源
선인(仙人)이 따 먹으니 푸른 열매 향기롭고　仙人采食碧實香
천년 세월 붉은 얼굴 보존하여 머물겠네.　　千春可留朱顏存

---

4) 반양(潘揚) : 반양(潘楊)이 옳다. 결혼으로 맺어진 인척 관계를 말한다.
5) 개풍(凱風) : 남쪽에서 불어오는 따뜻한 바람. 『시경』의 작품 이름이기도
　하다. 시는 효자를 찬미하는 내용으로, 어버이의 은혜를 되새기는 효심을
　가리키는 말로 쓴다.
6) 부모가 이미 돌아가신 사람도 있어 사친(思親)의 마음이 더 간절하리라는
　뜻임.

뉘 장차 남은 씨를 인간세상 떨구어서 　　　誰將遺種落人間
한 그루 나무 얻어 그대 동산 심었던고. 　　一株樹得君家園
서늘해진 칠월에 일찍도 열매 익어 　　　初凉七月早早熟
수많은 자옥도(紫玉桃)가 산촌 환히 비추네. 　萬顆紫玉輝山村
머리 땋은 꼬맹이가 소반 담아 내어오니 　丫鬟童子進中盤
동글동글 갓 딴 열매 푸른 가지 무성해라. 　團團新摘靑枝繁
깎아서 맛을 보니 이빨이 시리거늘 　　　劈來細嚼齒牙寒
보배론 맛 어이해 배 대추와 논하리오. 　珍味豈與梨棗論
좋은 술을 곁들여서 몇 잔을 기울이니 　兼之玉液數杯瀉
십년 묵은 체증이 말끔히 씻겨지네. 　　十年可雪心煩寃
삼신산 어디메서 우객(羽客)을 불러 내어 　三山何處喚羽客
옥동(玉洞)의 참 근원을 꿈속 넋이 날아보나. 玉洞眞源飛夢魂

고사리 캐는 노래
采薇歌

돌아가세 돌아가 　　　　　　歸來乎歸來乎
수양산으로 돌아를 가세. 　　　歸來首陽山
저 높은 산에는 고사리 　　　岌岌山有薇
그 고사리 억세지만7) 　　　　薇亦强
이를 캐며 다시금 노래하리라. 采之還復歌

---

7) 『시경』 소아 「채미」에 "고비 캐세, 고비 캐세 고비가 정말로 억세졌네. 采
　薇采薇 薇亦剛止"에 비슷한 구절이 보인다.

상나라 하늘이라 내 마음 변찮으니	我心不改商家天
내 마음 어이해 주나라 곡식 먹나.	我心豈可周之禾
내 고사리 캐고 또 캐나니	采采有我薇
채미곡 한 노래 은산(殷山) 허리 들려오네.	采薇一曲殷山阿
돌아보면 당우(唐虞) 적엔 읍양(揖讓)으로 사양하여	回首唐虞揖遜
세상에선 전쟁 소식 들리질 않았었지.	世不聞以干戈
성탕(成湯)께서 걸(桀) 임금을 남소(南巢)로 내치시니	成湯放桀于南巢
아아! 이 일을 어찌한단 말인가?	嗚呼其如何

한유(韓愈)의 「불골표(佛骨表)」를 읽고
讀佛骨表[8]

하늘이 덕을 내려 백성에게 두었나니[9]	皇天降衷在下民
유정유일(惟精惟一) 큰 도리 어그러진 때 없었네.	精一大道無時虧
두루 흘러 만세토록 가득히 넘쳐나니	周流磅礴萬萬古
푸른 하늘 태양처럼 환하게 빛났었지.	炳如靑天白日垂
천재(千載)에 그 누구라 부처[10] 생각했으리오	千載誰料有瞿曇
눈먼 얘기 크게 일어 갈림길이 많아졌네.	倡起瞽說紛多歧

---

8) 당나라 때 한유(韓愈)가 불교의 폐해를 논해 올린 글.
9) 『상서』 「탕고」에서 "크신 상제께서 충(衷)을 내려 주시어 항성(恒性)을 따르고(順其衷而有恒性) 道를 편하게 하는 것이 군주다. 惟皇上帝 降衷于下民 若有恒性 克綏厥猷 惟后"라고 하였다. 강충(降衷)은 하늘에 내려준 중정의 덕을 말한다.
10) 구담(瞿曇) : 범어로 부처, 석가모니를 말한다.

당나라 중엽에 헌종이란 황제 있어	大唐中葉有憲宗
부처 사리 두 번 절해 대궐로 맞이했네.	再拜穢骨迎金墀
한상서(韓尙書) 창려(昌黎) 공은 대단한 문장으로	昌黎大仗韓尙書
육경을 배워 익혀 공자를 본받았네.	六經學問師仲尼
순수한 충성 빛나 귀신도 감동하니	精忠耿耿感神鬼
강개히 표문 지어 바른 말을 아뢰었지.	慷慨作表陳危辭
간을 갈라 붓 만들어 피를 뿌려 글을 쓰니	剖肝爲筆瀝血書
문장은 성대하여 이무기가 서렸는 듯.	文字鬱崒蟠蛟螭
위로는 사문(斯文)이 나날이 실추되어	上恐斯文日墮地
군신과 부자 사이 윤리 없음 염려하고,	君臣父子無倫彝
아래로는 부처가 천자보다 높게되어	下恐天王萬乘尊
중국을 버리고서 오랑캐 됨 걱정했지.	捨其中國從於夷
맑은 새벽 소를 올려 대궐에 절 올리매	淸晨陳疏拜丹闕
도통(道統)의 한 맥이 유지되길 기약했네.	道統一脈期扶持
하늘 높고 태양 멂을 그 누가 알았으랴	誰知天高白日遠
음산한 비 참혹하고 천둥마저 뒤따랐지.	陰雨慘慘雷霆隨
남쪽 변방 귀양 가니 8천리나 아득한 곳	南荒謫去八千路
조주(潮州)는11) 아득히 하늘 끝에 있었네.	潮州遠在天一涯
선실(宣室)에는 마침내 자리 당겨 물음 없고12)	宣室竟無前席問

---

11) 조주(潮州) : 한유가 불교를 배척할 것을 간언한 「논불골표」를 올린 뒤, 그의 나이 52세(819년)에 좌천된 곳이다.
12) 한나라 때 가의(賈誼)가 황제에게 귀신에 대해 이야기하자 황제가 방석을 바싹 당겨 다가오라고 했던 고사에서 나온 말로, 여기서는 임금에게 바른 말할 신하가 더 이상 없게 되었음을 뜻한다.

무덤[13]은 적막해라 황량한 산모퉁이라.	馬鬣寂莫荒山陲
세월도 덧없구나 내달림에 놀라보니	光陰忽忽驚一騖
충의(忠義)로운 혼과 넋은 지금은 어디 갔나?	忠魂義魄今何之
태산과 북두 같아 알아주는 사람 없고	泰山北斗知己無
이제까지 남은 것은 주옥같은 글뿐일세.	至今惟有瓊琚詞
글은 「요전(堯典)」이나 「순전(舜典)」과 같아	文如堯典舜典字
빽빽하고 어려워도 군더더기 하나 없네.	聱牙詰曲無葳㽅
크신 공은 맹자보다 결코 낮지 않거니와	元功不下鄒孟氏
우리 도(道)를 크게 펴서 건재함을 기약했네.	大張吾道期無隳
바람 드는 들창 가에 장미 이슬 손을 씻고	風欞盥手薔薇露
향 사르고 한번 읽자 소리도 낭랑해라.	焚香一讀聲唔咿
공의 크신 그 이름은 천지의 기운 같아	公之大名若元氣
오도(吾道)와 부응하여 천지에 드리우리.	應與吾道垂兩儀
붓 적셔 베껴내어 자리 곁에 걸어두고	泚毫願寫黼座傍
탕왕(湯王) 반명(盤銘) 본받아서 아침저녁 본받으리.	擬諸湯盤朝暮規

기수에 목욕하고
浴乎沂[14]

네 분 제자 공자님을 모시던 일 생각하면	我思四子侍夫子

---

13) 마렵(馬鬣) : 예전 무덤의 모양이 말갈기 같다 해서 분묘를 일컫는 말로 쓴다.
14) 『논어』 「선진」 편에 나온다. 공자께서 자노와 증석, 염유와 공서화 등과 함께 앉아 계시다가 네 사람에게 각자의 희망을 물었다. 자로는 천승 제후

행단(杏壇)[15]에 날은 밝고 봄바람 따스했네.	杏壇日和春風微
잘 인도하신 뒤에 품은 뜻을 물으시니[16]	善誘之餘且問志
나라 다스리고 예를 배움 모두 뜻과 어긋났네.	爲邦學禮皆我違
아득히 홀로 증점(曾點)만이 뜻이 높아	悠然獨有點也狂
무릎 위 타던 비파 소리 점차 줄더니만,	膝上鼓瑟聲且希
가슴 속 시원한 뜻 진작 절로 얻어 있어	胸懷灑落夙自得
참으로 조화옹과 그 기미를 함께 했지.	眞與造化同其機
큰 생각 사물 밖에 법도를 벗어났고	遐思超度事物外
넘실넘실 강물은 기수(沂水)로 흘러갔네.	渙渙去水流于沂
관 쓴 사람 동자 등 6, 7명이 함께 하니	冠童六七與之同
성남 땅 꽃과 풀은 향기 뿜은 지가 오래.	城南花草久芳菲
푸른 물에 이 내 몸을 깨끗하게 씻고서	載欲清波潔我身
바람 맞아 노래하며 내 장차 돌아오리.	風乎詠而吾將歸
찌꺼기 깨끗해져 하늘 이치 분명하니	查滓淨盡天理明
고요히 만물 보매 모두 범위 안에 있네.	靜觀萬物皆範圍
오묘한 도 가운데 헤엄치며 노니나니	隱微涵泳道妙中

의 나라에서 정치를 담당해보고 싶다고 했고, 염유는 사방 6, 70리 되는 작은 나라를 다스려 백성을 풍족하게 해주고 싶다고 했다. 공서화는 종묘의 제사를 관장하는 신하가 되고 싶다고 했다. 이에 반해 증석은 "늦봄에 봄옷이 이루어지면 어른 5, 6명과 동자 6, 7명과 함께 기수에서 목욕하고 무우에서 바람 쐰 후 노래하며 돌아오겠다."고 대답했다. 그러자 공자께서 감탄하시며 증석의 뜻에 찬동하였다.

15) 행단(杏壇) : 공자가 행단 위에 앉고 제자가 그 곁에서 강학(講學)했다는 고사에서 유래한 것이다.

16) 처음 질문하기 전에 공자께서 "내 나이가 너희보다 많다고 어렵게 여기지 말라"고 한 것을 가리키는 말.

연못에선 고기 뛰고 솔개는 솟는구나.17)　　　淵魚于躍鳶于飛
그 기상 저절로 성인과 합치되니　　　　　　氣象自與聖人合
드넓은 하늘도 이것과 비슷하리.　　　　　　浩浩其天斯庶幾
위연(喟然) 탄식 하는 소리 여태 날 일으키니　喟然餘音尚起余
천년을 우러르며 기쁘게 따르리라.　　　　　景仰千載欣歸依
지락(至樂)은 애초부터 고금(古今)이 한 가지니　至樂初無古今異
봄 강물에 장차 가서 내 입은 옷 털리라.　　將向春流拂我衣

옥루

屋漏18)

사람 귀신 갈림길은 성광(聖狂)으로 나뉘나니　人鬼關頭聖狂分
한 마음을 삼감은 지키는 바 연유한다.　　　一心戒忽由所守
평소 생활 간혹 가다 삿된 생각 한번 해도　閒居苟或一念邪

---

17) 『시경』 대아 「한록」 편에 "솔개는 날아 하늘에 이르고 물고기는 연못에서 뛰노네. 鳶飛戾天 魚躍于淵."라 했다.
18) 옥루(屋漏)는 고대 실내의 서북쪽 모서리에 작은 장막을 쳐놓고 신주(神主)를 모셔두던 곳을 말한다. 『시경』 대아 「억(抑)」 "네가 군자와 벗할 때를 보니, 너는 안색을 온화하고 부드럽게 하여, 혹시 허물이 있지 않을까 경계하였다. 네가 방에 있을 때를 보니, 옥루에 부끄럽지 않았다. 여기는 드러나지 않아, 아무도 나를 볼 수 없다고 말하지 말라. (너는) 귀신이 이르는 것을, 알아채지도 못하니, 하물며 싫어할 수 있겠느냐. 視爾友君子 輯柔爾顏 不遐有愆 相在爾室 尙不愧于屋漏 無曰不顯 莫予云覯 神之格思 不可度思 矧可射思"에 보인다. 단지 외면을 닦을 뿐만 아니라, 또 마땅히 그 보지 않고 듣지 않는 데서도 삼가고 두려워해야 함을 말한 것이다.

어지러이 뭇 욕심이 폭주(輻輳)하듯 몰려오리.	紛然衆欲來輻輳
신독(愼獨)의 핵심은 무자기(毋自欺)에 있거니와	謹獨要在毋自欺
내성(內省)은 옥루(屋漏)에도 부끄럽지 않아야 하네.	內省須無愧屋漏
옥루(屋漏)는 안보여도 또한 아주 환하거니	屋漏雖幽亦孔昭
군자는 부끄럽지 않음으로 기약하네.	君子所以期不疚
은미하여 저만 홀로 안다고 하지 말라	隱微莫道己獨知
열 손 열 눈 어지러이 손가락질 만나리라.	十手十目紛指觀
하물며 그대 집 감춰진 곳에도	何況爾室莫顯處
또한 귀신 있어 좌우에 임해있네.	亦有鬼神臨左右
성실하게 가는 곳마다 능히 실천 하게 되면	慥慥到處能踐形
부앙(俯仰) 함에 우주에도 부끄럼이 없으리라.	俯仰終無愧宇宙
경신(敬信)은 말과 행동 기다리지 않나니	敬信不待言與動
어느새 하늘 덕에 능히 절로 나아가리.	闇然天德能自就
자기 위한 수신 공부 외려 절로 꼼꼼해져	爲己之功轉自密
안팎을 성찰함에 잘못됨이 없게 되리.	內省外察無差謬
요순의 도리는 이것 밖에 있잖으니	堯舜之道不外是
정일(精一) 공부 이로부터 전수하게 되리라.	精一從此相傳授
나날이 망해가는 무리들 탄식하니	堪嗟的然日亡輩
억지로 드러낸 덕은 구하기가 어렵다네.	厭然表德終難救
부끄러움 어찌 홀로 옥루에 그치리오	怊怳豈獨屋漏已
곧지 않은 삶이란[19] 금수(禽獸)와 같은 것을.	罔之生也同禽獸

---

19) 『논어』「옹야」에 "子曰 人之生也直 罔之生也幸而免"라 한 구절이 있다. 정
자(程子)의 주에 '罔 不直也'라 했다.

나 또한 천재(千載)에 성실하게 이를 지켜   余亦千載誠之者
옥루에서 소리와 냄새 없기를 구하리라.[20]   屋漏庶求無聲臭

시와 술의 전쟁
詩酒戰[21]

국군(麴君)이 조구대(糟丘臺)[22]에 웅장하게 살면서   麴君雄居糟丘臺
긴 세월 방랑하며 놀이만을 일삼았지.   放浪長年事遊衍
봄 꽃과 가을 달에 취했다 깨는 중에   春花秋月醉醒中
주궁(珠宮)과 패석(貝席)에는 귀한 안주 널렸었네.   珠宮貝席羅珍膳
한 사람 장군이 근심의 성 깨겠다며[23]   一自將軍破愁城
지기(志氣)도 교만하게 잔치까지 즐기면서,   志驕氣滿尤酣醼
성현(聖賢) 모두 자기를 등용했다 뽐을 내며   自誇賢聖皆我用
호리병 속 천지에서 제멋대로 행동하네.   壺中天地堪專擅
듣자니 시왕(詩王)은 예원(藝苑)에서 산다는데   聞有詩王宅藝苑
장구(章句)를 수놓으며 부지런히 아로새겨,   繡繪章句勤雕篆

---

20) 『시경』 대아 「문왕(文王)」 편에 "上天之載 無聲無臭"라 했다. 명성과 자취를
   가리킨다.
21) 가전(假傳)의 양식을 끌어와 술과 시를 의인화하여 시와 술 사이에 벌어진
   전쟁을 꾸며 마음 공부의 경계로 삼은 내용이다. 시 속의 표현들은 모두
   시와 술의 성질에 빗대어 비유한 것이다.
22) 국군(麴君)은 '누룩 나라 임금'이니 술을 말한다. 조구대(糟丘臺)는 술 지게
   미 언덕 위에 쌓은 누대란 뜻.
23) 일자장군(一自將軍)은 술을 가리킨다. 술 마시면 마음의 근심이 사라지므로
   수성(愁城)을 깨뜨린다고 한 것이다.

옳고 그름 따지면서 처음 간다 말을 하며 　　讐勘是非說初去
항상 술에 빠져 삶을 헐뜯으며 조롱했지. 　　刺口嘲我恒沉湎
아득히 분을 내어 부끄러움 설욕하려 　　　悠然齎怒期雪恥
신풍(新豐)에서 군대 내어 엄한 훈련 선발했지. 　發兵新豐嚴揀選
환백(歡伯) 장군 가장 먼저 명령을 받들더니 　歡伯將軍首承命
청주종사(靑州從事) 그도 또한 영걸한 인재로다. 　靑州從事亦英彦
국군(麴君) 말이, "너 조용히 내 말 들어라 　　君曰嗟汝聽無譁
좋은 장막 둘러치고 갖은 음식 차렸구나. 　　布乃甲帳具乃饌
잔단 너 시왕(詩王)은 경박한 녀석이라 　　　蕞爾詩王浮薄兒
음풍농월(吟風弄月) 하면서 경솔하고 천하도다. 　嘲風弄月素輕賤
하물며 날 모욕해 그 죄 용서 못할지니 　　況今侮余罪不赦
그 땅 모두 물에 잠궈 떠돌며 살게 하리. 　　瀯其邑居俾漂輾
바라건대 도둑 막아 큰 공을 아뢰어서 　　庶將遏寇奏膚功
짐을 인도하여 기쁜 잔치 다하게 하라." 하고, 　啓乃沃朕窮歡宴
맨밥과 맹물로 장사들을 먹인 뒤에 　　　簞食壺漿犒將士
바람 건듯 너른 벌서 진을 짜서 훈련하네. 　和風大野吹組練
돼지 어깨 한 말 술을 어이 족히 사양하리 　彘肩卮酒安足辭
방패 춤에 축(筑)을 치며 서로 불러 손뼉 친다. 　舞干擊筑相呼抃
은빛 배에 거북 북이 의젓이 앞장서자 　　銀船龜鼓儼前行
주천현(酒泉縣)엔 전쟁 먼지 자욱하게 일어났네. 兵塵潰洞酒泉縣
시단(詩壇)은 안 잠긴 것 겨우 삼판(三版)뿐이니 　詩壇不浸但三版
온통 모두 물에 잠겨 한 바탕 떠다니네. 　　淪胥以鋪在一轉
시왕이 「빈지연(賓之筵)」곡 바야흐로 연주하며 詩王方奏賓之筵
백례(百禮)에 합당하게 제기(祭器)를 펼치다가, 　以洽百禮邊豆踐

첨두(尖頭)가 느닷없이 도적 왔다 알리면서   尖頭忽報有寇至
우리 땅이 거의 다 삼켜지게 되었다네.   我境庶盡爲呑嚥
왕은 이에 말 일으켜 모사(髦士)를 모집하여   王于興言集髦士
좌우에게 맹서하니 모두 다 정예로다.   誓告左右咸精鍊
"중산공자(中山公子) 그대는 네 칼끝을 벼리고   中山公子銳爾鋒
오성묵객(烏城墨客) 나를 위해 선봉이 되어다오.   烏城墨客爲我先
회계생(會稽生)은 쇠뇌 쏨을 담당하고   律乃舒卷會稽生
선주연(宣州硯)은 무딘 칼날 숫돌에 갈지니라.24)   礪乃頑鈍宣州硯
저 국군(麴君) 준동하나 제멋대로 방일하여   蠢玆麴君縱厥逸
예의 법도 어그러져 마음 온통 어둡다네.   敗度敗禮昏心面
은택 적심 일삼잖코 천군 어지럽히니   不徒漫潤亂天君
집 잃고 나라 잃음 모두 이것 허물일세.   亡家喪國皆玆譴
또 이제 생각 없이 우리 땅을 침공하니   又今匪茹侵我疆
그 죄 온통 하늘 찔러 피를 봄이 마땅하다.   厥罪貫盈宜赤典
백성들 물불 속에서 나의 구원 기다리니   民若水火俟我蘇
옛 습속 새롭게 함 이 싸움에 달려 있다."   舊染咸新在此戰
당당한 필진(筆陣)은 푸른 구름 맞닿았고   堂堂筆陣連青雲
나는 격문 날아감은 화살처럼 어지럽다.   飛檄飄飄忽如箭
말을 온통 내달리며 병장기로 교접하니   兵交鋒接在馳騁
한바탕 오고 감이 천백 가지 변화로다.   一場往復千百變
하늘 땅 섞여 돌고 비바람 내달리고   乾旋坤轉風雨走

---

24) 중산공자(中山公子)는 붓, 오성묵객(烏城墨客)은 먹, 회계생(會稽生)은 종이,
    선주연(宣州硯)은 벼루를 나타낸다. 지필묵연(紙筆墨硯)의 문방사우를 의인
    화한 것이다.

용호(龍虎)가 날고 뛰고 우레 번개 치더니만,	龍拏虎躍驚雷電
산하는 온통 엉망되고 해와 달 빛 잃었네.	山河盡蕩日月昏
크고 작은 동식물들 모두다 도륙되고	洪纖動植咸貫穿
장풍 이는 칼날에 풀과 나무 쓰러졌다.	長風劍舌草木偃
취향(醉鄕) 사방 백리를 석권함 기약하니	醉鄕百里期席卷
변변찮은 깜냥으로 누가 감히 감당하리.	斗筲之器誰敢當
일만의 술나라 군대 모두가 지쳐 눕고	酒兵十千皆疲倦
앞 무리는 창에 찔려 피가 온통 범벅일세.	前徒倒戈血漂鹵
보고 들음 어지러워 서로 모두 머뭇대고	聽瞢視亂胥眍眍
장군의 사나운 기상 겁쟁이로 변했구나.	將軍猛氣變恸弱
슬픈 노래 강개해도 누가 와서 구원할까	悲歌慷慨誰來援
국군(麴君) 나와 항복하고 머리를 조아리네.	麴君出降若崩角
재앙 만나 고개 숙여 머리 관을 벗기우니	頓首接罹冠初免
시왕(詩王)은 흥이 나서 기운 자못 거만하다.	詩王乘興氣肆橫
기염을 토하면서 기쁘게 둘러보며	麾雲吐霓欣顧眄
국군(麴君)을 불러와서 그 죄악을 헤아린다.	呼來麴君數其罪
"너의 죄악 예전부터 경전 말씀 능멸하니	汝惡從前溢經傳
하늘이 너 술로 제사하라 명령함은,	惟天降命祀玆酒
부모 효로 봉양하고 예 갖추라 함이거늘	孝養父母自洗腆
어이하여 사람으로 하여금 크게 덕을 어지럽혀,	如何使人大亂德
밤낮 없이 어지러이 미혹되게 하였던고."	俾晝作夜紛迷眩
국군(麴君)은 부끄러워 마치 듣지 못하는 듯	麴君靦然若不聞
사지에 뼈가 없어 흐믈흐믈 무너지듯.	四體無骨墮頹頓
시왕(詩王)의 군대는 대풍가(大風歌)를 부르면서	詩王班師歌大風

아스라이 봉래전(蓬萊殿)서 개선을 아뢰누나.　　縹緲獻凱蓬萊殿
단에 올라 책훈(策勳) 노고 크게 위로 하는 중에　登壇大敎策勳勞
도림(桃林)의 해와 달은 봄볕이 넘쳐나네.　　　桃林日月春光遍
석경(石卿)은 줄을 지어 묵객경(墨客卿)을 기다리고　石卿俟班墨客卿
은퇴하는 관성(管城)을 모공(毛公)이 전송하네.25)　歸老管城毛公餞
문물이 쓸쓸한 예전의 싸움터에　　　　　　　蕭然文物舊戰場
남긴 술통 술잔 위엔 이끼가 돋았구나.　　　　惟餘樽爵生苔蘇
예부터 이런 싸움 누가 주장할 것인가　　　　古來斯戰孰主張
술 한 말에 시 백편을 그대 보지 못했던가.　　一斗百篇君不見

강원도관찰사로 떠나는 임억령을 전송하며
奉送石川按節關東

들자니 비지(秘志)가 중주(中州)에 전하는데　　　吾聞秘志傳中州
동해에 삼신산이 자라 머리 위에 떠 있다네.　　三山東海浮鰲頭
아마득한 약수(弱水)는 건너려도 할 수 없어　　茫茫弱水不可渡
구슬피 바라보며 마음만 수고롭다.　　　　　　恨望幾許勞心眸
청구(靑丘)에도 신선술을 배워 익힌 사람 있어　誰知靑丘學仙者
표연히 지팡이 짚고 찾아 노님 뉘 알리오.　　　飄然一杖窮探遊
서쪽 솟은 영호산(瀛壺山)은 묘향산이 그것이요　瀛壺西峙是妙香
남녘의 방장산(方丈山)은 두류산을 일컫누나.　　方丈南紀稱頭流

---

25) 석경(石卿)은 벼루를, 묵객경(墨客卿)은 먹을 의인화한 것이다. 관성(管城)과
　　모공(毛公)은 모두 붓을 나타낸다.

하물며 이 풍악산 관동 땅에 이름나니   況玆楓岳名關東
구름 안개 자욱한 봉래궁(蓬萊宮)이 이곳이라.   雲烟杳靄蓬萊宮
빼어난 그 자태는 뭇뫼 짝을 못 겨루니   仙標不與衆峯倫
8만 4천 봉우리는 은으로 된 부용(芙蓉)일세.   八萬四千銀芙蓉
왕자교(王子喬) 벗은 신을 내 아직 못 신으니   嗟余未躡子喬舃
반생에 꿈 속 생각 한갓 근심 겹기만해.   半生夢想徒忡忡
옥같은 절벽 골짝 눈빛 달빛 밝았는데   瓊崖玉洞雪月明
이러한 때 석천 선생 행차를 떠나시네.   此時石川先生行
선생의 풍골(風骨)은 인간 세상 벗어나니   先生風骨脫烟火
전생에 『황정경(黃庭經)』을 한 자 잘못 베껴썼지.   前身誤寫黃庭經
가슴엔 이십팔수 천문(天文)을 품어 있고   胸呑二十八星宿
눈은 높아 만고(萬古) 영웅 안중에 하나 없네.   眼空萬古人中英
굴원(屈原)과 송옥(宋玉)에다 문장을 자부하고   文章自許屈宋壇
풍류는 왕원(王垣) 사안(謝安) 반열에 뒤지잖네.   風流肯後王謝班
젊은 날에 봉황지(鳳凰池)서 화려함을 뽐냈더니   早年飛采鳳凰池
쟁글쟁글 패옥 소리 금방울처럼 울렸었지.   珊珊玉珮鳴金鑾
세 조정에 총애 입은 오래된 사신(詞臣)이라   三朝光寵舊詞臣
몇 번이나 산 사람 될 약속을 두었던고.   有約幾許山中人
올 가을 바다 고을 가뭄 들어 곡식 없어   今秋海邑大無禾
임금 명이 네가 가서 기민(饑民) 구제 하라셨네.   王命汝往蘇饑民
재주 중국 대적할 만해서이기 때문이나   秪緣才可敵皇華
천리 먼 길 3년 시간 어찌한단 말인가.   千里其奈三年遲
마땅히 장차 산수굴(山水窟)을 잠시동안 빌리리니   當將暫借山水窟
시봉(詩峯)의 옥같은 글 광채 더욱 연마하리.   詩峯玉藻光增磨

구리 부적 못 이룬 채 남호로 향해가니 　　　銅符不成向南湖
수놓은 도끼 번드쳐서 동도(東都)에서 노닐리라. 　繡斧飜作遊東都
동정(彤庭)의 새벽녘에 자니조(紫泥詔) 받들고서 　彤庭曉奉紫泥詔
너와 함께 가면 하늘 얼굴 펴지리라. 　　　　往哉汝諧天顏敷
도성 문 길 나서니 말 끄는 수레 몇이런가 　　都門出祖幾兩駟
휘황한 옥절(玉節)이 앞 길에 빛나도다. 　　　煌煌玉節輝前途
무지개 옷을 입고 밝은 달 허리 차니 　　　雲霞衣裳明月珮
선산(仙山)을 둘러보며 기뻐 서로 대접하네. 　仙山八望欣相待
네 마리 암말 곁말 삼아 원습(原隰) 땅 다 지나면 騑騑四牡盡原隰
학 수레 장차 명해 허공 밖에 솟구치리. 　　且命鶴馭騰空外
난소(鸞簫)와 봉취(鳳吹)는 차례로 앞뒤 서고 　鸞簫鳳吹迭先後
청동(靑童)과 호수(皓叟)는 분주함을 다투누나. 靑童皓叟爭奔走
찬 바람에 소매 나부끼며 꼭대기로 올라가니 冷風飄袂上絶巓
신선들 용치주(龍巵酒)를 다투어 권하네. 　羣仙競勸龍巵酒
화서국(華胥國) 취한 꿈에 밤은 그 얼마이리 　華胥醉夢夜何其
하늘 닭 홰를 치며 부상 가지 붙들길래 　　天鷄咿喔搏桑枝
굽어 바다 해를 보니 푸른 바다 솟구친다. 　俯視海日騰滄溟
해 바퀴 돌아올라 유리 하늘 푸르르고 　　飇輪碾上靑琉璃
쇠 붓을 뽑아드니 길기가 서까래라. 　　　仍抽鐵筆長如椽
『장자(莊子)』의 대붕편(大鵬篇)을 크게 써놓고 大書南華大鵬篇
손등(孫登)의 긴 휘파람 때로 한번 불러보네. 孫登長嘯時一發
남은 소리 내려와 창룡연(蒼龍淵)을 뒤흔드니 遺響下撼蒼龍淵
이 노님 상쾌하여 지극하기 그지 없다. 　茲遊蕭爽不可極
옛날 찾아 또다시 장풍익(長風鷁)을 올라타니 訪古又駕長風鷁

원수대(元帥臺) 앞에는 풀이 절로 봄이로다.	元帥臺前草自春
영랑호 위에는 찬 달이 밝아 있고	永郎湖上寒月明
천년의 총석 위엔 다만 외론 정자로다.	千秋叢石但孤亭
사선(四仙)은 한번 가고 마침내 소식 없고	四仙一去無消息
양양(襄陽) 현산(峴山) 길엔 꽃이 활짝 피었네.	襄陽花發峴山路
쪽진 머리 열 두 선녀 운우의 정 근심하니	螺鬟十二愁雲雨
임영대(臨瀛臺) 경치 좋아 으뜸을 일컫는다.	臨瀛絶勝稱第一
한송정 그림자는 대 앞 포구 떨어지고	寒松影落臺前浦
명사 길 곳곳마다 해당화가 붉어 있네.	明沙處處海棠紅
선녀들 하나하나 봄 화장이 짙은데	仙娥箇箇春粧濃
바람 주렴 희롱하니 옥구슬 들쭉날쭉.	風簾閑弄玉參差
유리 잔에 자하주(紫霞酒)를 다시금 내오고	紫霞且進玻瓈鍾
교인(鮫人) 명주 금수간(錦繡肝)을 볕쬐러 나오누나.	鮫綃灑出錦繡肝
정채론 빛 북두 사이 위로 쏘아 올리니	精光上射牛斗間
동인들은 앞다투어 「봉황음(鳳凰吟)」을 외우네.	東人爭誦鳳凰吟
유신(庾信)은 예로부터 강관(江關)에 떠들썩해	庾信從古喧江關
돌아올 제 소매 가득 국풍시를 채집했지.	歸來滿袖采風詩
자옥안(紫玉案) 앞에 두고 옥 주렴을 헤치면	紫玉案前披琅玕
삼생 동안 미인 사랑 넘치도록 받으리.	三生贏得美人愛
고운 얼굴 초록 터럭 천년동안 즐거우니	韶顔綠髮千年歡
장부의 행락은 다만 이럴 뿐이로다.	丈夫行樂但如此
어이하여 반드시 풍진 속에 웅크리며	豈必局束風塵裏
어찌해야 동국 비단 일만 필을 얻으려나.	安得東絹一萬疋
연꽃 장막 선비에게 부치어 드리노니	寄與蓮花幕下士

금강산 백옥 모습 그려보여 주시구려.　　　畵出金剛白玉貌
아득히 바다 동쪽 울릉도를 비추이니　　　迥暎溟東蔚陵島
벽도화 꽃 아래라 봄도 늙지 않누나.　　　碧桃花下春不老

사략을 읽고
讀史略

혼돈의 한 세상은 어찌 이리 막막한가　　　混沌一殼何茫茫
하늘 땅 열리면서 삼황(三皇)이 나오셨네.　　　天開地闢肇三皇
무위(無爲)로 다스려서 수소(燧巢)에 미치었고[26]　　　無爲之治逮燧巢
복희와 염제 거쳐 헌원(軒轅) 황제(黃帝) 이르렀네.　　　伏羲炎帝而軒黃
용도(龍圖)가 한번 나와 서계(書契)를 만들자　　　龍圖一自造書契
일용의 제작들이 환히 법도 갖추었지.　　　日用制作煥有章
음양으로 시종(始終)하여 율려(律呂)가 정해지고　　　陽始陰終定律呂
상하 건곤 본받아서 의복이 갖춰졌네.　　　上乾下坤垂衣裳
금천(金天)과 전욱(顓頊) 거쳐 고신씨를 지나가니　　　金天顓頊歷高辛
큰 성인 우(虞)가 있어 도당(陶唐)을 이었도다.　　　有虞大聖嗣陶唐
지붕의 띠 자르지 않고 섬돌도 세 개 뿐이나　　　茅茨不剪階三等
남풍은 성냄 풀고 거문고 연주했네.　　　南風解慍琴一張
봄이 와도 명엽[27]은 다시는 피지 않고　　　春歸蓂葉不復開

---

26) 수소(燧巢) : 미개한 태고시대를 일컫는 말. 나무 위에 집을 짓고 살았다는
　　유소씨(有巢氏)와 부싯돌로 불을 켰다는 수인씨(燧人氏)의 시대를 말함.
27) 명엽(蓂葉) : 요임금 때 조정의 뜰에 난 서초(瑞草)의 이름. 초하룻날부터

가을에도 구의산(九疑山)은 홀로 창창하였네.	秋高九疑空蒼蒼
수레 내려 죄없음 울자 대우(大禹)가 감동하여	下車泣辜感大禹
그물 풀고 고쳐 비니 성탕(成湯)이 훌륭하다.	解網改祝嘉成湯
공덕이 풍성하자 하늘 또한 보우하사	豊功茂德天亦佑
860년 면면한 복 길게 이어졌도다.	八百六十綿祚長
육산(肉山)의 구리 기둥 음학(淫虐)이 지나쳐서[28]	肉山銅柱淫虐甚
안타깝다 걸(桀) 임금은 앞선 뜻을 못 이었네.[29]	吁嗟桀受不肯堂
명조(鳴條)[30]에서 달아나매 하나라를 멸하였고	竄走鳴條滅有夏
목야(牧野)에서 불타 죽자 상나라가 망했다네.[31]	焚死牧野亡大商
기산(岐山)의 왕의 자취 고공(高公)에서 시작되어[32]	岐周王跡肇古公
복이 문왕 무왕과 성왕 강왕에서 융성했다네.	祚隆文武成康王
초나라의 아교 배는 가라앉아 못 돌아오고	楚澤膠舟溺不返
여산의 봉화는 차게 식어 빛이 없네.[33]	驪山烽火寒無光

매일 한 잎씩 나서 자라고 열엿새째부터 매일 한 잎씩 져서 그믐에 이른
고로, 이것으로 달력을 만들었다고 한다.

28) 육산동주(肉山銅柱) : 주(紂)가 구리 기둥에 기름을 바른 뒤 활활 타는 숯불
위에 올려놓고 죄인을 그 위로 건너게 하여 미끄러져 불에 타죽는 모습을
보며 즐거워한 일을 말한다.

29) 긍당(肯堂) : 아버지가 집을 지으려고 기초를 다졌는데 아들이 집을 세우려
들지 않음을 말함. 『서경(書經)』 「대고(大誥)」에 나온다. 아들이 부업(父業)
을 계승하지 못하는 것을 비유해서 쓴다.

30) 명조(鳴條) : 옛 지명. 상나라 탕임금이 하나라 걸을 정벌할 때 이곳에서
싸웠다.

31) 목야(牧野) : 옛 지명. 주나라 무왕이 주(紂)를 토벌할 때 목야에서 싸워 이
겼다. 주(紂)는 보옥을 몸에 걸치고 불에 타서 죽었다.

32) 고공(古公) : 주나라 문왕의 할아버지인 고공단보(古公亶父)가 기산(岐山) 아
래 거처를 정하면서 주나라의 기업(基業)을 닦은 일을 두고 말한 것임.

33) 봉화무광(烽火無光) : 주나라 유왕(幽王)이 포사(褒姒)에게 빠져 일도 없이

평왕이 동천(東遷)하매 주 왕실이 쇠해지니	平轍東遷王室衰
서주(西周)의 지경에는 기장만 우거졌네.	離離彼黍西周疆
광왕 영왕 경왕 도왕 거쳐, 위열왕에 이르자	匡靈景悼迄威烈
정교(政敎)는 허물어져 기강마저 무너졌지.	政敎陵弛穨紀綱
끝이로다 성인의 길 용납되지 아니하매	已矣將聖道莫容
광(匡)을 피해 진채에서 위난 만나 굶었네.34)	畏匡危蔡陳絶糧
사나운 일곱 나라 합종연횡 어지럽다	縱橫攘攘七暴國
천지는 온통 비어 싸움터가 되었네.	天地湏洞爲戰場
구정(九鼎)은 하루 아침 범의 입에 들어가고35)	九鼎一朝入虎口
천하는 진나라의 손아귀에 온통 들고 말았네.	八荒幷括嬴家囊
나무 돌 나르는 요역 많아 백성 원망 지극한데	木石徭煩民怨極
분서갱유 참혹해라 오도(吾道)의 재앙일세.	焚坑禍慘吾道殃
사구대(沙丘臺)서 진시황 죽자 썩은 냄새 진동하고	輼輬鮑臭沙丘臺
지도(軹道) 곁서 흰 수레로 목을 매어 항복했지.36)	素車繫頸軹道傍
하늘과 사람 모두 유방(劉邦)에게 돌아오니	天與人歸沛上龍
초나라 원숭이는 한갓 힘만 굳셌다오.37)	楚山沐猴徒强剛

봉화를 올려 제후를 불러모으는 장난을 했다. 뒤에 신(申)나라가 쳐들어왔
을 때 봉화를 올렸으나 제후들이 장난으로 알고 군대를 이끌고 오지 않아
마침내 견융(犬戎)에게 피살당하고 말았다.
34) 위진채(危陳蔡) : 공자가 진채 땅을 지날 때 평원에 포위되어 7일간 굶었던
일이 있다.
35) 구정(九鼎) : 천자의 권위를 상징하던 아홉 개의 솥.
36) 진시황이 사구(沙丘)의 평대(平臺)에서 죽자 승상 이사가 이를 비밀에 부치
고 마치 황제가 살아 있는 것처럼 수레에 싣고 돌아온 일과, 뒤에 진왕(秦
王) 자영(子嬰)이 지도 곁에서 흰 수레에 흰 말로 목에 인끈을 매고 황제
의 옥새와 부절을 봉한 후 유방에게 항복한 일을 말한다.

홍문연(鴻門宴)의 칼춤은 한쌍의 벽옥이요	鴻門劍舞璧一雙
해하성(垓下城)의 슬픈 노래 몇 줄기 눈물일세.[38]	垓下悲歌淚數行
유씨를 일으킨 공적은 누가 가장 으뜸일까	興劉功績誰最多
한신과 소하와 장자방이 그들일세.	韓信蕭何張子房
어여쁘다 문제(文帝) 경제(景帝) 수성을 잘하시니	美哉文景善守成
천하의 온갖 백성 두루 구제 되었도다.	海內富庶民胥匡
어찌하여 한무제(漢武帝)는 요탄한 술(術)에 빠져	如何武帝惑妖誕
장생의 어두운 꾀 구하기에 급급했나.	長生迂術求遑遑
백량대(栢樑臺) 선인장(仙人掌)엔 이슬 꽃 차가웁고	栢樑仙掌露華冷
무릉(茂陵)의 황량한 풀 바람만 처량하다.	茂陵荒草風凄凉
강남 땅 하루 밤에 누런 안개 막히더니	江南一夕黃霧塞
한나라 솥 하마 벌써 도둑 손에 들어갔네.	漢鼎已爲新盜藏
용릉(舂陵) 땅 오똑한 코 제실(帝室)의 혈통이라[39]	舂陵日角帝室胄
큰 뜻을 회복하려 항상 음식 맛보았네.	恢復大志恒膳嘗
녹림(綠林)과 신시(新市) 무리 일어나 뒤따르니	綠林新市起自附
칼 끝이 향하는 바 뉘 능히 감당하리.	兵鋒所向誰敢當
곤양성 아래에서 범과 표범 도륙하여	昆陽城下虎豹殲

---

37) 항우(項羽)의 성미 급한 것을 두고, 원숭이의 머리에 모자를 씌운 것 같다고 평한 말. 여기서는 항우가 지략도 없이 힘만 믿고 날뛰었다는 뜻.

38) 홍문연의 잔치에서 항우는 유방을 죽이려다 과단성이 부족해 범증이 옥을 들어 결단할 것을 종용했으나 실패했고, 마침내는 해하성에서 사면초가의 위기를 만나 패망했다.

39) 용릉일각(舂陵日角) : 용릉은 지명이다. 한무제가 이곳에서 장사정왕(長沙定王)을 봉했다. 일각(日角)은 오똑히 날이 선 코로, 제왕을 비유하는 표현으로 쓴다.

점대에서 뼈 바수니 망함이 마땅하다.　　　　　漸臺碎骨宜其亡
얼마 못가 남은 가닥 이어졌다 끊어지니　　　　馬上遺緒續旣絶
한나라 소생하길 백성들 바랬었네.　　　　　　思漢已蘇民霓望
안타깝다 이은 자가 어두워 임금답지 않으니　　唉唉繼者闇不君
외척과 환관들이 서로 멋대로 방자했네.　　　　外戚閹宦恣互相
제현(諸賢)을 얽어매어 삶이 때를 못 만나니　　黨錮諸賢生不辰
책 앞에서 눈물이 나도 몰래 주루주룩.　　　　對卷不覺我涕滂
나라 망해 시들었다 사람들이 말들 하자　　　人之云亡邦國瘁
황건적이 천지에 어지럽게 일어났네.　　　　　黃巾董賊紛陸梁
업(鄴) 땅의 늙은 것은 교활하기 짝이 없어　　鄴中老瞞奸猾極
천명을 몰래 꾸며 시랑(豺狼)처럼 군림했네.[40]　淫圖天命恣豺狼
영특할사 귀 큰 유비(劉備) 탁군에서 일어나자　英英大耳起涿郡
복룡 봉추 두 분 선생 머리 들어 따랐다네.　　伏龍鳳雛從飛驤
적벽에서 배를 태워 조조 군대 깨뜨리고　　　燒船赤壁破操兵
부월(斧鉞) 기대 성도에서 유장(劉璋)을 무찔렀지.　仗鉞成都伐劉璋
만약에 황제 수명 몇 년만 늘였다면　　　　　假令帝壽延數年
정족 형세 만방을 한 신하로 만들 것을.　　　鼎足可一臣萬方
안타깝다 세상 뜨니 해는 이미 잠기었고　　　堪嗟永安日已沈
쓸쓸해라 오장원에 찬 별이 떨어졌네.[41]　　寥落五丈寒星芒
까마귀가 사마씨의 집 위에 모여드니[42]　　瞻烏爰止司馬屋

---

40) 동탁(董卓)이 권력을 제멋대로 휘두른 것을 가리킨다.
41) 유비가 죽고 제갈공명 마저 오장원에서 세상을 떠서 삼국 통일의 대업을
　　이루지 못한 것을 안타까워한 내용이다.
42) 첨오원지(瞻烏爰止) :『시경』소아「정월」편에 보이는 구절이다. 부잣집에
　　까마귀가 모여든다는 말로, 어지러운 때 귀의할 곳 없는 백성을 비유하는

두예와 왕준은 재주가 뛰어났지.	杜預王濬俱才良
양거(羊車)와 죽엽군(竹葉軍)으로 먼 꾀를 깜빡 잊고	羊車竹葉忘遠謀
무비(武備)를 다 버려서 변방 경계 소홀했지.	盡去武備疎邊防
동문에서 휘파람 불며 발호에 뜻을 두니	長嘯東門志跋扈
조정 가득 청담(淸談)으로 노장을 숭상했네.	淸談滿朝崇老莊
동타(銅駝)가 덤불 싸임 이미 탄식 발하더니[43]	銅駝荊棘已發歎
청의(靑衣)로 술 따르니 더욱 마음 아파라.[44]	靑衣行酒增慨傷
나라 세운 강엄(江淹)의 표 원제가 탄복했고	定鼎江表歎元帝
위록(委鹿)의 도적 소굴 안강제(安康帝)가 슬퍼했네.	委鹿賊藪悲安康
남북의 전쟁 먼지 겨우 그치나 했더니만	南北兵塵纔欲息
수양제(隋煬帝) 한 마음 황음함을 되찾았지.	隋煬一心復淫荒
도리(桃李)의 황후가 양주로 달아나니	桃李皇后走楊州
황제께선 날마다 진양 흥함 표했었네.	龍恣日表興晉陽
칼과 창 휘둘러서 온 천하를 쓸어내니	金戈大揮掃八紘
구공(九功)의 춤 소매가 바람 따라 나부낀다.	九功舞袖風飄揚
방현령(房玄齡) 두여회(杜如晦)는 임금 도울 인재니	玄齡如晦摠王佐
능연각(凌烟閣)에 그 공렬이 휘황하게 드리우리.	凌烟功烈垂煌煌
방주 땅에 6척 고아 멀리 홀로 떨어지니	遠在房州六尺孤
안타깝다 측천무후 연화랑을 끼고 노네.	咄咄武后蓮花郎

표현으로 쓴다.
43) 동타형극(銅駝荊棘) : 진(晉)나라 삭정(索靖)이 장차 천하가 어지러워질 것을
   예견하고 낙양 궁궐 문 앞에 세워진 구리 낙타를 보고 머잖아 가시덤불
   속에 놓이겠구나 하며 탄식한 고사.
44) 청의행주(靑衣行酒) : 진나라 회제(懷帝)가 포로로 잡혀가 푸른 옷을 입고
   적에게 술을 따르는 모욕을 당한 일이 있다.

간적 베고 반정(反正)하여 대의를 일으키니　　　誅奸反正倡大義
평왕의 늠름함은 맑은 서리 빗겼구나.　　　平王忠凜橫淸霜
중종과 예종, 그리고 현종은　　　中宗睿宗及玄宗
행락 빠져 뿌리 다지는 경계를 다 잊었네.　　　佚遊自忘戒苞桑
예상우의곡(霓裳羽衣曲) 연주가 미처 끝나기도 전에　　　羽衣霓裳樂未罷
어양 땅에 북이 울려 미앙궁(未央宮)에 다다랐지.　　　漁陽鼙鼓來未央
서촉 길 아득하고 취화(翠華)는 박두하여　　　路長西蜀翠華迫
마외파(馬嵬坡)서 꽃 지니 한갓 애를 끊는구나.45)　　　花落馬嵬空斷腸
영무(靈武)를 봉함은 이광필(李光弼) 곽자의(郭子儀)니　　　奉冊靈武伏李郭
안사(安史)의 난적들은 다시 소탕되었도다.　　　安史亂賊還掃襄
종남산에 왕기(王氣)가 진작 쓸쓸 하더니만　　　終南王氣已蕭條
흘간산에 언 참새는 어찌 날지 못하는가?46)　　　屹干凍雀何不翔
오계(五季)의 비린 먼지 하락(河洛)이 지겨워서　　　五季腥塵厭河洛
갑마(甲馬)의 영중에선 기이한 향내 났네.　　　甲馬營中生異香
황색 도포 한번 입고 몸을 점검 하더니만　　　黃袍一着點檢身
티끌을 가라 앉혀 나라를 회복했지.　　　塵靖復見邦之臧
다섯 별이 규(奎)에 모여 문장이 성대하니　　　五星聚奎文章盛
세 번 쳐서 그 고삐를 가지런히 놓았도다.　　　庶與三伐齊其韁
염락(濂洛)의 근원은 수사(洙泗)로 통하였고　　　濂洛源通洙泗派
자양(紫陽)의 봉우리는 태산에 잇닿았다.47)　　　紫陽峯接泰山崗

---

45) 안록산의 난 때 마외파에서 당 현종이 핍박에 못 이겨 양귀비를 죽였다.
46) 흘간동작(屹干凍雀) : 당나라 소종(昭宗)이 주온(朱溫)의 협박을 받아 장안에
　　서 낙양으로 천도한 일을 가리킨다.
47) 자양(紫陽)은 주자(朱子)의 고향. 주자가 공자의 도맥을 이은 것을 표현한
　　말이다. 염락과 수사는 모두 성리학의 도맥을 일컫는 말이다.

어이하여 금릉은 바른 학문 그르쳐서	奈何金陵誤正學
마침내 나라 운명 시들해짐 불렀던고.	竟致國步之頹僵
아프도다 하늘이 송나라를 돕지 않아	痛矣皇天不佑宋
간신배가 나타나 아픈 상처 내었구나.	姦徒輩出成痛瘡
완안(完顔)과 활하(猾夏) 중에 뉘 화를 불렀던고[48]	完顔猾夏孰招禍
채경(蔡京)과 동관(童貫)이 나라 기운 펼치었네.	蔡京童貫張邦昌
북녘의 두 수레는 다시 못 돌아오니	北天雙盖不復返
남경에선 몇 날이나 오랑캐가 강성하리.	南京幾日胡虜强
강개한 대리에선 충성된 넋 스러지고	慷慨大理忠魂飛
사직은 유리하여 뉘 장차 이끌런고.	流離社稷爰誰將
당시에 진회(秦檜)의 목을 벤 자가 있었으니	當時有斬秦檜者
가을 서리 같은 칼날 나도 참여 하고 싶네.	我欲與之秋霜鋩
이틀의 상서로움 연기처럼 스러지매	兩日之瑞已烟滅
용주(龍舟)는 대해에서 아득히 가라앉네.	龍舟大海沉洋洋
신하들 달아나니 충의로움 그 누군가	群臣奔竄孰忠義
수부(秀夫)와 문천상(文天祥) 두 사람 밖에 없네.	惟見秀夫與天祥
원나라 세상으로 오래 깊이 잠겼더니	胡元天地久淪沒
대명(大明)의 해와 달이 다시 빛을 되찾았지.	大明日月還昭彰
덕 있으면 얻게 되고 덕 없으면 잃나니	有德而得無德失
오호라 천명은 일정치가 않도다.	嗚呼天命信靡常
선을 하면 선으로, 악을 하면 악으로 기록하니	爲善紀善惡紀惡
만고에 오래도록 악취와 향기 풍기누나.	永永萬古流臭芳

---

48) 완안(完顔) : 여진족을 일컫는 말. 북송 때 완안을 근거지로 해서 금나라
   정권을 세웠다.

7,8권을 두루 읽다 마치지도 않았는데	歷覽七八卷未畢
또렷이 19대의 왕조가 일어났다 망했구나.	瞭然十九代興亡
내 비록 부족하나 붓을 다시 깎아서	余雖未能筆且削
겉과 속의 상과 벌을 상세히 할 만해라.	皮裏褒誅槪可詳
어지러운 말세 풍속 날로 각박해져가니	紛紛末俗日偸薄
성대(聖代)를 늘 생각해 끝내 잊지 않기를.	常思聖代終不忘

신기루 그림
海蜃圖

내 예전 조각배를 한 바다에 띄우고	我昔扁舟泛溟渤
아마득한 안개 속에 오리를 따라갔네.	蒼茫烟霧隨輕鳬
큰 파도 하늘 닿아 아득히 끝이 없어	洪濤連天杳無際
백월(百粤) 땅 뒤흔들고 동오(東吳)마저 삼킬 듯.	勢傾百粤吞東吳
이때 날이 개자 큰 집이 우뚝한데	是時新晴玉宇高
긴 바람 상쾌하여 가을 향초 돋아난 듯.	長風颯爽生秋菰
중간에 기운 있어 홀연 연기 피더니만	中流有氣忽昇霏
반공에 자줏빛의 형상이 기이하다.	半空紫赤形狀殊
마치 누각 같은 것이 층층 하늘 솟은 듯	有如樓臺出層霄
수정빛 쏟아져서 수면 위에 펼쳐진 듯.	晶光散射臨平鋪
굽은 난간 걸린 기둥 또렷하다 흐려지니	曲闌橫檻見明迷
아득히 각도(閣道)는 있는 듯 안 보이네.	怳然閣道超有無
풍성검(豐城劍)의 칼 기운도 어찌 이에 견주리오	豐城劍氣豈堪比

남산 아침 뭉게구름도 여기 대면 구구하다.[49]	南山朝隮眞區區
내가 말하기를, "신선들의 좋은 거처	我謂仙人好樓居
경궁(瓊宮)과 패궐(貝闕)이 봉래도에 열려 있네.	瓊宮貝闕開蓬壺
백 길 높이 단청 위로 해와 달이 빛나거니	丹靑百丈耀日月
바다 하늘 아득히 청도(淸都)에 이어 있네.	海天縹緲連淸都
이를 따라 이 세상을 하직하고 싶은데	擬欲因之謝此世
신선 벗들 이끌어 서로 불러 초대하네.	攀緣神侶相招呼
구름 마차 바람 수레 끝없이 들어가니	駗雲駕風入無倪
주렴 창서 굽어보아 희화(羲和)의 까마귀 당겼지.[50]	簾櫳俯挽羲和烏
갑작스레 이 기운 무너져 스러지니	俄然是氣忽崩頹
물결 따라 죄 흩어져 잠깐만에 간데 없네."	隨波散盡看須臾
막막하고 황홀하여 괴이함에 놀라서	茫如怳如甚驚怪
같이 탄 사공에게 시험삼아 물었네.	同舟試問蒿船夫
사공은 날더러 신기루라 알려주며	船夫告我是海蜃
"잠긴 파도 기운 토해 웅장하고 거칠지요.	潛波吐氣頗雄麤
방합 조개 물에 살아도 이무기의 정령이라[51]	蚌雖水居乃螭精
음양의 기운 얽혀 감돌아 솟구치죠.	陰陽交怪騰縈紆

---

49) 조제(朝隮) : 조제(朝隮)로도 쓴다. 『시경』 조풍(曹風) 「후인(侯人)」에 "무성
하고 빽빽하다 남산 아침 뭉게구름. 薈兮蔚兮, 南山朝隮"라 했다. 제(隮)는
무지개 또는 뭉게구름의 뜻이다.

50) 희화오(羲和烏) : 해의 별칭. 희화씨가 해를 수레에 싣고 달린다고 생각했
음. 까마귀는 해 속에 살고 있다는 삼족오(三足烏)를 가리킨다. 여기서는
해가 떠올랐다는 의미로 쓴 것임.

51) 신기루(蜃氣樓)의 신(蜃)은 방합조개, 즉 방(蚌)이다. 옛 사람들은 바다 속의
방합 조개가 토해내는 기운이 신기루가 된다고 믿었다.

바다 속의 기이한 변화 어찌 다만 이뿐이리   海中奇變豈但爾
그대 진작 못 봤다니 참으로 애석하다.   君曾不見眞嗚呼
붕새가 구만리 날면 날개가 하늘 덮고   鵬騫九萬翼蔽天
자라는 삼산 이고 동쪽 모퉁이에 서있다네.   鰲負三山立東隅
고래가 바다 삼켜 파도가 고갈되고   鯨鯢吸海海波渴
여룡이 등 볕 쬐자 어금니 수염 웅장하다."   驪龍曝背雄牙鬚
내가 이말 듣고 다시 놀라 탄식하며   我聞此語重歎驚
두려워 찬 소름이 피부에 돋아나네.   瞿然寒粟生肌膚
배를 돌려 산 속 집에 돌아와 누웠자니   回船來臥山中廬
큰 경관 장한 회포 견줄 자 누구이리.   大觀壯懷誰肩吾
때때로 꿈 속 넋이 바다 하늘 맴돌자면   時時魂夢海天頭
눈 속에 누각이 변함없이 솟았겠지.   眼中樓閣依依乎
인간의 온갖 일이 괴롭게 끌어당겨   人間萬事苦拘攣
다시 가지 못하고서 긴 탄식만 일으키네.   不得再往興長吁
그 어떤 화공(畵工)이 내 뜻을 미리 알아   誰知畵工知我意
바람 파도 그림을 만리 길에 보냈던고.   卷送萬里風濤圖
펼쳐 보니 신기루는 전에 본 듯 완연하고   披來蜃樓宛舊見
형태 모양 자세해서 저울처럼 분명하다.   形模纖悉明錙銖
언제나 벽에 걸고 고요히 마주보면   長年掛壁靜相對
범려52)가 오호(五湖)에 떠서 노닒도 부럽잖네   不須范蠡浮五湖

---

52) 춘추 시대의 초나라 사람. 월왕 구천을 도와서 오나라를 멸망시키어 회계
   의 치욕을 씻어 주었음. 그 후엔 벼슬을 버리고 陶에 숨어살면서 큰 부호
   가 되매 세인이 도주공이라 불렀다.

삼산과 십주는 어디메 있단 말가53)　　　三山十洲在何處
인간 세상 흘깃 보니 영고성쇠 어지럽다.　　傲倪人世紛榮枯

다락배는 익주로 내려가고54) – 회시 3등 하
　　樓船下益州〔會三下〕

진(晉)나라가 한 기틀을 합쳐서 정벌할 제　　大晉方膺渾一機
오왕(吳王)은 포학하게 계하(癸夏)를 움직였네.　　吳王暴虐浮癸夏
정토(征討)의 규모는 맡은 장수 달렸는데　　征討規模在任將
왕공55)의 신묘한 꾀 손빈(孫臏) 오기(吳起) 버금갔지.　　王公神略孫吳亞
명을 받고 웃으면서 오나라 도읍 바라보니　　受命一笑望吳都
장한 기운 솟구쳐서 북두성을 쏘는구나.　　壯氣直向牛斗射
장강(長江)은 남북으로 경계 짓지 않는지라　　長江不是限南北
물길 따라 군대 옮기니 하늘이 돕는 바라.　　順流行師天所借
다락 배 일 만 척이 강을 메워 떠가는데　　樓船萬軸壓江流
긴 바람 올라타 바람조차 돕는구나.　　吹便剩得長風駕
한심하다 양후(陽侯)56)는 사람 부려 궁전 짓고　　叱叱陽侯使爲殿

---

53) 삼산십주(三山十洲) : 삼신산과 십대주. 도교에서 말하는 이상향의 총칭.
54) 춘추시대 진(晉)나라가 제후를 대표하여 포학한 오왕(吳王) 손호(孫皓)를 토
　　벌한 전쟁을 소재로 쓴 작품임. 처음 익주자사인 왕준(王濬)에게 명하여 오
　　나라를 정벌케 했다. 왕준은 누선(樓船)을 견고하게 제작하여 성도(成都)를
　　떠나 오나라로 갔다. 오나라 사람들은 쇠사슬로 강을 가로질러 놓고 이를
　　막았다. 왕준은 다시 큰 뗏목으로 횃불을 만들어 쇠사슬을 끊고, 곧장 석
　　두성(石頭城) 아래로 쳐들어가서 오왕의 항복을 받았다.
55) 왕공(王公) : 진나라의 익주자사 왕준(王濬)을 가리킴.

하백 풍이(馮夷) 이끌고서 앞에 나와 맞았다네.	驅馭馮夷更前迓
익주 땅 천 척 배는 닻줄조차 풀지 않고	益州千艘未解纜
금릉 새벽달에 추운 밤을 근심했지.	金陵殘月愁寒夜
강에 떠서 천천히 나아가니 뉘 감히 막아설까	泛江徐進誰敢遏
어지러운 노 젓는 소리 강물 따라 내려갔네.	亂聲柔櫓從流下
강물 믿고 굳게 여김 어리석은 생각이라	恃江爲固信愚料
강 가로지른 자물쇠는 모두 소용없었네.	連江符鎖皆無藉
하루아침 정벌 북소리 오나라 도읍 가득 차니	一朝征鼓滿吳都
날아왔나 착각하여 서로 다퉈 의심했지.	錯疑飛渡爭相訝
가소롭다 전 오나라 백만의 군대들이	可笑全吳百萬師
창황히 달아나며 허둥지둥 하는구나.	奔竄蒼黃不自暇
백년의 왕업이 하루아침 비어지고	百年王業一朝空
길 가에서 투항하며 벙어리 흉내냈네.57)	道傍啣璧效喑啞
한번 누선(樓船)에서 내려 온갖 승리 거두니	一下樓船百勝俱
규모를 헤아리매 패자(覇者) 되기 넉넉하다.	籌得規模良致覇
담소하며 오나라 평정하고 고향으로 돌아오니	談笑平吳歸故都
진나라 마구간 전마(戰馬) 들은 안장도 안 풀었네.	晉廐戰馬鞍猶御
천년 뒤 시인이 남겨진 얘기 듣고	騷人千載目遺事
상상만으로도 두려움 면치 못하니,	想像未免心膽怕

---

56) 양후(陽侯) : 고대 양릉국(陽陵國)의 임금으로 물에 빠져 죽어 수신(水神)이
   되었다. 능히 큰 물결을 일으킬 수 있다. 예전 무왕(武王)이 주(紂)를 정벌
   하려 맹진(孟津)을 건널 적에 양후의 물결이 거슬러 흘러와 쳤던 일이 있
   다.
57) 함벽(啣璧) : 국군(國君)이 손을 뒤로 묶고 투항함. 함벽(銜璧)으로도 쓴다.

누가 필설(筆舌) 씻어내어 짧은 글을 지어서　　　誰洗筆舌賦短章
다시금 용맹하게 성가(聲價)를 떨치게 하리.　　　更使雄威振聲價
오나라 한번에 패함 어찌 족히 슬퍼하며　　　　吳家一敗何足哀
진나라 단번에 성함 어찌 족히 기뻐하리.　　　　晉室一盛何足□
마침내는 둘 다 모두 한꺼번에 뒤집어져　　　　畢竟吳晉一覆轍
만고에 장강은 한스러움 가눌 길 없는 것을.　　　萬古長江恨難瀉

岐峯集 권 4

시산잡영(詩山雜詠)

* 공은 또 호를 잠양남재(岑陽南齋)라 했다. 이하는 모두 공이 손수 쓴 글인지라, 차례도 옛 책의 차례에 따랐다.

〔公又號岑陽南齋. 此以下, 皆公之手本, 故序次一仍舊本.〕

갑진년 4월 신잠(申潛) 선생을 삼가 전송하며

─ 신잠(申潛)은 자가 원량(元亮)이다. 이때 선생은 시산(詩山) 태수가 되어 관산(冠山) 옛 사시던 집을 들른 길이었다.

甲辰四月奉送靈川〔申潛字元亮. 時先生爲詩山守, 過冠山舊居.〕

온 고을 부로(父老)들이 우리 선생 모두 아니	一鄕父老知我申
예전 관산 계시다가 지금 태인 계신다네.	昔在冠山今泰仁
관산에 계실 적인 어찌나 적막턴지	冠山在時何蓼落
죽원(竹院)과 매창(梅牕)에서 혼자서 지내셨지.	竹院梅牕悽一身
태인 땅에 감독 와서 두인(斗印)을 여시어서	泰仁監來開斗印
영 행하자 온 백성이 내달리듯 좇는구나.	令行奔趨一境民
수시로 위문 축하 안 되는 일이 없고	隨時唁賀無不可
신 거꾸로 다퉈 맞아 막 담근 술 내온다네.	倒屣爭迎酒醴新

공의 마음 무리 생각 벗어남을 알겠거니　　　　　祇知公心超衆見
옛날엔 축하하고 지금은 위문하네.　　　　　　　　昔則可賀今則唁
관산에 계실 적엔 처하는 바 편안하니　　　　　　冠山在時安所處
장사(長沙) 땅서 죄 기다림 하늘도 원망 않네.　　竢罪長沙天不怨
초당은 적막한데 거문고 연주하니　　　　　　　　手撫桐絲草堂寂
송학(松鶴)은 잠이 들고 산달은 밝아온다.　　　　松鶴欲眠山月白
이제 태인 계시면서 다스림에 피곤하여　　　　　今在泰仁困箠楚
티끌 세상 예스런 풍모 빛바랠까 걱정일세.　　　塵埃恐黦風姿古
가시나무 난새 봉새 살 곳이 못 되나니　　　　　枳棘元非鸞鳳捿
서녘 만리 바라보면 장안이 아득토다.　　　　　西望萬里長安杳
인간은 얻고 잃음 어지러이 굽신대나　　　　　　人間得喪紛屈伸
달인은 기쁨 근심 시골 사람 같지 않네.　　　　達人憂喜超鄉人
나그네 꿈 어느새 떠날 일을 생각는데　　　　　伬儗客夢據征鞍
여기저기 뻐꾸기는 봄 밭갈이 재촉한다.　　　　布穀處處催耕春
가죽 띠 허리 두른 강남의 젊은이들　　　　　　江南弟子韋帶者
봄날 강가에서 난지(蘭芷)를 캐는구나.　　　　薄採蘭芷春江濱
한림(翰林)들은 옛 얼굴을 기쁘게 맞으면서　　欣逢翰林舊顔色
성남의 매죽(梅竹) 아래 시 짓기를 재촉하네.　城南梅竹催吟呻
말 머리 해남 길로 이곳으로 오시어　　　　　　馬首來自海南路
귤정(橘亭)을 세 번 도니 서리 이슬 구슬퍼라.　三匝橘亭悽霜露
상수(湘水) 물가 외론 회포 놀이도 피곤해라　倦遊孤懷湘水頭
두약(杜若)은 무성하게 옛 나루에 떠다니네.　杜若萋萋依古渡
빛 밝은 궁중에서 불러 돌아 갈 만하니　　　　明光宮中招可還
오래잖아 태인 군수 백성 길을 막아서리.　　　於泰不久民遮道

제자가 이제부터 다시 무슨 마음이랴   弟子從今復何心
원컨대 남풍금(南風琴)에 노래 듣기 원하노라.   願聞賡載南風琴
□□□□□□□   □□□□□□□
예양강(汭陽江) 푸른 물은 깊고도 깊도다.   汭陽江水深復深

다시 칠언율시를 올리다
又呈七律

남녘 땅 어느 곳이 가장 맑고 시원한가   南中何處最淸凉
명봉정(鳴鳳亭) 높은 정자 한 고을에 으뜸일세.   鳴鳳高亭擅一鄕
정자 기둥 예양강의 고기 등에 솟아있고   楹立汭江魚鱉背
사자산에 잇닿아 계수나무 향기롭다.   甍連獅嶽桂杉香
이내가 돌빛 꾸며 앞 뫼는 희디 흰데   嵐粧石色前峯白
백로는 양화(楊花) 털고 먼 포구는 아득하다.   鷺拂楊花遠浦蒼
영천 상공 북녘으로 가는 길을 전송하매   爲送靈川還北路
들판의 왕손초는 이별 애를 끊나니.   王孫原草斷離腸

갑진 6월 14일 밤에 영천선생을 모시고 함담정(菡萏亭)에서 달 구경을 했다. 점필재의 봉서루 운을 사용했다.
甲辰六月十四日, 夜陪靈川先生, 翫月于菡萏亭. 用佔畢齋鳳棲樓韻

푸릇푸릇 연잎은 소반만큼 커다랗고   靑靑荷葉大如盤

연못 위 높은 정자 여름 밤도 서늘하다.　　　　池上高亭夏夜寒
번잡스럼 다 가시고 공무도 물렸으니　　　　已撤紛囂公事退
담박한 마음으로 옛 시를 살펴보네.　　　　更將疎澹古詩看
꽃 따며 멀리 보니 바람 구름 가로 막혀　　　　摹芳遠望風雲隔
난간 떨쳐 우주 넓음 길게 탄식하였지.　　　　拂檻長吟宇宙寬
고요한 가운데 가장 해맑은 것은　　　　最是靜中淸澈底
개인 달빛 오동나무 흰 빛이 환함일세.　　　　梧桐霽月白團團
　* '풍운(風雲)'을 선생께서 '운연(雲烟)'으로 하라셨다.　　〔風雲先生敎作雲烟〕

군방 이광문의 운을 빌어
　－가뭄이 심해 장차 기우제를 지낼 참이었다.
　　次李廣文君芳韻〔時旱甚將祈雨〕

시산(詩山)을 찾던 날은 두 번째 인일(寅日)이라　　來訪詩山日再寅
지각(池閣)에서 읊조릴 제 달이 덩실 떠올랐네.　　浩吟池閣月升輪
최고운(崔孤雲)의 옛 자취서 흐르는 물 잔 띄우니　　孤雲舊迹觴流水
단보(單父)의 맑은 거문고 묵은 티끌 떨어낸다.　　單父淸琴挹古塵
이슬 연꽃 바람 맞아 푸른 잎을 번드치고　　露藕憑風飜碧盖
수양버들 땅을 쓸어 푸른 줄이 드리우네.　　烟楊拂地䍐靑繡
날 가물어 백성 근심 지극하다 말을 마오　　莫言亢旱民憂劇
어진 원이 덕으로서 귀신 감동 시키리니.　　賴有仁侯德感神

공이 김윤(金胤)과 서헌(西軒)에서 글을 읽는데 하인이 꽃 한 가지를 가져왔다. 비 맞은 잎새가 이들이들하고 금빛 꽃떨기가 선명했다. 자세히 보니 국화였다. 아! 국화꽃은 반드시 서리 가을 피는데 여름날에 피었으니 괴이쩍다 할 만하다. 영천 선생께서 보내심이 어찌 뜻이 없겠는가? 각자 장편고시 한 수씩과 절구 두 수를 나란히 지었다.

公與胤讀書西軒, 侍僮持花一枝來. 雨葉新沃, 金英又鮮. 熟視則菊也. 噫! 菊之花, 必於秋霜, 而夏日乃開, 信可怪也. 先生之寄, 豈無意焉. 各述長篇古風并二絕.

1

주렴계(周濂溪)는 연꽃 사랑, 도연명은 국화 사랑	濂溪愛蓮陶愛菊
꼿꼿하고 깨끗하니 속된 구석 하나 없다.	亭亭粲粲皆不俗
선생께선 아차산에 한번 누으시고는	先生一臥峨嵯山
동쪽 울서 몇 날이나 한줌 가득 캐셨던가.	東籬幾日採盈掬
이제 시산 오셔서는 아끼는 바 바꾸셔서	今來詩山移所愛
밤마다 감상함은 연꽃 연못 달빛일세.	貪賞夜夜蓮池月
서편 섬돌 한 무더기 그 또한 다정하니	西階一叢亦多情
여름 비에 금빛 꽃이 연거푸 핀 것이라.	所以夏雨金英綴
그윽한 하늘 뜻은 헤아리기 어려워서	冥冥天意信難究
고개 돌려 음양조화 그 솜씨를 탄식하네.	回首一歎調元手
공연히 선생더러 돌아가고 싶게 하니	空使先生欲歸去
가을바람 어느새 산 속 술로 스미누나.	秋風已八山中酒

2

지난 겨울 서울에선 나무마다 꽃피더니　　　　　前冬京洛樹皆華

올 여름 변방 성에 국화 또한 피어났네.　　　　今夏邊城菊又葩

나라의 큰 인재가 남은 계책 있어서　　　　　　無乃調元有遺策

구중궁궐 먼 곳으로 충정을 전함인가.　　　　衷情欲達九重遐

3

지난 날 중양절엔 옥 술잔에 띄웠더니　　　　昔日重陽泛玉盃

오늘 어이 6월인데 외론 꽃을 또 피웠나.　　今何六月又孤開

도연명이 염진(炎塵) 속에 고생함을 하늘 알아　天憐彭澤炎塵苦

부러 가을 바람 보내 별원(別院)에 오게 했나?　故遣秋風別院來

고운(孤雲) 최치원(崔致遠)의 옛 자취가 있는 유상대(流觴臺)를
찾았다. 인하여 김원지(金元之)의 시냇가 집에서 술 마시며
사흘을 보냈다. 원지가 오언절구 4수를 부쳐 왔길래 마침내
그 운에 맞추어 답장하였다.

> 訪流觴臺〔有孤雲故迹〕, 因飮于金元之溪軒. 越三日元之以五言絶句四
> 首, 寄來遂步之以酬.

1

저문 빛 강 나무에 어스름하니　　　　瞑色生江樹

헤어지는 나그네 맘 못 가누겠네.　　臨分客意難

맑은 시 다시금 손에 들오니　　　　　　清詩重入手
방안 가득 난초 향기 엄습하는 듯.　　　猶襲一堂蘭

2

그리운 벗 푸른 산에 있다 하지만　　　故人在靑山
산이 깊어 찾아보기 정말 어렵네.　　　山深相見難
한갓진 동산에는 절로 일 없고　　　　閒園自無事
몇 포기 난초만 웃자랐으리.　　　　　培盡幾莖蘭

3

그대 이제 운수(雲水)의 삶 추구하지만　　君今向雲水
나 홀로 이 마음을 가눌 수 없다.　　　我自爲情難
갈바람 한강 물 불어오면은　　　　　秋風吹漢水
우리 서로 한 떨기 난 나누십시다.　　　相贈一叢蘭

4

보이느니 옛 산 흘러 나리는 물 뿐　　但見古山水
옛 사람 서로 만남 어려웁구나.　　　相逢古人難
내 그리운 사람은 어디 계시나　　　我思在何所
방주(芳洲)에서 두약(杜若) 난초 걷어올리네.　芳洲搴杜蘭

사미정(안군의 정자 이름이다) **주인이 극재 김경로에게 절구 한 수를 부쳐왔다. 극재가 그 운에 맞추어 수답하고, 나 또한 마음을 적어 절구 네 수로 부연하여 사미에게 부친다.**

四美〔安君亭號〕主人寄一絶於克齋〔金慶老盆城〕. 克齋步其韻以酬之, 余亦錄懷, 演爲四絶寄四美.

1

그대 집 작은 누각 종남산을 마주하여 　君家小閣對終南
눈 오는 밤 찾아가면 흥을 주체 못했었지. 　雪夜相尋興不堪
신선로 곁에서 술마시던 일 생각하면 　記得神仙鑪畔飮
숙연히 백운암에 들어온 것 같다네. 　蕭然疑入白雲庵

　* 지난 해 겨울 창주자(滄洲子)와 더불어 사미를 방문하여 작은 술자리를 열었다가
　밤이 깊어서야 헤어졌다.
　〔去冬與滄洲子訪四美爲設小酌夜深乃散〕

2

두 곳의 만날 기약 남북으로 떨어지니 　兩地襟期隔北南
바다 구름 강 나무에 그리움만 하릴없다. 　海雲江樹思何堪
저 멀리 사미정 가운데 계신 손님 　遙知四美亭中客
정양(靜養) 공부 몰두하며 주자(朱子)를 사모하네. 　靜養工夫慕晦庵

3

반년을 바다 남쪽 외로이 누웠자니 　半年孤臥海天南
서울 길 아득해라 마음만 안타깝네. 　洛路迢迢意可堪
그중에도 우리들이 근심겨워 보는 곳은 　最是吾儕愁望處

연운(燕雲) 만리길에 규암(圭庵) 상공 보냄일세.   燕雲萬里送圭庵
　* 송인수가 상공으로 장차 연경으로 가게 되었다.
　〔宋麟壽以相公將有燕京之行〕

4

선생께선 금학(琴鶴) 벗해 또 호남에 계시거니   先生琴鶴又湖南
책상자 메고 따라 노님 즐거움 가이 없다.   負笈從遊樂未堪
다시금 강론하며 절차탁마 하는 곳   更有講論磋切處
분성(盆城)이 지장암서 찾아서 왔다네.   盆城來自地藏庵
　* 지장암은 지리산 청학동에 있는데 김경노가 4월에 이곳에 놀러 갔었다.
　〔庵在頭流之靑鶴洞慶老四月遊此〕

연꽃 방죽의 소낙비
蓮塘暴雨

우레 하늘 뒤흔들고 빗줄기도 빗기자   雷撼天瓢雨脚橫
수많은 둥근 연잎 한꺼번에 소리 낸다.   圓荷萬葉一時聲
철기(鐵騎)가 요란스레 운진(雲陣)과 부닥치듯   轟騰鐵騎衝雲陣
고래 파도 내 뿜어서 해성(海城)이 뒤집히듯.   噴薄鯨濤盪海城
더운 기운 다시금 공사(公事) 따라 물러가면   暑氣又隨公事退
가을 기운 도리어 바람 타고 생겨나네.   秋涼旋逐晚風生
날 개자 다시 기뻐 연못 수면 바라보니   晴來更喜看池面
벽옥의 소반 속에 백옥이 가득 찼네.   碧玉盤中白玉盈

영천(靈川) 신잠(申潛) 선생의 「현재야음(縣齋夜唫)」 운을 삼가 차운하여

敬次靈川縣齋夜唫韻

진작에 구원(九畹)의 난초 차고서	早佩九畹蘭
멀리 삼상(三湘) 땅 나그네 됐네.	遠作三湘客
늦게사 옛 집으로 돌아와 보니	歲晚返故居
아차산엔 물과 바위 많기도 하다.	嵯峨足水石
이제 어이 장부와 문서 사이서	今胡簿領間
애를 쓰며 저녁까지 보낸단 말가.	劬勞至日夕
최고운(崔孤雲)은 진실로 숭상할 만해	孤雲誠可尙
□□□□□□.	□□□□迹

연지(蓮池)에서 달밤에 거문고를 듣다(3수)

蓮池月夜聽琴 三首

1

연꽃 연못 저녁에 달이 비치니	月照荷池夕
외로운 맘 달래주는 작은 거문고.	孤懷有短琴
* 악사 자신이 가지고 온 것이다.	〔師所自持〕
인간 세상 일일랑 말하지 말고	休論人世事
술잔이나 자주자주 기울이세나.	且使酒頻斟

2

퇴근하면 언제나 정절금(靖節琴)을 만져봐도	衙退常携靖節琴
옛 동산의 솔과 학이 그리운 걸 어이 하리.	故山松鶴思何禁
강남 땅의 젊은 벗들 마음 아파할 때에	江南弟子傷懷處
북녘 보니 구름 안개 구중궁궐 자욱하다.	北望雲烟九闕深

3

삼경 깊은 밤은 한적도 한데	閒寂三更夜
아스라이 펼쳐진 만리의 하늘.	蒼茫萬里天
못에 솟은 넓은 연잎 기울어지고	池擎荷盖偃
달빛은 계수나무 향을 전하네.	月送桂香傳
옛 골짝이 그리워 마음 아파도	舊壑懷方苦
새 시를 짓노라니 편해지누나	新詩意更圓
깊은 마음 묵묵히 아는 법이라	冥機應默會
도연명 거문고는 줄 없었다네.	彭澤本無絃

삼가 영천(靈川)의 운을 차운하여

―서촌으로 일재(一齋) 이항(李恒) 선생을 방문하여

敬次靈川韻〔訪一齋于西村〕

푸른 숲 성근 대밭 작은 서재 둘러 있고	碧樹疎篁擁小齋
온 종일 고담(高談)으로 마음껏 취하였네.	高談竟日醉心盃
말 나란히 또다시 남촌 노인 방문하니	聯鑣又訪南村老
거친 계곡 달빛 둘러 찾아옴을 기뻐하네.	喜我荒磎帶月來

삼우당에서 달밤에 술 마시다(14일 밤) 7언과 5언절구 두 수를 짓다
三友堂月夜小酌〔十四夜〕七絶五絶并二首

1

세 번 연정(蓮亭) 찾아오니 또 다시 가을인데	三入蓮亭又是秋
달 밝은 오늘 밤에 다시 잡아 만류하네.	月明今夜更遲留
반공의 피리소리 하늘 향기 내려오니	半空笙管天香落
선녀를 찾아가서 백옥루에 오르는 듯.	擬訪仙娥上玉樓

2

연꽃 바람 취한 객에 향내 보내고	荷風熏醉客
계수 달은 시인을 머물게 하네.	桂月留詩人
한 밤중 흥취가 가장 거나해	最覺中宵興
가을 하늘 옥이슬도 새로웁구나.	秋天玉露新

15일 새벽, 선생께서 망궐례(望闕禮)를 행하시다
十五曉先生行望闕禮

대궐에서 명을 받아 남녘으로 내려오니	受命南來自玉墀
일편단심 차마 어이 잠신들 잊으리오.	一心寧有暫忘時
휘황히 횃불 밝혀 뜰에서 사배(四拜) 하자	庭中四拜煌煌燎
바다 위 둥근 해가 벌써 솟아 오르네.	海上義輪已欲飛

7월 15일 삼가 고산 홍안세(洪安世)의 집 잔치 자리의 운자를 차운하여(2수)

七月之望奉次洪高山名安世第醮集韻 二首

1

저문 산에 구름 없고 달빛이 밝은 때에	晚山雲盡月明時
옥피리 갈잎피리 차례대로 부는구나.	玉笛淸笳次第吹
내일 각자 천만리 길 손나누고 헤어지면	來日各分千萬里
높은 누각 오늘 모임 아마도 그리리라.	高樓此會倘相思

2

들 밖 묏부리들 푸른 하늘 닿았는데	野外群山襯碧天
가을 숲에 저녁 연기 멀리 서로 이어졌다.	暮烟秋樹遠相連
거문고 노래 흥 거나해 돌아감을 잊었더니	琴歌興爛忘歸去
푸른 바다 달이 솟아 난간 앞에 비쳐드네.	月湧滄溟入檻前

7월 16일 여러 군자와 함께 함담정에 모여 작은 술자리를 열고, 거문고를 연주하고 노래 부르며 옛날 이야기를 나누었다(4수)

七月旣望與諸君子會于菡萏亭設小酌奏琴歌話舊 四首

1

| 저문 산 뿌리던 비 연못을 건너가니 | 晚山飛雨度池塘 |

몇 곡조 거문고에 달빛이 집에 드네. 　　數曲瑤琴月入堂
붓 휘둘러 노래하다 다시금 크게 취해 　　放筆長唫仍大醉
가슴 바다 다시 보니 드넓고 아득하다. 　　更看胸海浩汪洋

2

비바람 친 앞 방죽에 물결이 일려 하니 　　風雨前塘欲起波
몇 떨기 성근 대가 이를 어이 하리오. 　　數叢疎竹奈渠何
영천(靈川) 선생 취해 쓰신 시에 힘을 입어서 　　賴有靈川移醉墨
돌아갈 뜻 더 많아진 그대에게 준다오. 　　贈君歸去意偏多

3

이날 밤 서로 만남 십년지기 같은데 　　此夕相逢若十年
좋은 회포 펴는 곳에 차를 또 끓이누나. 　　好懷開處又茶煎
내일 아침 동편으로 그대 가는 길에는 　　知君明日東歸路
흰 강물 푸른 산에 남은 흥만 아득하리. 　　白水靑山興杳然

4

녹기금(綠綺琴) 한 곡조 가녀린 연주 듣자 　　一曲纖歌綠綺琴
흰 구름은 저 멀리 달빛가의 산 가리네. 　　白雲遙遏月邊岑
좋은 집 이 모임은 모두다 시인이라 　　華堂此會俱詞客
만길 절벽 붓 기운을 높이 서로 다툰다. 　　筆勢高爭壁萬尋

함담정에서 중륜(中倫)과 만나
　－옛 이야기를 나누다 인하여 절구 2수를 지었다
　　　菡蓞亭逢中倫〔敍舊仍賦短絕 二首〕

1

마음은 천고 뒤를 품고 있는데	心懷千古後
시와 술은 백 년 전을 노래하노라.	詩酒百年前
한 기운 하늘 땅과 같이 하노니	一氣同天地
서로 보매 제각기 찬연하여라.	相看各粲然

2

성근 대 작은 연못 가에 서 있고	疎篁小池畔
시든 버들 늦 바람에 흔들리누나.	衰柳晚風前
술잔 잡고 서로 함께 만나는 곳에	把酒相逢處
마음 열자 도리어 편안해지네.	開懷却坦然

정(情) 자를 세 번 써서 김경로에게 주다
　　　用三情字贈慶老

진작에 서촌에서 성정(性情)을 물었더니	曾向西村問性情
* 일재를 찾아가 물은 적이 있었다.	〔訪一齋有所問〕
이 저녁 그댈 만나 시정(詩情)을 펴는구나.	逢君此夕寫詩情
술잔 잡고 인간 일은 말하지 마시게나	把酒莫說人間事

스무 해 전 생각에 가장 마음 슬프다오.	二十年前最愴情

또 5언율시를 지어 중륜에게 주다
又占短律贈中倫

산재(山齋)에서 저물녘 한번 만나고	一見山齋暮
이별 후 그리는 맘 변함 없구나.	依然別後情
임천(林泉)에 묻혀 있는 운주사(雲住寺)	林泉雲住寺
나무들 안개 잠긴 낭주(浪州) 가는 길.	烟樹浪州程

* 중륜이 운주사로 내려왔다가 마침내 부령으로 돌아간다. 〔中倫下雲住逐歸扶寧〕

반달 보며 생각만 한창 괴롭다	半月思方苦
이 정자서 기쁘게 다시 맞다니.	斯亭喜更迎
뒷날 만나 얘기 나눌 기약을 두고	相期他日話
시냇가서 분성(盆城)을 전송하누나.	溪上送盆城

* 장차 영남으로 돌아가려 한다. 〔將歸嶺南〕

영천 선생의 운을 차운하여 임억령을 전송하다(2수)
次靈川韻送石川 二首

1

왕명 받아 서쪽 가는 옥당의 나그네	承命西歸玉堂客
역말 깃발 나부끼니 장정(長亭)도 잠깐일세.	翩翩駈騎短長亭

만났다간 헤어지매 마음 아픈 이곳에 　　　相逢卽別傷懷處

난간 밖 가을 산도 푸른 빛이 줄었네. 　　　檻外秋山漸減靑

2

십년 만에 비로소 형주(荊州) 모습 보나니 　　　十年始見荊州面

성근 버들 시든 연꽃 반을 넘긴 가을일세. 　　　疎柳殘荷欲半秋

성주(聖主) 정녕 앞자리서 마주하길 기다리니 　　　聖主政須前席對

바라건대 가시는 길 지체하지 마옵소서. 　　　願言行路莫淹留

삼가 영천선생의 장운(長韻)을 차운하여
　　敬次靈川長韻

내가 시산(詩山) 찾았을 젠 여름 한창이더니 　　　我來詩山夏之半

뜨락 오동 어느덧 가을 바람 시절일세. 　　　庭梧忽此秋風節

객창의 그리움은 견디기가 어려운데 　　　客窓情思最不堪

게다가 석천선생과 이별까지 하다니. 　　　又與石川先生別

선생의 모습은 붙잡을 수 없는지라 　　　先生行色不可挽

시 읊어 하릴없이 목멘 슬픔 드리리라. 　　　吟詩欲贈徒悲咽

소반 위 포도는 새 덩굴을 갓 따오고 　　　盤中葡萄摘新蔓

젓가락 밑 가을 고기 둠벙에서 건져왔네. 　　　著下秋魚出丙穴

연못 연꽃 다 시들고 참대도 성근데 　　　池荷落盡苦竹疎

산성의 고목들만 길게들 늘어섰지. 　　　山城古木千章列

얘기 중에 십년 생각 기쁘게 곁들이다 　　　談論欣副十年思

다시금 품은 생각 곡진하게 말하누나.	繾綣又道懷中說
오늘날 앞자리에 나설 이 몇이던가	當今前席幾其人
그대는 뛰어난 꾀 곧은 혀 지니셨네.	爾有嘉謨惟直舌
우리 세상 빛난 풍속 반드시 되돌리고	須回我世雍熙風
우리 임금 바른 길로 인도하여 주옵소서.	須導我后皇王轍
어려서 배운 것을 장성하여 행하시니	幼而學之壯欲行
선생께서 오늘날에 베풀어 펴심일세	先生此日當施設
사나이의 벼슬이란 헛된 물건일 뿐이니	男兒祿位是虛物
푸른 솔은 온 산 눈 속 제 빛을 발휘하리.	蒼松可見千山雪
강남 땅 후학 또한 붕새처럼 날개 쳐서	江南後學亦鵬搏
장차 금문(金門)에다 내 말 고삐 묶으리라.	將向金門我駒紲

27일 바깥 연지(蓮池)를 구경하고 자리에서 짓다
念七賞外蓮池席上口號

가을 회포 무어라 펼 수가 없어	秋懷不可寫
연꽃 제방 저물녘에 거닐어 보네.	晚步蓮堤上
은빛고기 가늘게 회를 쳐서는	銀麟斫細膾
다시 새 술 재촉해 잔 기울이네.	更促傾新釀
지는 해 서쪽 언덕 내려오길래	落日下西坡
아스라이 넓은 들 바라보았지.	蒼茫平野望
고향 생각 가장 괴로운 곳은	鄕思最苦處
흰 구름 남쪽의 묏부리라네.	白雲南邊嶂

선생께서 병으로 못 오시고 율시를 보내 화답을 구한데 차운하여
次先生病未赴會寄律求和

땅거미 마을 숲에 잠기어 가고	暝色沈村樹
안개는 먼 들 모습 가리우누나.	烟迷遠野文
새 벼의 이삭 향기 절로 좋은데	新秔香自好
남은 연꽃 기운 되려 향기롭구나.	殘藕氣猶芬
시흥(詩興) 돋아 관가 술을 재촉해서는	詩興催官酒
고향이 그리워서 황혼을 보네.	鄉情對落曛
무심코 너희들 부러워 하니	無心應羨爾
백사장 흰 갈매기 무리로구나.	沙渚白鷗羣

28일 서촌으로 일재 선생을 방문하고 일재의 운에 차운하여
念八訪一齋于西村次一齋韻

행단(杏壇) 위서 거문고와 비파를 연주하니	回琴點瑟杏壇上
만고에 남은 소리 내 삿됨 씻어주네.	萬古餘音滌我私
하물며 일재(一齋) 선생 신신당부 하신 말씀	況□一齋申警語
이제부터 맘에 새겨 부지런히 생각하리.	從今佩服念玆玆

술이 반쯤 취해 모재(慕齋) 김안국(金安國)의 운을 써서 읊조리다

酒半口號用慕齋韻

넓은 들 앞 머리서 작은 시내 건너서　　　　大野前頭渡小溪
옛 마을 서쪽으로 일재(一齋)를 다시 찾네.　　一齋重訪古村西
메벼 찰벼 잘 여물어 농부는 □□하고　　　　稌秔實栗田家□
대나무 숲 빽빽한 곳 처사가 깃들었네.　　　竹樹蕭森處士捿
김 노인을 불러와서 거문고 피리 연주하고　金老呼來琴邃奏
전공(全公)을 청하자 술병 들고 오는구나.　全公邀得酒壺携
분성(盆城)이 떠나갈 때 다시 전별 기약하여　相期更餞盆城去
동교로 향하여서 막대 짚고 함께 가세.　　載向東郊共杖藜

＊ 전공은 인범(仁範)이다.　　　　　　　　〔全公仁範〕

7언율시를 길 떠나는 김경로에게 주다

七律贈慶老行

남쪽 교외 술 싣고 와 가는 그댈 보내나니　載酒南郊送君去
늦은 바람 강 피리에 가을 차마 못견디네.　晚風江笛不堪秋
원령(猿嶺)에 구름 걸려 돌아감 재촉하니　　雲橫猿嶺歸應促
어머님은 날이 길어 기쁨 더욱 크시겠네.　日永萱堂樂更優
붉은 여뀌 푸른 간지 물굽이에 어지럽고　　紅蓼翠莎迷曲渚
엷은 안개 빗긴 볕은 긴 물가에 어리었다.　澹烟斜照帶長洲

| 경황없어 마음 속 말 다하지 못했거니 | 忽忽未盡心中語 |
| 손을 잡고 한강서 만날 기약 두는구나. | 握手重期漢水頭 |

8월 6일 다시 임명받아 먼저 서울로 가 증별하다
仲秋初六贈別重任先之京

지난 해 초산(楚山) 땅 가는 길에서	昔年楚山路
눈보라 속 제각기 헤어졌었지.	風雪各分散
말고삐를 같이 한지 삼일뿐이라	聯鞭秖三日
마음 속 깊은 정은 다 못했었네.	不盡心中款
이래로 얼마나 서로 그렸나	爾來幾相思
한 기운이 오로지 관통했었네.	一氣惟通貫
오늘에야 다시금 해후했으나	今日復邂逅
시산(詩山) 땅 가을도 늦으려 하네.	詩山秋欲晚
북에서 배워 주공(周公)을 기쁘게 했고	北學悅周公
진량(陳良)은 초나라 태생이었네.	陳良是楚産
찬 등불 한 밤중에 얘기 나누매	寒燈半夜話
마음 속 일 둘 다 서로 사이 없었지.	心事兩無間
방 가득 훈훈한 난초의 향기	薰薰一室蘭
간절함 쇠조차 끊을 만해라.	切切金可斷
사나이 커다란 절개가 있어	男兒有大節
흰 눈 맞은 푸른 솔 둥치와 같네.	白雪蒼松榦
죽계(竹階)에는 푸른빛이 곱고 고운데	竹階翠猗猗

귤정(橘亭)엔 향기가 가득하구나.	橘亭香爛爛
나도 남은 향기 이을 것이니	小子襲餘芳
여유 있다 어찌 여관에 머물겠는가.	有餘寧假舘
그대와 헤어지며 기약하는 말	別君更相期
배를 돌려 한강을 함께 오르세.	回舟同上漢

8월 29일 남봉에 모여서 여패(汝佩)의 거문고 연주를 듣다(2수)
 ─안수(安璲)이니 호는 창랑(滄浪)이다.
中秋念九會于南峯聞汝佩彈琴〔安璲號滄浪 二首〕

1

저문 빛 솔 바위에 잠기었는데	瞑色沈松石
거문고 소리를 홀로 듣노라.	幽琴空自聽
앞 시내서 취하여 돌아오는 길	前溪醉歸路
지팡이 짚고 찬 기운을 밟으며 간다.	扶杖踏泠泠

2

해 지자 골짝 먼저 어두워지고	日落谷先暗
바람 부니 소나무 노래 들을만하다.	風來松可聽
술통 앞 시 모두 모으고 나니	樽前詩盡會
그 누가 찬 기운 막음 부러워하리.	誰羨御泠泠

홍연봉에게 주다
贈洪蓮峯

그대 집 연산(連山) 아래 있는데	君居連岳下
나는 기산(岐山)의 기슭에 있네.	我在岐山麓
가까이 있어도 자꾸 어긋나	邇來多乖張
답답하게 내 외로움 생각 잠긴다.	鬱鬱念我獨
오늘 저녁 어떠한 저녁이길래	今夕是何夕
한 방에서 기쁘게 함께 자누나.	一室忻伴宿
등불 아래 막걸리를 기울이면서	同傾燈下醪
둘이 함께 산나물 익혀 먹었지.	共煮山間蔌
바른 말은 반고와 사마천을 능가하였고	危辭駕班馬
장한 기운 염파(廉頗)와 이목(李牧) 압도하였네.	壯氣壓頗牧
우뚝히 높은 노래 놓아 부르니	確然放高歌
옥 홀(笏)에 패옥소리 울리 듯 해라.	瑸璋鳴珮玉
회포 풀며 긴 밤을 꼬박 새우며	展懷到盡夜
지란(芝蘭)의 향기를 실컷 맡았지.	飽聞芝蘭馥
권면하며 붙들어줌 얻은 듯 하니	偲偲扶若得
참으로 수레에 굴대 달린 듯.	信如車有軸
하물며 봄비 내린 뒤끝인지라	況當春雨後
물색이 두 눈에 피어나누나.	物色生兩目
강호엔 초록 물결 넘실거리고	江湖增綠波
묏부리도 무성함이 넘쳐흐른다.	巖巒攢相矗
광경이 둘이 함께 즐길 만하니	光景可共樂
그대여 돌아감을 재촉 말게나.	須君勿鞭促

관서별곡(關西別曲)

  ―을묘년(1555년, 명종 10), 공이 평안평사가 되어 관문의 방비를 두루
  살피고 와서 노래와 풍속을 가려 모아 관서곡을 지어, 애군(愛君)
  하고 변방을 염려하는 충정을 펼쳐 보였다.
  乙卯公爲平安評事, 閱歷關防, 采摭謠俗, 作關西曲, 以紓愛君慮邊之忠.

관서명승지(關西名勝地)예	관서(關西) 땅 이름난 곳
왕명(王命)으로 보니실시	왕명(王命)으로 보내시매
행장(行裝)을 다사리니	행장(行裝)을 정리하니
칼 호ᄂ 쑌이로다	칼 하나 뿐이로다.
연조문(延詔門) 니달아	연조문(延詔門) 나가서
모화고기 너머드니	모화관(慕華舘) 고개 넘어드니
귀심이 쌘르거니	가려는 맘 빠른데
고향(故鄕)을 사념ᄒ랴	고향을 생각할까.
벽제(碧蹄)에 말가라	벽제(碧蹄)에서 말 갈아 타
임진(臨津)에 비건너	임진(臨津) 나루 배를 건너
천수원(天水院) 도라드니	천수원(天水院)에 돌아드니
송경(松京)은 고국(故國)이라	송경(松京)은 옛 땅이라
만월대(滿月臺)도 보기슬타	만월대(滿月臺)도 보기 싫다.
황강(黃岡)은 전장(戰場)이라	황강(黃岡)은 싸움터라
형극(荊棘)이 지엇도다	가시덤불 우거졌네.
산일(山日)이 반사(半斜)컨을	산 해가 뉘엿커늘
귀편(歸鞭)을 다시 쌔와	채찍을 다시 잡아,

구현(九峴)을 너머드니	구현(九峴)을 넘어드니
생양관(生陽舘) 기슭에	생양관(生陽舘) 기슭에
버들죠차 프르럿다	버들마저 푸르렀다.
감송정(感松亭) 도라드러	감송정(感松亭) 돌아들어
대동강(大同江) 부려보니	대동강(大同江) 바라보니
십리파광(十里波光)과	십리 물결 빛과
만중연류(萬重烟柳)는	만겹의 내 낀 버들
상하(上下)의 어릐엿다	아래 위로 어리었다.
춘풍(春風)이 헌스ᄒᆞ야	춘풍이 불어와
화선(畫船)을 빗기 보니	그림 배를 빗겨 보니
녹의홍상(綠衣紅裳) 빗기 안자	녹의홍상(綠衣紅裳) 빗겨 앉아
섬섬옥수(纖纖玉手)로	가녀린 고운 손이
녹기금(綠綺琴) 니이며	녹기금(綠綺琴)을 연주하며
호치단순(晧齒丹脣)으로	흰 이 붉은 입술로
채련곡(采蓮曲) 브르니	채련곡(采蓮曲)을 부르니
태을진인(太乙眞人)이	태을진인(太乙眞人)이
연엽주(蓮葉舟) 투고	연잎 배를 타고서
옥하수(玉河水)로 ᄂᆞ리는 듯	옥하수(玉河水)로 내리는 듯.
셜미라 왕사미고(王事靡鹽)ᄒᆞ들	설령 나라 일이 바쁘다 한들[1]
풍경(風景)에 어이ᄒᆞ리	풍경을 어이하리.

---

1) 왕사미고(王事靡鹽) : 『시경』 당풍 「보우」 "왕사는 견고하게 하지 않을 수 없어서, 서직을 심을 수 없으니, 부모님은 무엇을 믿으실까. 王事靡鹽 不能 蓻稷黍 父母何怙."라 했는데, 이때 '고(鹽)'는 '견고하게 아니하다'의 의미 로 휴식이 없다는 뜻이다.

연광정(練光亭) 도라드러
부벽루(浮碧樓)에 올나가니
능라도(綾羅島) 방초(芳草)와
금수산(錦繡山) 연화(烟花)는
봄비슬 쟈랑훈다
천년기양(千年箕壤)의
태평문물(太平文物)은
어제론닷 훈다무는
풍월루(風月樓)에 꿈 씨여
칠성문(七星門) 도라드니
세마태홍의(細馬駄紅衣)예
객흥(客興)이 엇더훈뇨
누대(樓臺)도 만훙고
산수(山水)도 하건마는
백상루(百祥樓)에 올나안즈
청천강(晴川江) ㅂ라보니
삼차(三叉) 형세(形勢)난
쟝(壯)홈도 가이업다
훈믈며 결승정(決勝亭) 느려와
철옹성(鐵甕城) 도라드니
연운분첩(連雲粉堞)은
백리(百里)에 버려잇고
천설중강(天設重崗)은
사면(四面)에 빗겻도다

연광정(練光亭) 돌아들어
부벽루(浮碧樓)에 올라가니
능라도(綾羅島) 고운 풀과
금수산(錦繡山) 안개꽃은
봄빛을 자랑한다.
천년 평양 땅에
태평 문물(文物)은
어제인 듯 하다 만은
풍월루(風月樓)에 꿈을 깨어
칠성문(七星門)을 돌아드니
작은 말에 홍의(紅衣) 태운
나그네 흥이 어떠한가.
누대(樓臺)도 아주 많고
산수(山水)도 많지만은
백상루(百祥樓)에 올라 앉아
청천강(晴川江) 바라보니
삼차(三叉)의 형세는
장함이 가이 없다.
하물며 결승정(決勝亭) 내려와
철옹성(鐵甕城) 돌아드니
구름 닿은 성가퀴는
백 리에 벌려 있고
하늘 만든 겹겹 뫼는
사면에 빗겼구나.

사방거진(四方巨陣)과	사방의 큰 진(陣)과
일국웅관(一國雄觀)이	온 나라의 웅장한 경관이
팔도(八道)이 위두(爲頭)로다	팔도에 으뜸일세.
이원(梨園)의 곳피고	이원(梨園)에 꽃이 피고
두견화(杜鵑花) 못 다진제	진달래 못 다 진 때
영중(營中)이 무사(無事)커늘	영중(營中)이 일 없거늘
산수(山水)를 보랴ᄒ야	산수를 볼까 하여
약산동대(藥山東臺)에	약산(藥山) 동대(東臺)에
술을 실고 올나가니	술을 싣고 올라가니
안저운천(眼底雲天)이	눈 아래 구름 하늘
일망(一望)에 무제(無際)로다	바라봐도 끝이 없네.
백두산(白頭山) 닉린 물이	백두산 내린 물이
향로봉(香爐峯) 감도라	향로봉을 감돌아
천리(千里)를 빗기 흘너	천리를 빗겨 흘러
대(臺) 압프로 지나가니	대(臺) 앞으로 지나가니
반회굴곡(盤回屈曲)ᄒ야	섯돌며 구비쳐서
노룡(老龍)이 꼬리치고	늙은 용이 꼬리치며
해문(海門)으로 드난듯	해문(海門)으로 드는 듯.
형승(形勝)도 ᄀ이업다	빼어난 경치 끝이 없다
풍경(風景)인달 안니보랴	풍경인들 아니 보랴.
작약선아(綽約仙娥)와	맵시 있는 아가씨와
선연옥빈(嬋妍玉鬢)이	어여쁜 여인들이
운금단장(雲錦端粧)ᄒ고	구름 비단 단장하고
좌우(左右)의 버려이셔	양옆에 늘어앉아

거믄고 가야고(伽倻鼓)	거문고 가야금과
봉생룡관(鳳笙龍管)을	생황과 피리를
부르거니 니애거니ᄒᆞᄂᆞᆫ 양은	불며 화답하는 모습은
주목왕(周穆王) 요대상(瑤臺上)의	주목왕(周穆王)이 요대(瑤臺) 위서
서왕모(西王母) 만나	서왕모(西王母)를 만나서
백운곡(白雲曲) 브르난듯	백운곡(白雲曲)을 부르는 듯.
서산(西山)에 ᄒᆡ 지고	서산에 해가 지고
동령(東嶺)의 달 올아고	동령(東嶺)에 달이 뜨니,
록빈운환(綠鬢雲鬟)이	곱고 예쁜 아가씨들
반함교태(半含嬌態)ᄒᆞ고	반쯤 교태 머금은 채
잔(盞) 밧드는 양은	잔 받드는 그 모습은
낙포선녀(洛浦仙女)	낙포(洛浦)의 선녀가
양대(陽臺)에 ᄂᆞ려와	양대(陽臺)에 내려와서
초왕(楚王)을 놀니ᄂᆞᆫ닷	초왕(楚王)을 놀래키는 듯.
이 경(景)도 됴커니와	이 광경도 좋지만은
원려(遠慮)ㄴ들 이즐쇼냐	먼 근심인들 잊을소냐
감당(甘棠) 소백(召伯)과	감당(甘棠)의 소백(召伯)과
세류장군(細柳將軍)이	세류(細柳)의 장군(將軍)이
일시(一時)예 동행(同行)ᄒᆞ야	한 때에 동행하여
강변(江邊)으로 순하(巡下)ᄒᆞ니	강변 따라 내려가니
황황옥절(煌煌玉節)	빛나는 옥절(玉節)과
언건용기(偃蹇龍旗)ᄂᆞᆫ	펄럭이는 용기(龍旗)는
장천(長天)을 빗기 지나	긴 하늘을 빗겨 지나
벽산(碧山)을 떨쳐간다	푸른 산을 떨쳐 간다.

도남(都南)을 너머드러	도남(都南)을 넘어 들어
비고기 올나안자	배고개 올라앉아
설한(雪寒)지 뒤에두고	설한령(雪寒嶺) 뒤에 두고
장백산(長白山) 구버보니	장백산(長白山) 굽어보니
중강복관(重岡複關)은	겹겹 뫼에 첩첩 관문은
갈쇼록 어렵도다	갈수록 어렵도다.
백이중관(百二重關)과	백 두겹 관문과
천리검각(千里劍閣)도	천리의 검각(劍閣)도
이럿텃 하뎐도	이렇기야 하겠는가.
팔만비휴(八萬貔貅)는	팔만의 비휴(貔貅)는
계도전행(啓道前行)ᄒ고	길을 열며 앞서 가고
삼천철기(三千鐵騎)는	삼천의 철기(鐵騎)는
옹후분등(擁後奔騰)ᄒ니	뒤를 감싸 치달으니
호인부락(胡人部落)이	오랑캐 마을들이
망풍투항(望風投降)ᄒ야	풍문 듣고 투항하여
백두산(白頭山) 나린 물의	백두산 내린 물에
일진(一陣)도 업도다	일진(一陣)도 볼 수 없다.
장강(長江)이 천참(天塹)인달	장강(長江)이 천참(天塹)이라도
지리(地利)로 혼쟈ᄒ며	지리(地利)로 혼자 하며
사마정강(士馬精强)ᄒᆫ들	군사와 말 굳세단들
인화(人和) 업시 ᄒ올쇼냐	인화(人和) 없이 할 수 있나.
시평무사(時平無事)홈도	좋은 시절 일 없음도
성인지화(聖人之化)로다	성인의 감화로다.
소화(韶華)도 슈이 가고	소화(韶華)도 쉬이 가고

산수(山水)도 한가(閒暇)홀제   산수(山水)도 한가할 때
아니 놀고 어이 홀리   아니 놀고 어이 하리.
수항정(受降亭)의 비 꿈여   수항정(受降亭)에 배를 꾸며
압록강(鴨綠江) 니리 져어   압록강(鴨綠江)을 내리 저어
연강열진(連江列鎭)은   강가에 벌인 진(鎭)은
창긔 버듯 호엿거늘   창기2) 편 듯 하였거늘
호지산천(胡地山川)을   오랑캐 땅 산천을
역력(歷歷)히 지닉보니   역력히 지내보니
황성(皇城)은 언제 빠며   황성(皇城)은 언제 쌓으며
황제묘(皇帝墓)는 뉘 무덤고   황제묘(皇帝墓)는 뉘 무덤인가.
감고흥회(感古興懷)호야   옛 생각 회포 일어
잔(盞) 고쳐 부어라   잔을 다시 부어라.
비파곶(琵琶串) 느리 져어   비파곶(琵琶串) 내리 저어
파저강(坡渚江) 건너가니   파저강(坡渚江) 건너가니
층암절벽(層巖絶壁)   층암 절벽(層巖絶壁)이
보기도 죠토다   보기도 좋구나.
구룡(九龍)쇼의 비를 미고   구룡소(九龍沼)에 배를 매고
통군정(統軍亭)의 올나가니   통군정(統軍亭)에 올라가니
대황(臺隍)은 장려(壯麗)호야   대황(臺隍)은 장려(壯麗)하여
침이하지교(枕夷夏之交)로다   이하(夷夏)의 사이 베고 있네.
제향(帝鄕)이 어듸미오   제향(帝鄕)은 어디인가
봉황성(鳳凰城) 갓갑도다   봉황성(鳳凰城)이 가깝도다.

---

2) 창기(槍旗) : 창과 군기(軍旗)를 아울러 이르는 말.

서귀(西歸)ᄒ티 이시면	서쪽 갈 이 있으면
호음(好音)이ᄂ 보닉고져	좋은 소식 보내고저.
천배(千盃)에 대취(大醉)ᄒ야	천 잔 술에 크게 취해
무수(舞袖)를 썰치니	소매 떨쳐 춤을 추니
박모한천(薄暮寒天)의	저물 녘 찬 날씨에
고적성(鼓笛聲)이 지지괸다	피리소리 퍼져간다.
천고지형(天高地逈)ᄒ고	하늘 높고 땅 아득해
흥진비래(興盡悲來)ᄒ니	흥이 식자 슬픔 오니
이 ᄯᅡ히 어듸미오	이 땅은 어디인가
사친객루(思親客淚)ᄂ	부모 생각 나그네 눈물
절로 흘너 모로미라	절로 흐름 몰랐구나.
서변(西邊)을 다 보고	서쪽 변방 모두 보고
반패환영(返旆還營)ᄒ니	깃발 돌려 돌아오니
장부흉금(丈夫胸襟)이	대장부 흉금(胸襟)이
져그ᄂ ᄒ리로다	조금은 나으리라.
셜믜라 화표주(華表柱)	가령 화표주(華表柱)의
천년학(千年鶴)인들	천년학(千年鶴)이라 한들
날 가타 니 ᄯᅩ 보안난다	나 같은 이 또 보았는가.
어늬제 형승(形勝)을 기록ᄒ야	어느 때나 빼어난 경치 기록하여
구중천(九重天)의 ᄉ로료	저 하늘에 사뢰리오.
미구상달천문(未久上達天門)ᄒ리라	머잖아 위로 하늘 문에 아뢰리라.

岐峯集 권 5

부록(附錄)

* 다른 시문 중 상고할 만한 것을 함께 실었다.

〔他詩文之可考者, 并附之.〕

처음 시산(詩山)에 공부하러 갔을 때, 일재(一齋) 이항(李恒) 선생께서 주신 사운시

－시산(詩山)은 태인(泰仁)의 옛 이름이다.

初進學詩山時一齋先生贈四韻詩〔詩山泰仁古號〕

하늘이 영재 냄은 응당 뜻이 있을지니 　　　　天挺英才應有意

그대 다시 큰 규모를 세우길 권하노라. 　　　勸君重立大規模

공자께선 연원 길다 물을 칭찬 하셨고 　　　仲尼禰水淵源永

증점은 봄 읊으며 걸음도 활달했네. 　　　　曾點唫春活步趨

넓은 학문 깊은 생각 모름지기 자득하여 　　博學研思須自得

독행(篤行)하여 간 곳마다 공부를 보태시게. 　篤行隨處賸工夫

하루 아침 깨우쳐서 가슴 속이 툭 트이면 　一朝洞會胸中豁

온갖 것들 한데 합쳐 녹아들어 하나 되리. 　湊合消融渾萬殊

관서평사(關西評事)로 있을 때, 일재(一齋) 선생의 답장

-을묘년 8월 26일.

關西評事時日齋答書〔乙卯八月念八日〕

적막한 산촌에 그대의 편지가 갑자기 이르니 기운이 솟고 위안이 되는구려. 게다가 좋은 활까지 받고 보니, 파적(破寂)거리로 삼을 만하여 더욱 기뻐하네. 다만 차분하니 작별을 나누지 못한 것이 두고두고 마음에 걸림을 어찌 가눌 길 있으랴. 그대가 내게 구한 증언(贈言)을 알려 드리니 거경궁리(居敬窮理)일 뿐일세. 거경(居敬)하면 환하게 스스로를 비춰볼 수가 있고, 궁리(窮理)하면 온갖 이치가 절로 통하게 되는 법이니, 성인이 되는 길이 모두 이 네 글자에 담겨 있다네. 원컨대 잠깐의 사이에도 언제나 반드시 이를 잊지 않아야 할 것이야. 가는 사람이 바쁘다고 하므로 능히 마음에 품은 것을 자세히 쓸 수가 없네. 어득하여 단지 이것으로 삼가 답장하네.

寂寞山村, 芳緘遽到, 蘇慰. 又受好弓, 庶可破寂, 尤喜. 但未得從容敍別追恨, 曷極曷極. 惟照所索贈言, 居敬窮理而已. 居敬則明睿自照, 窮理則萬理自通, 作聖之道, 都在這箇四字. 願須顚沛造次, 常必於是, 可也. 行者告忙, 未能悉阻抱之懷, 悠悠只此謹復.

백정자에게(8수) - 하서 김인후
贈白正子〔金河西〕

1

봄산에 온갖 꽃들 떨어졌는데　　　　春山百花落
다행히 한 가지만 붉은 꽃 남아,　　　幸有一枝紅
쓸쓸히 띠집 처마 아래에 피니　　　　寂寞茅簷下
근심 겨워 술잔만 비우는도다.　　　　飜愁酒盞空

2

봄빛은 초가집에 머물러 있어　　　　春光留草屋
취한 낯 불쾌함을 다투는 듯해.　　　醉面欲爭紅
그대 보곤 묵은 병 까맣게 잊어　　　見子忘沈疾
마치도 늙은이와 만난 듯 했네.　　　其如雪鬢蓬

3

난초 캐다 그리운 맘 일어나노니　　　採蘭幽念起
친반(親盤)을 받들고서 잘 가시게나.　　好去奉親盤
괴로이 함께 못함 탄식하나니　　　　蓼蓼嗟無及
온갖 일 마음 쓰기 어렵기만해.　　　經營萬事難

4

찌는 볕 하늘에 떠 갈래야 못가리니　　　畏景當天不可行
저녁 기운 서늘토록 말을 쉬어 기다리리.　　征驂且待夕涼生

이번 걸음 마음 속 말 다하지 못했으니　　　　　今來不盡心中語
동각(東閣)에 국화 필 때 다시 만날 기약하세.　　東閣黃花再結盟

＊갑인 5월, 공이 설산(雪山)을 들렀다가 시산(詩山) 땅으로 향했다.
〔甲寅五月, 公時過雪山向詩山〕

5

동원에 갈 바람 불제 그대를 전송하니　　　　　東院西風此送君
옥천 땅 부서진 집 몇 칸의 구름이라.　　　　　玉川破屋數間雲
남산의 들 오리는 무슨 일로 우짖는가　　　　　南山野鶩聲何事
나그네 술 술잔 가득 나도 하마 취하였네.　　　客酒盈觴我已醺

6

더위에 몸져 누운 나를 찾아 오셨더니　　　　　訪我炎天臥病時
묻노니 그대 지금 한강가로 가시는가?　　　　　問君今向漢江湄
유유한 세월은 흰 살적만 더해주나　　　　　　悠悠歲月添霜鬢
젊은 날의 즐거움은 그대 홀로 알리라.　　　　少壯歡娛子自知

7

강마을 푸른 대가 백사장에 어른대고　　　　　翠竹江村映白沙
오랜 벗 옛 사람의 집을 찾아 오셨구려　　　　故人來到古人家
서로 만나 동성(東城) 술을 함께 흠뻑 마시고　相逢痛飲東城酒
같이 취해 정 잊으니 글자도 비뚤빼뚤.　　　　一醉忘情字畵斜

8

갈바람 지는 잎에 백정자(白正字)가 들르니	落葉西風正字過
국화꽃 유자 술잔 석양빛이 빗겨 있네.	黃花柚盞夕陽斜
못난 이 몸 금화전(金華殿)3)의 부름 받지 못했으니	龍鍾未赴金華召
띠집 처마 홀로 누운 술 취한 작가로다.	獨臥茅簷醉作家

---

3) 금화(金華) : 금화전(金華殿), 한나라 때 미앙궁(未央宮)에 있던 전각 이름.
  궁전의 통칭.

관서증별시(關西贈別詩)

관서로 부임하는 백평사에게 – 병서 을묘년 2월, 남애(南崖) 김홍도 (金弘度) 자는 중원(重遠). 호당(湖堂).
　　贈別白評事赴關西幕〔并序 乙卯仲春〕〔南崖金弘度 字重遠 湖堂〕

　영변은 옛날의 운남군이다. 서쪽 지방의 군현을 통솔하여 후백관(侯 伯官)이 된다. 임금께서 이 고을이 오랑캐의 지경과 은밀히 내통할까 염려하여, 매번 중신(重臣)을 보내시어 절도사로 삼았다. 또 어진 선비 에게 명하여 막하(幕下)를 보좌하게 하고, 그 이름을 위전례(威典禮)라 하니, 모두 평양과 같다. 을묘년 봄에 내 친구 백대유(白大裕) 공이 이 곳으로 떠나므로, 내가 그를 위해 글을 지어 떠나는 길에 준다. 그 글 은 이러하다.

　서방의 백성도 우리 문덕(文德)의 가운데 있어, 어지러움을 길들인지 도 오래 되었다. 하지만 사납고 속되고 완악한데다 의심 많고 어리석 어 문득 원망하는 말을 내면 마치 어그러진 방향으로 내모는 것과 같 아 반드시 욕을 당하게 된다. 우리 동방이 복이 많아 백성이 전쟁을 모른 것이 거의 2백년이다. 근래 들어 변방에 경보를 알리는 북소리가 그치지 않고, 남북의 백성은 구렁에 빠짐을 근심한다. 그런데도 변방의 장수가 군대를 가지고 노니는 것은 진실로 탄식할 만하다.

그대를 위해 꾀하는 것은 우리의 무비(武備)가 때로 캄캄해져 곧음으로 장쾌함을 삼아, 비록 작은 도둑이 있다 해도 어디를 가도 이르지 않음이 없는 것이다. 그렇지 않다면 자로(子路)도 삼군(三軍)을 거느릴 수 있으니, 어찌 반드시 도모함을 잘해야만 이루는 자이겠는가? 무덕(武德)을 행하는 것은 깊이 그대에게서 거룩함이 있을 것이다. 내가 그대에게 한 마디를 해주려는 것은, 조정에서 그 적임의 사람을 가려 이 책임을 맡기는 것이 변방을 중히 여기기 때문이다. 혹 사람이 잘못 하면, 조정에서 중히 여기는 까닭과 걸맞지 않게 되어 수령조차 비루하게 보는 자가 있기까지 하니, 어찌 심히 부끄러워할 만한 것이 아니겠는가? 그대는 나의 벗이다. 내가 일찍이 평소 그 사람을 살펴보니 귀한 자질을 타고나서 터럭만큼의 찌꺼기가 없어, 그 가는 것으로 오는 것을 알겠다. 선배의 수치를 그대가 아니고 씻을 자가 누구겠는가? 서쪽 지방에도 눈이 있어 반드시 고쳐 보는 자가 있을 것이다.

다만 지난날 여관에 있을 때를 생각하면 때와 사물도 여러 번 변해 고향을 그리는 마음은 예전보다 배나 더할 것이다. 하물며 관서 땅엔 옛 싸움터가 많음에랴. 봄 여름의 어름에 꽃들이 어여쁨을 다투고, 가을과 겨울의 사이에 풍물이 구슬프게 되면 나는 이때에 그대가 상심할까 염려한다. 다만 그대는 이를 생각하고 삼가라.

寧邊古之雲南郡. 統隷西方郡縣, 爲侯伯官. 上慮此州密通戎界, 每遣重臣, 以爲節度使. 又命賢士夫, 以佐幕下. 其名威典禮, 悉與平壤

等. 乙卯春, 吾友白公大裕出幕是府, 余爲之說贈行曰,

西方之民, 囿吾文德中, 馴擾且久. 然獷俗頑嚚, 猜嫌斫及, 輒出怨
言, 若撫御乖方, 必見其辱矣. 吾東方多福, 民不知戰幾二百年矣. 近
來邊塞, 有警桴鼓未息, 南北之民, 溝壑是虞, 而邊將玩兵, 良可歎已.

爲吾子計者, 我武時晦, 以直爲壯, 雖有小寇, 無行無名, 不然. 子
路可與三軍, 何必好謀而成者乎. 武德之行, 深有聖於吾子. 吾於子有
一言, 朝廷擇其人爲是任者, 所以重邊鎭也. 而或誤其人, 則不體朝廷
所以重, 見鄙守令者有之, 豈非可恥之甚者乎. 吾子吾友也. 吾嘗平日
觀其人, 金相玉腸, 乏一毫塵滓, 以其去知其來. 前輩之恥, 非吾子雪
之誰也. 西方有眼, 必有改觀者矣.

第念往在旅館, 時物屢變, 望雲之念, 應倍疇昔, 況關西多古戰場.
春夏之際, 羣芳競艶, 秋冬之交, 風物凄勁, 吾恐此時傷吾子也. 惟君
念之愼之.

뜻밖에 교외에서 헤어지며 수레를 급히 타매, 품은 마음을
다 이르지 못하니 안타깝기 그지 없다. 삼가 율시 한 수로
마음을 보인다.

意外郊外之別, 遽乘事, 故未遂初心, 吞恨何極. 秪以一律示情.

좋은 시절 은혜 입어 칼을 짚고 떠나가니	好時承恩杖劒行
여러 변방 가는 곳마다 서로 기뻐 맞이하리.	諸藩到處喜相迎
해뜨는 양곡(暘谷)처럼 기운은 성대하고	氣如暘谷十分盎
얼음 담은 술병처럼 그 마음 해맑도다.	心似氷壺一樣淸

버들 짙은 약산에 봄날은 지나가고 　　　柳暗藥山春欲老
꽃 밝은 변방 들에 비가 막 개였으리. 　　花明朔野雨初晴
태평시절 땅 지킴은 다른 것이 없느니 　　太平疆理應無外
변방에서 철석같이 성을 지켜 구함일세. 　肯要邊頭石堡城

도중의 옛 유적 5가지를 노래함 - 김홍도
沿途古蹟五詠〔金弘度〕

1. 송도
松都

나라 망한 산하에는 초목도 근심겨워 　　國破山河草木愁
5백년 왕업이 막막하게 스러졌네. 　　　半千王業漠然收
지금 다만 천마산의 달빛만 남아 있어 　祇今惟有天磨月
그때 춤추고 노래하던 곳을 능히 비추리. 能照當時歌舞樓

2. 극성
棘城

모래벌 아득해라 드넓어 가이없고 　　　平沙漠漠浩無垠
귀신 울음 하늘 흐려 낮에도 들리누나. 　鬼哭天陰晝亦聞
깊은 한에 말 세우고 재갈마저 물리니 　駐馬應銜多少恨
옛 사람 예서 진작 삼군이 죽었다오. 　昔人曾此沒三軍

3. 평양
平壤

대동강 아득해라 먼 지방 눌렀으니 浿水茫茫鎭遠方
성과 연못 예로부터 금탕(金湯) 보다 장하도다. 城池從古壯金湯
팔조법금 좋은 풍속 기자(箕子) 유훈 남았는데 八條風俗餘箕訓
한 시대의 번화함이 다만 거친 풀이로다. 一代繁華但草荒

4. 안시성
安市城

탄식하며 어찌 들어 이 성의 주인될까 嘆息何入主此城
탄환으로 능히 당나라 군대 막았었지. 彈丸能拒大唐兵
영웅의 천자조차 그 수레를 돌리어서 英雄天子回龍馭
변방 밖에 천자 거둥 했단 말만 남았네. 塞外空留駐蹕名

5. 백상루
百祥樓

묘향산 마주 앉아 깃 술잔을 마시니 坐對香山引羽觴
변방 강은 길고 긴데 천리 마음 상하누나. 傷心千里塞江長
저물녘 누각 가엔 봄바람이 이울어 夕陽樓畔東風暮
푸른 풀 시든 꽃이 흡사 고향 같고녀. 碧草殘花似故鄉

남애의 운을 차운하여 관서 군막으로 떠나는 기봉선생을 전송하다 - 청하 후학 최경창

次南崖韻奉送岐峯先生赴關西幕〔淸河後學崔慶昌〕

2월 관서 땅에 장사가 떠나시니	二月關西壯士行
봄바람에 칼과 창으로 육번(六藩)을 맞이하네.	東風劍戟六藩迎
향로봉 바라보니 천 겹산이 가려있고	香爐峯望千重掩
압록강 흐르는 물 한 줄기 해맑구나.	鴨綠江流一帶淸
새벽녘 피리 소리 화각(華閣)에서 멀어질 제	長笛曉吹華閣逈
술에 취한 홍장가인 비단 자리 정리하리.	紅粧春醉錦筵晴
은막중의 막료가 금탕(金湯)적을 대적하니[1]	幕中婉畫金湯敵
오랑캐 막으려고 만리성을 쓸 일 있나?	何用防胡萬里城

남애의 운을 차운하여 관서 군막으로 떠나는 기봉선생을 전송하다 - 지은이 알 수 없음

次南崖韻奉送岐峯先生赴關西幕〔名號失傳〕

내일이면 관서 땅 만리 길을 떠나리니	明發關西萬里行
역정(驛亭)의 꽃과 버들 앞 다투어 맞이하리.	驛亭花柳故爭迎
깃발 멀리 떨쳐가매 묘향산 아득하고	旌旗遠拂香山杳
칼과 창 나란하여 압록강이 맑으리.	劍戟平臨鴨水淸

---

1) 완화(婉畫) : 장막을 꾸민 그림. 막료(幕僚)가 장관(長官)의 계책을 보좌하는 것을 가리키는 말. 금탕(金湯)은 금성탕지(金城湯池)의 줄임말.

황제의 무덤 가에 봄풀은 푸르른데　　　　　皇帝墓邊春草綠
정령위의 화표주 밑 저녁 안개 개였구나.2)　令威柱下暮烟晴
이제부터 술자리와 아는 벗들 없으리니　　　從知樽酒交遊少
님이여 위성곡(渭城曲)은 부르지 말아주오.　莫遣佳人唱渭城

취하여 남애의 운에 차운하여 기봉선생의 행장에 부치다(2수)
　-안사미
　　醉次南崖韻寄岐峯先生行帳〔安四美〕

1

양송천(梁松川)은 북쪽 가고 그대는 서쪽 가니　松川征北子西行
벗이 없어 게으르다 신을 꺾어 맞이하네.　　　懶向交微折屐迎
거문고와 책을 잡고 만사를 접어두고　　　　　謾把琴書休萬事
홀로 장차 몸과 마음 다 맑음을 지니소서.　　獨將身世保雙淸
한가하고 바쁨 길 달라도 마음은 한결 같아　閒忙異路心無異
시와 술 맑은 창에 밤엔 더욱 해맑으리.　　　詩酒晴牕夜更晴
구슬픈 이별이라 한갓 안타까울 뿐　　　　　　悵別傷離徒爾爾
관가에선 바야흐로 장성 높음 견주리라.　　　官家方擬屹長城
　*'교미(交微)'는 '교유(交遊)'로도 쓴다.　　　〔交微一作交遊〕

---

2) 정령위(丁令威) : 요동 사람으로 신선술을 배워 학을 타고 날아갔다. 뒤에
　화표주(華表柱)로 내려와 변해버린 세상을 탄식했다는 고사.

2

비단 옷 모름지기 홑옷을 덧입나니　　　　　衣錦應須衣褧衣

원컨대 이것으로 그대 떠남 전송하리.　　　　願言持此送君歸

홑적삼 몇 벌에 가이 없는 그리움　　　　　單衫數幅無窮思

꿈속 넋 밤마다 달려감 차마 어이 견디랴.　魂夢那堪夜夜飛

오늘 멀리 들판에서 전송하려 했지만, 어머니께서 편찮으셔
서 약을 드시기 때문에 미처 가지 못하였다. 아득한 회포를
더더욱 가눌 길 없으니, 엎드려 빌건대 가시는 길 편안하고
편안하길 빈다.－안사미

　　今日非不欲遠送于野, 因母氏失攝醫藥, 未遑. 悠悠之抱, 益復無已,
　　伏願行候, 安裕安裕.〔安四美〕

슬프다 기린을 잃은 이 날에3)　　　　　慘慘傷麟日

다시금 이별의 한 길기만하니.　　　　　還添別恨長

의귀(依歸) 할 곳 이미 멂을 탄식하다가　依歸嗟已遠

다행히 건강하길 경계했다네.　　　　　相戒幸無荒

지난 날 생각하니 티끌세상에　　　　　念昔塵埃裏

군자의 집에서 소매를 나란히 했지.　　聯裾君子堂

설정(雪庭)서 가르침 본떠 이으니　　　雪庭承警效

난실(蘭室)엔 향기가 자옥하여라.　　　蘭室襲芬芳

---

3) 상린(傷麟) : 때를 얻지 못한 탄식, 바른 도가 행해지지 않음을 안타까워하
　　는 마음.

자리엔 봄기운 이제 막 돌고	座上春初動
읊조릴 젠 밤은 아직 깊지 않았지.	唫邊夜未央
주나라 예악을 강론하면서	講論周禮樂
한나라 문장도 일삼았다네.	餘事漢文章
천 길 두레박줄 함께 길으며	共汲千尋綆
몇 길 담서 같이 노닐었었네.	同遊數仞墙
제우(齊竽)로 소하(韶夏)를 욕되게 하니4)	齊竽忝韶夏
연석(燕石)은 임랑(琳琅)이 부끄럽구나.5)	燕石愧琳琅
속마음 서로 알아 틈이 없었고	氣味知無間
품은 마음 아무런 간격 없었네.	衿期置兩忘
가난한 사귐은 신의뿐이니	貧交惟信義
반딧불 책상도 당우(唐虞) 같았지.	螢榻一虞唐
팔뚝 잡고 속마음 털어 보이고	把臂披肝膽
책상 맡서 품은 생각 비춰 보였지.	連床照肺腸
공부함은 담박함을 달게 여기고6)	道腴甘澹泊
문회에선 황제를 성토하였지.	文會討皇王
노 저어 물가로 돌아와서는	桂棹回芳渚
강가 향초 맺어서 허리에 찼네.	江蘺結佩纕
광풍(光風)은 집으로 불어서 오고	光風吹玉宇

---

4) 제우(齊竽) : 무식하여 아무 재주가 없는 사람을 가리키는 말. 자신을 낮춰
서 한 말.
5) 연석(燕石) : 연산(燕山)에서 생산되는 옥과 비슷한 돌. 임랑(琳琅)은 푸른
빛을 띤 고급의 옥돌.
6) 도유(道腴) : 공부의 핵심 내용을 가리키는 말. 혹은 연구하고 음미한다는
뜻.

제월(霽月)은 못 위에 도장을 찍네.	霽月印方塘
체물(體物)로 서로 힘쓸 기약을 두고	體物期相勉
빈 마음 서로 함께 구하자 했지.	虛懷要胥匡
구슬이야 감춰도 보배인 것을	珠潛聊自寶
황금이 번쩍여서 어이 상서로울까.	金躍豈爲祥
모기가 숭산의 무게를 지니	蚊負崇山重
그 은혜 퍼붓는 비를 맞은 듯.	恩添解雨滂
연(燕)에 와선 가까이 친한 체 하다	來燕叩近密
노(魯)로 가자 허둥지둥 탄식을 하네.	去魯歎捿遑
울창한 소나무 무성하여도	醉鬱松方茂
비쩍 마른 잣나무 다치지 않네.	槁枯栢未傷
생추 한 단, 사람은 옥과 같은데7)	生蒭人似玉
단혈(丹穴)의 봉황은 언덕서 운다.	丹穴鳳鳴岡
영예롭게 나아가 성명(聲名)이 높아	榮進聲名赫
벼슬길의 중망이 우뚝하였지.	簪纓雅望彰
깊은 샘은 평소에 기른 바여서	淵泉將素養
훈업은 때를 만나 활짝 펴났네.	勳業際時昌
스승께서 당년(當年)에 가르치심이8)	函丈當年蘊
대궐 뜰서 오늘에야 발양되리라.	王庭此日揚
평탄하면 일찍이 무리가 있고	延平曾有屬

---

7) 생추(生蒭) : 선초(鮮草)로 어진 이나, 어진 이를 그리는 마음을 가리키는
   말. 『시경』 소아 「백구(白駒)」에 "선초 한 묶음, 그 사람 옥과 같네. 生蒭一
   束 其人如玉"라 한 것이 있다.
8) 함장(函丈) : 스승이나 선배의 경칭.

어두워도 더더욱 빛을 더하리.	元晦更增光
위육(位育)함 모두다 내 분수거니	位育皆吾分
경륜은 자강(自强)을 귀히 여기지.	經綸貴自强
군신의 대의를 환히 밝히니	君臣明大義
평탄함과 험함은 하늘 상도(常道)라.	夷險摠天常
예법은 비록 진작 배웠다지만	俎豆雖嘗學
군대 일도 겁내지 않았었다네.	戎兵亦未怯
등급 뛰어 승진함 특별하였고	超遷紆異數
어진 소문 오랑캐를 누르게 되리.	仁聞鎭四羌
붓 아래 삼군을 지휘하면서	筆下三軍揮
가슴 속엔 만명 군사 품고 있으리.	胸中萬甲藏
간성(干城) 인재 장한 책략 지니고 보니	干城須壯略
변방에서 하늘 기강 떨치시리라.	分閫振天綱
관대함과 사나움 마땅하겠고	寬猛宜相濟
따스함과 위엄도 합당하리라.	恩威各有當
웅장한 재주는 장상(將相)을 겸했으니	雄才兼將相
관새(關塞)에서 험한 요새 만드시리라.	關塞做巖廓
악비(岳飛)는 변방에서 헤임이 주밀했고	武穆邊籌密
한공(韓公)은 조정에서 계책 감췄지.	韓公廟筭藏
쳐들어온 군대는 싸워 쳤지만	鏖兵徒戰伐
먼 곳은 회유하여 내편으로 끌었다네.9)	柔遠自梯航
봉화 꺼지자 정마(征馬)도 편히 쉬고	烽熄休征馬

---

9) 제항(梯航) : 제산항해(梯山航海)의 줄임말. 여기서는 인재를 끌어들인다는
   뜻으로 씀.

재앙이 사라지매 들에 뽕나무 넘치누나.	氛消遍野桑
오랑캐 왕 조회 와서 섬돌서 춤을 추며10)	來王兩階舞
귀순하여 술을 따라 마시는도다.	歸順一壺漿
바람은 푸른 기름 장막 흔들고	風動靑油帳
비단 수 놓은 주머니에 시를 짓누나.	詩成錦繡囊
논함은 놀라서 성글어지고	論議驚落落
주옥이 번쩍번쩍 빛을 발하리.	珠玉燦煌煌
초록빛은 붉은 빛으로 두드러지니	泛綠依紅重
수레에서 완화(婉畵)함이 훌륭하리라.11)	登車婉畵良
임금 뜻 따르다 한가한 날을 빌어	贊宣偸暇日
천석(泉石)을 고황(膏肓)에 내맡기게나.12)	泉石任膏肓
기자묘(箕子廟)는 깊은 안개 잠기어 있고	箕廟烟深鎖
단군의 사적은 아득도 해라.	檀君事杳茫
허공의 집 좌우서 이어 받으니13)	虛簷承左右
옥좌엔 누렇게 탄 음식을 제사 드리네.14)	玉座奠焦黃
방장에선 신선 벗을 찾아 헤맸고	方丈尋仙侶
금화(金華)에선 돌 양을 일으켰었네.	金華起石羊
봄나들이 옛 탑에 머무르면서	伴春留舊塔

---

10) 내왕(來王) : 고대에 제후가 정기적으로 천자를 조회하는 것을 말함. 여기
  서는 서쪽 변방의 오랑캐가 항복하여 귀순하여 온다는 뜻으로 썼다.
11) 완화(婉畵) : 장막을 꾸민 그림. 막료(幕僚)가 장관(長官)의 계책을 보좌하는
  것을 가리키는 말.
12) 천석고황(泉石膏肓) : 자연을 향한 사랑이 폐부 깊은 곳까지 스며든 고질이
  됨. 여기서는 공무의 여가에 자연을 즐긴다는 뜻임.
13) 허첨(虛簷) : 허공에 솟은 건물. 근거가 없다는 뜻으로 씀.
14) 초황(焦黃) : 누렇게 타들어감. 원문에는 '초(蕉)'라 하였으나 '초(焦)'가 옳다.

마음 따라 승방에서 잠을 자누나.	隨意宿僧房
소금을 간할 때는 짜지 않음 생각하고	靡鹽思無斁
임금을 섬김은 너무 편함 경계하네.	勤王戒太康
모름지기 스스로를 천금처럼 아껴서	千金須自愛
두 도끼 서로를 죽이게 하게.	兩斧肯相戕
북두성 빈번히 고개 돌리며	北斗頻回首
남쪽 하늘 몇 번이나 고향 그릴까.	南天幾望鄕
돌아오란 조서가 머잖으리니	詔旋知不久
거듭 다시 아양곡(峨洋曲)을 연주하노라.15)	重重奏峨洋
* 배율오십운	〔排律五十韻〕

열흘 남짓 사이에 벗들이 별처럼 흩어지니, 늙은이의 마음을 더더욱 가눌 길이 없었다. 예전 이별을 상심하며 지은 것이 있는데, 말이 지리한 줄도 모르고 이렇게 길어졌다. 다만 그대는 그 뜻만 취하여 주었으면 좋겠다. 감히 우러러 안목 갖춘 자에게 보이기를 바란다.

旬月之間, 親舊星散, 老夫之懷, 益復無所藉. 在述舊傷離, 不覺言之支離, 至此. 惟足下取其意, 而已可也. 敢望仰塵具眼耶.

---

15) 아양곡(峨洋曲) : 거문고의 명인 백아가 연주했다는 음악. 지음(知音)의 뜻으로 썼음.

백평사와 헤어지며 주다(2수)—장언후
贈別白評事〔張彦厚〕

1

인간의 만남 이별 기약 둘 수 없나니	離合人間不可期
문무 재주 겸했으니 이 바로 사나일세.	才兼文武是男兒
전형에서 추천 받아 이름이 무거우니	銓曹招薦名歸重
막부에서 평사(評事) 책임 계책 냄이 기이하리.	幕府參評計出奇
칼과 창 울릴 적에 일어나 춤을 추고	劍戟鳴時聞起舞
깃발이 날리는 곳 취하여 시 지으리.	旌旗拂處醉唫詩
봄바람에 돌아보면 관서는 멀고 멀어	春風回首關西遠
구름 나무 망망하다 두 곳에서 그리리라.	雲樹茫茫兩地思

2

한번 보고 마음으로 늘 사모하였고	一見心常慕
중간에 소식은 오래 소원하였네.	中間信久疎
삼년간 벼슬길 다행히 함께 하며	官同三載幸
두 사람 품은 마음 꼭 맞았었네.	契合兩情攄
서각(書閣)에 매화는 막 벌려하는데	書閣梅將綻
이정(離亭)에 버들은 하마 늘어졌구나.	離亭柳已舒
수레는 날 저문다 재촉을 해도	歸輈催日暮
작별이 아쉬워서 머뭇거린다.	惜別更躊躇

관서의 군막으로 가는 백평사를 전송하며 시를 지어 말 채찍에 대신하다 - 임억령

贈別白評事之關西幕作詩以代馬檛〔林石川〕

큰 나라도 알맞은 계책이 없어	大國無中策
오랑캐 변방을 자주 넘보네.	狂胡屢觸藩
이 사람 문과 무를 다 갖추어서	斯人兩文武
호기(豪氣)가 건곤을 뒤덮는도다.	豪氣盖乾坤
오랑캐 목을 베어 봄 강이 붉고	斬虜春江赤
깃발 떨쳐 바다 해도 어두우리라.	揮旗海日昏
떠돌다 이 내몸 늙었다지만	橫行吾老矣
깃을 구해 요헌(堯軒)에서 춤을 추리라.	干羽舞堯軒

함께 과거에 급제한 백평사가 관서의 막하로 가는 것을 전송하며 - 월봉 유영길

贐送白同年赴關西幕下〔月蓬 柳永吉〕

예전 함께 급제함 기뻐하였고	已喜同蓮榜
나란히 괴원(槐院)에서 동료 됐었네.	還聯槐院寮
어이해 변방 멀리 길 떠나는가	如何邊徼阻
갑작스레 아득히 이별하누나.	遽作別離遙
서울엔 봄이 막 무르익어도	京洛春將半
관하엔 눈이 아직 안 녹았으리.	關河雪未消

알괘라 기름 장막 아래 지내며	應知油幕下
방초(芳草) 보며 이별 한만 안타까우리.	芳草恨難銷

함께 과거에 급제한 백평사가 관서의 막하로 가는 것을 전송하며 ─ 용문산인

　　　贐送白同年赴關西幕下〔龍門山人〕

그대의 재주는 적수가 없어	白也才無敵
높은 하늘 독수리가 떠서 있는 듯.	凌霄健翮橫
서쪽 변방 모름지기 장사들이요	西邊須壯士
막부에선 기한 지킴 엄하다 하네.	幕府戒嚴程
웅장한 검 허리춤서 뛰어 오르고	雄劍腰間躍
긴 바람 붓 아래서 일어나누나.	長風筆下生
허리 띠 느슨하게 여유로운 곳16)	遙知緩帶處
소범(小范)의 이름을 다시 남기리.17)	小范更留名

---

16) 완대(緩帶) : 허리띠를 느슨하게 풀고 유유자적함.
17) 소범(小范) : 송나라 때 문인 범중엄(范仲淹)을 대소(大蘇) 즉 소동파에 견주어 한 말.

절구 2수를 삼가 써서 서쪽 평안도 막하로 가는 백선생에게 드리다 – 매포

— 위의 절구는 공을 찬양하고, 아래 것은 자신을 말한 것이다.
謹寫二絶敢奉白先生西赴平安幕左〔梅圃. 上絶則贊公, 下絶則自途.〕

1

봉황새 문명의 상서로움이니	威鳳文明瑞
아침 해 한창 환히 밝아라.	朝陽正噦噦
어이해 기산(岐山)의 아래를 떠나	如何去岐下
관외(關外)서 오색 깃을 놀래키시나.	五羽驚關外

2

남쪽 바다 커다란 새가 있는데	南溟有大鳥
그 깃털 길이가 삼천장일세.	其羽三千丈
날개 침은 언제나 이뤄질는지	翼擊屬何時
풍운 얻어 한강 위를 날아볼텐데.	風雲漢上放

관서 융막으로 떠나는 기봉을 전송하며 – 을묘년 8월, 하서 김인후
奉贈岐峯重赴關西戎幕〔河西〕

천하의 백평사를 진작 들더니	曾聞天下白
서기되어 구름 끝 변방을 가네.[18]	記室塞雲端

---

18) 기실(記室) : 서기(書記) 벼슬을 달리 일컫는 말.

몇 해나 맑은 티끌 격해 있더니	幾歲淸塵隔
8월이라 흰 달 기운 자욱도 해라.	中秋皓氣闌
그대 바삐 역로 길 내달리는데	君忙馳驛路
병든 나는 호숫가에 누워있구나.	我病臥湖干
중구절(中九節) 좋은 시절을 만나[19]	吹帽臨佳節
그대 위해 내 관(冠)을 털어 보려네.	余冠爲子彈

관서 융막으로 돌아가는 백평사를 전송하며 —송천 양응정
送白評事還西幕〔松川〕

서방변방 보좌함에 권도(權道) 맞음 중하거니	西方婉畫急中權
수절(壽節)사신 막 지나자 역말들 내달리네.	壽節纔過驛騎翩
철옹성은 높이 솟고 자물쇠 굳게 잠겨	鐵甕城高嚴鎖鑰
붉은 누각 비 개이면 신선들이 모여들리.	朱樓雨晴集神仙
젊은 날 즐거운 일 욕심내도 무방하니	壯年樂事無妨健
진작의 마음 공부 다시 채찍 더하시라.	早日心工更着鞭
병 많은 몸 슬퍼하며 북막으로 보내나니	多病自憐辭北幕
살적 옆 시든 터럭 또렷이 비추누나.	鬢邊霜線照銅鮮

---

19) 취모(吹帽) : 9월 9일에 환온(桓溫)이 막료들과 모여 잔치하는데 바람이 불
    어 모자가 땅에 떨어졌는데도 흥겨워 그것을 알지 못했다는 고사에서 나
    온 말. 이후 중구절에 높은 곳에 올라 잔치하는 것을 뜻함.

기봉 족하께서 다시 관서 융막으로 떠남을 전송하며 —안사미
奉贈岐峯足下重赴關西戎幕〔安西美〕

서관에서 잠시 바쁜 틈을 빌려서	西關暫借綢繆假
전쟁 여가 남쪽 땅 어버이를 뵈러 왔네.	南國趨庭兵燹餘
예로부터 누워 지킴 이길 승산 있음이니	臥護向來須勝算
가시는 길 다시 보며 서두르지 마시게나.20)	歸鞭再着肯盧徐

서막으로 다시 돌아가는 기봉을 전송하며 —귤오자
奉送岐峯還赴西幕〔橘塢子〕

천리 길 나그네 몸 둘이 다 처량한데	客遊千里兩悽然
서울서 만난 것이 이별의 자리로세.	京洛相逢是別筵
슬픔 기쁨 말하려도 바빠 하지 못하니	欲說悲懽忙未得
가을 생각 감겨옴을 차마 못견디겠네.	不堪秋思更纏綿

나그네 길 연고 없이 좋은 만남 열리니	客裏無緣好抱開
오늘밤 그리움 마음만 아득해라.	相思今夜意悠哉
누런 구름 옛 변방은 근심만 자욱하고	黃雲古戍唫應惱
밝은 달 청루에서 꿈은 몇 번 돌아오리.	明月靑樓夢幾廻
이별 한 아마 벌써 요수 멀리 따라가니	別恨已隨遼水遠
그대 모습 못 본 채로 기러기만 날아오네.	好音難見塞鴻來

---

20) 허서(盧徐) : 여유롭게 서두르지 않는 모양.

언제나 다시금 맑은 시내 모임 가져 　　　　　何時更得晴川會
술통에 취해 기대 우스개 말 실컷 하리. 　　　醉倚盃樽極笑諧

 * 연경 가는 길 밤 달빛에 형을 그리며 시를 지었는데, 이제 다시 기록하여 아울러
　그리는 바를 부친다.

　燕途夜月, 懷兄有作, 今更記書, 兼寓所思.

조정으로 돌아가는 백절도를 전송하며 - 임백호
　　送白節度歸朝〔林白湖〕

철옹성 가운데 만리성이 있었으니 　　　　　鐵瓮城中萬里城
원수(元帥)의 역량에다 당대 명성 걸맞았네. 　元戎才量稱時名
기특한 도략 용천검을 시험하지 못하고 　　奇圖未試龍泉考
굳센 기운 아득히 맑은 봉수(鳳水) 임하였네. 　勁氣遙臨鳳水淸
백년의 간담은 하늘 해가 비추나니 　　　　肝膽百年天日照
정기(旌旗)가 한번 가면 설산(雪山)이 가벼우리. 　旌旗一去雪山輕
누대 곁의 버들 가지 금빛 눈이 박혔는데 　　嫩金臺畔千條柳
이별 뒤 좋은 술을 누굴 위해 기울일꼬. 　　別後芳樽誰爲傾

만사 - 송천 양응정
　 - 가정 병신년에 공이 세상을 뜨자 일재(一齋) 선생께서 통탄하시며,
　　"대유의 재주와 행실이 그 짝을 보기 힘들었는데, 불행히 명이 짧
　　으니 그 능히 크게 펴지 못함이 애석하구나" 하셨다.

挽詞〔松川梁應鼎〕嘉靖丙辰, 公卒, 一齋痛歎曰, 大裕之才行, 尟見其
儔, 不幸短命, 惜乎其不能大施也.

하늘과 땅 넓고 커 끝이 없는데	天地無窮極
산은 높고 다시금 물도 깊었지.	山高更水深
유유히 지나가는 이 인생에서	悠悠此生裏
나홀로 백아의 마음 보았네.	獨見伯牙心

만사－청련 이후백
挽詞〔清蓮李後白〕

큰 재주 중망(重望)이 부응하였고	茂材應重望
좋은 계책 형구(亨衢)를 가리켰었지.21)	長策指亨衢
관서 땅 이별이야 견디었지만	可忍關西別
서울서 여윈 몸에 크게 놀라네.	空驚洛下癯
풍상 속에 계절이 홀연 바뀌어	風霜時忽改
우주간에 나만 다시 외롭게 됐네.	宇宙我還孤
예양강서 훗날에 안타까울 젠	汭水他年恨
시골 술병 혼자서 따라 마시리.	村壺獨自酤

---

21) 형구(亨衢) : 사통팔달의 큰 길.

만사—고죽 최경창
挽詞〔孤竹崔慶昌〕

금수산의 안개꽃은 옛빛이 여전하고
능라도의 꽃다운 풀 지금도 봄이로다.
선랑(仙郎)은 떠나신 후 소식조차 끊어지니
관서별곡 한 곡조에 수건 가득 눈물 짓네.
　* '연(烟)'은 '경(輕)'으로도 쓴다.

錦繡烟花依舊色
綾羅芳草至今春
仙郎去後無消息
一曲關西淚滿巾
〔烟一作輕〕

만사—고봉 기대승. 임자년 문과에 함께 급제했다.
挽詞〔高峯奇大升. 壬子文科同榜〕

말 몰아온 외진 마을 남은 향 구슬픈데
관서 땅 한번 가곤 저녁 구름 사이했네.
험한 변방 몸이 막혀 마음 이미 죽었어도
바쁜 일정 편지 보내 서로 소식 알렸었지.
재주 논함 언제나 사문(斯文) 있음 기뻤더니
병에 걸려 이승 길이 나뉘어질 줄 알았으랴.
북풍에 눈물 뿌려 머리마저 세려하니
봄 오면 하릴 없이 외론 무덤 만지리라.

窮村枉轡悄餘薰
一去關西隔暮雲
險釁屛軀心已死
嚴程騰翰信相聞
論才每喜斯文在
嬰疾那知此路分
揮涕北風頭欲白
春來空擬撫孤墳

만사—홍진. 기유년에 함께 급제했고, 동갑이다. 호는 연봉.
　挽詞〔洪縝. 己酉同蓮榜, 又同庚. 號蓮峯.〕

그대 임금 명 받들어 융막으로 떠났다가	子承綸音兮出佐戎幕
병 안고 서울 와서 입은 옷도 못 벗었네.	扶疾入京兮未解其服
대관(臺官) 평은 적임이나 병으로 사직하니	臺評曠任兮病以辭職
갈바람에 근행(覲行)하다 길에서 쓰러졌지.	秋風南覲兮中道不復
그대 이제 이리 가면 언제나 돌아오나	子焉如兮還歸兮曷日
그대 어이 가면서 벗에게도 안 알렸나.	奚子之逝兮不告乎朋執
급작스런 기별 오니	淹速之期
그 말 누가 천리 밖 처자에게 알리려나.	其語孰兮寄妻兒於千里兮
어이 이별함에 나아가지 않으리오	胡不就別
그 누가 손과 발을 열어보려나.	誰啓手足
나는 남녘 땅에 있어	予季兮在南
어버이 그린 눈물 눈썹에 어렸으니,	思親之淚映睫
봐도 머금을 수 없네.	視不可含
여관 깃발 찬 등불에	旅幌寒燈
잎은 지고 귀뚜리 소리	葉韻蛩聲
그대 어이 차마 보고 들으리.	子何忍瞻聆兮
죽어 다시 못사는 자 한둘 아니니	尤不可生絶而復甦者非一
만약 장차 부탁할 일 있다 하여도	若將有所屬兮
기운이 미약하여 능히 말을 못 하리.	氣微不能言
말할 수 없는 것이 망극하여서	不能言兮罔極
기나긴 밤 이제부터	長夜從玆

다시 아침 안 물으리.	不再暾候
솜옷 입은 사람 없으니	纊兮無人
누가 그 넋 불러올까.	孰招其魂
누워 쉼이 오랠러니	偃息兮旣久
형상을 볼 수 없는 걸까?	形不可開乎
상여와 말 옛 집으로 되돌아오니	返輿馬于故居
정신도 함께 따라 왔는가?	神隨其來夫
채색 옷 입고 춤추며 나감을 고하더니	出告以彩舞兮
얼굴을 돌려 보매 몽매에도 방불해라.	反面乎夢寐髣像
나아가 참배하니 그 모습 변함없고	庭趨兮其容不改
떠나와 돌아와선 움츠려 나부끼네.	辭歸兮局促飄乎
어이 머물러 노님 방향이 있지 않았느뇨	焉泊遊不有方兮
동으로 갈지 북으로 갈지 알지 못하네.	莫知之東與之北
그대는 도의가 있어	子有道義兮
깨끗한 절조 맑게 닦았지.	淸修雅操
그대의 문장은	子之文章
천고에 남을 보석.	千古遺寶
마음가짐 화평하여	其秉心和平
남이 원망하고 미워함 없었네.	則人無怨惡
그 성품은 곧고도 공정하여	其植性公直
선비의 훌륭한 표양이 되었었네.	則士有表儀
이제 다시는 그대 있지 않으니	今不復有子兮
내 누구를 좇을 것이랴.	吾安從之
사람들은 그대 위해 곡을 하지만	人爲子哭兮

나는 이 시대를 위해 곡을 하노라.	我哭斯時
그대가 인간 세상 내려 왔을 젠	子來兮下土
어찌 기약둔 바가 없었으리오.	豈無其期
동량의 재목 될 마음을 품고	懷棟隆之具兮
창생이 기댈 바를 자임했었지.	任蒼生之倚
세상에서 할 수 없음 알아 떠나니	知世之不可以去兮
그 흰 바탕을 온전히 했네.	全其素履
그대가 밑바닥에 있을 때부터	自子之在根荄兮
나는 그 인품을 알아보았지.	余知其品矣
예전 외사(外舍)에 올랐을 적엔	昔升外舍
먼저 장유(長幼)의 차례 세웠네.	首序長幼兮
정론(正論) 위에 붉은 깃발 세워 놓으니	立赤幟於正論
선한 자가 기대어 무겁게 여겼었지.	善者倚以爲重兮
좋지 않은 떠들썩함 두려워하니	讐伏不逞之囂喧
몸가짐 참으로 힘들었네.	丁艱持服兮
몸소 땔감과 먹을 것 대며	躬給樵菜
끝까지 봉양 못함 슬피 울었지.	悲號兮不得終養兮
집례함을 폐하지 아니한 것은	執禮罔廢
바탕이 이미 서있기 때문이라.	本旣立矣
사업에도 역량이 미치었지만	緖餘乎事業
일찍이 한번도 베풀어 보지 못했네.	曾未施設兮
이 사람의 죽음이 애석한 것을	斯人之不淑
아득한 자들은 알기가 어려우리.	茫茫者難知兮
다만 운명인 까닭에	惟命之故

안타까운 마음 품고 험한 산을 내달렸지. 　　懷靡遑而驅馳峻阻兮

어이 해야 그 마음을 흔들리지 아니하고 　　安得不蕩搖其心腑

막부(幕府)의 말석에서 받들어 맞이할까. 　　承迎婉晝之末

이미 스스로 얻지 못하니 　　己不自得兮

하물며 풍토를 살펴 대비치 못했음에랴. 　　況不審備乎風土

그대 죽음 병 때문이라고 말들 많지만 　　人多異說以病君兮

다만 그 운명임은 알지 못했음일세. 　　殊不知其命

나는 그대와 같은 해에 태어나서 　　辱我之同年生兮

나란히 급제하는 기쁨을 맛보았네. 　　又聯夢之有幸

소매 여며 그대의 말을 들으며 　　斂祍聽君兮

식견이 그대만 못함을 부끄러워했었지. 　　愧賞識之不似

깊은 은혜 손을 끌어 함께 힘을 쏟았으나 　　感荷提携以勉勵兮

그대 모습 그 목소리 접할 길이 없구려. 　　義不忝子音容

그 따스함은 영영 멀어졌구나! 　　永隔其溫溫

이 참담한 심정 견딜 길이 없나니 　　羌不堪其慘毒

그대 어이 바람 앞에 날 목메게 하나? 　　子焉如兮使我臨風而嗚咽

초상화 찬 - 고봉 기대승
　　遺像贊〔高峯〕

일재(一齋) 선생 스승 삼아 　　宗師一齋

문장으로 이름 났네. 　　鳴世文章

배움에 연원 있어 　　學有淵源

벼리를 꽉 잡았지.   提挈維綱
홀(笏)을 들고 조정 서매   立朝正笏
선비들이 뒤따랐지.   士類有依
남 비방함 없었으니   訐直則無
원수 원망 산 일 없네.   怨仇用希

죽은 벗 백평사의 운자에 차운하여 —관포 박계현

次亡友白評事韻 〔灌圃朴啓賢〕

뜬 인생 강물처럼 흘러감 한하더니   長恨浮生若逝川
그대의 남긴 싯귀 변방에서 보다니.   看君遺句在窮邊
향로봉의 진면목을 어이 진작 보았던고   香爐面目何曾見
백씨 모두 스러짐을 온종일 생각했네.   終日懷哉白盡顚

보림사에서 상사 서눌(徐訥)의 시에 차운하며. 인하여 형님과 함께 이 절에서 독서할 때의 일을 그리며 회포를 부치다.
—옥봉 백광훈

寶林寺次徐上舍訥. 因懷與伯氏讀書此寺時事以寓懷. 〔玉峯〕

한잔 술도 저승 사람 불러오긴 어렵거늘   一盃難喚九原人
외론 무덤 풀 덮인 채 몇 번 봄이 지났던가.   草沒孤墳已幾春
비바람 친 광산(匡山)에는 물색(物色)이 여전한데   風雨匡山餘物色
오늘 그대 마주하곤 다시 수건 적신다오.   對君今日更沾巾

꿈에 기봉을 만나보고 짓다—송천 양응정

夢中見岐峯作〔松川〕

대유(大裕)가 세상 뜨자 큰 붓이 꺾였거니   大裕之亡巨筆摧
소난(小難)의 남은 터에 푸른 바위 이끼 꼈네.   小難留築碧巖苔
깊은 정을 세상에서 그 누가 알아줄까   衷情擧世何人識
푸른 파도 불러보자 태수께서 오셨구려.   喚取滄波太守來

양송천의 운자에 삼가 차운하다—이유. 자는 우우(于雨), 호는 녹천(鹿川). 전라감사가 되었을 때 지었다.

敬次松川韻〔李濡. 字于雨, 號鹿川. 爲本道監司時.〕

기봉(岐峯)은 천길 높이 반공중에 솟아 있고   岐峯千丈半空摧
안개비에 송천(松川)은 푸른 이끼 잠겨있네.   烟雨松川鎖綠苔
맑은 시 한 곡조 신선 넋을 부르나니   淸詩一曲招仙魄
가석타 왕손은 가고 아니 오노매.   可惜王孫去不來

기봉의 5대손 백명우(白溟羽)를 만나 인하여 양송천의 운자에 차운하다—이름은 명우, 자는 구완, 서봉령의 호는 용구이다.

逢岐峯五代孫因次松川韻〔名溟羽, 字九萬. 徐鳳翎號龍邱.〕

서쪽 변방 된서리에 옥수(玉樹)가 꺾였으니   西塞嚴霜玉樹摧
원한 기운 어느 곳서 칼에 녹이 피었는가?   寃氛何處劒生苔

오늘에 시례(詩禮) 아는 귀한 후손 만나보니　　今逢趾美聞詩禮
마치도 기산(岐山)에서 채봉(彩鳳)이 날아온 듯.　如見岐山彩鳳來

기봉이 일찍 세상을 뜸을 슬퍼하며 예전 한유가 왕함에게 그랬던 것처럼 구만(九萬) 백명우(白溟羽)에게 회포를 부치다
　　─서봉령
　　　悲岐峯早沒寄懷九萬如昌黎之於王含〔徐鳳翎〕

기봉은 취향(醉鄕) 슬픔 몹시 슬퍼했거니　　岐峯悲甚醉鄕悲
구만(九萬)과 왕함(王含)이 누가 더 기이한가.　九萬王含較孰奇
□□□□한 한유(韓愈)의 글은　　　　　　　□□□□韓子記
바로 그대 세상과 시 논함과 어떠한가?　　　奈君論世又論詩

서세마의 운을 빌어─이유
　　　次徐洗馬韻〔李濡〕

서쪽 변방 신선 자취 가고 없다 슬퍼 말라　西塞仙蹤去莫悲
남쪽 바다 백구만(白九萬)의 채색 깃털 기이하니.　南溟九萬彩毛奇
우뚝한 집안 명성 응당 잃지 아니하고　　　麟趾家聲應不失
흰 머리로 대인의 시 나란히 짓는구려.　　　白頭聯賦大人詩

팔군자인-녹천 이유
八君子引〔鹿川〕

장흥 땅엔 이름난 곳 많기도 하여 　　　　長興名勝多
장대함이 여릉현(廬陵縣)가 한가지일세. 　壯如廬陵縣
한 때에 여덟 문장 일어났으니 　　　　一時八文章
고금에 참으로 드문 일일세. 　　　　古今眞罕見
아버지와 아들, 형님과 아우 　　　　父子與兄弟
스승과 벗 삼면에 줄이었다네. 　　　師友羅三面
만나는 사람 모두 뛰어난 재주 　　　觸目皆琳琅
어이 홀로 사련(謝練)만 보배로우리. 　何獨寶謝練
귀한 것은 송백(松栢)의 마음이거니 　所貴松栢心
눈보라 따라서 변하지 않네. 　　　不逐風霜變
지금껏 호수와 바다의 사이 　　　至今湖海間
그 소문 우레처럼 크기도 해라. 　　聲如大雷電
보림사 몇 번이고 승지를 밟아 　　寶林幾勝踐
예양강서 신선 잔치 그려보았지. 　汭江想仙宴
가을 강 조대(釣臺)에 달이 떠오면 　秋江釣臺月
다시금 간신배들 싸움 하겠네. 　　更使奸諛戰

팔군자인－기복재
八君子引〔奇復齋〕

바위산이 우뚝하니 관산읍이 우러르는 바다. 『시경』에서 '저 돌산'이라 했으니, 이름 또한 어긋나지 않는다. 높기가 마치 곤륜산 같아 봉황이 꽃 모자를 쓰고 서 있는 듯 하다. 의젓하기는 석가모니 부처께서 황금 염주를 드리우고 손을 모아 서 계신 것만 같다. 사방 절벽을 깎아 세워 곧장 만 길을 솟구치니, 신령하고 맑은 기운과 우뚝한 모습은 다른 산과 같지가 않다. 여러 어진 이들이 잇달아 그 사이에서 나옴이 마땅하다 하겠다. 비록 그러나 이 사람이 있지 않았다면 단지 궁벽한 시골 작은 고을의 한 덩어리 산에 그쳤을 뿐이리라. 누가 다시 이 산이 무슨 이름을 지녔는지조차 알겠는가. 그렇다면 사람이 나온 것 또한 산의 행운이라 할 것이다.

有山岊岊, 冠邑所瞻. 詩云彼岨, 名亦不僭. 昂然若崑山. 老鳳戴花冠而峙, 儼乎如釋迦大佛, 垂金粟而拱, 塹截四壁, 直聳萬丈, 靈淑之氣, 磅礴之容, 不與衆山等. 宜乎諸賢踵出其間也. 雖然不有斯人, 只止於窮鄕下邑一塊山而已, 孰復知玆山之爲何名哉. 然則人之云出, 亦山之幸也夫.

팔군자인(4수)─용구 서봉령
八君子引〔龍邱〕

1

소씨 부자와 그 형제들 蘇家父子兼兄弟
절의와 문장에다 필법조차 기이하다. 節義文章筆法奇
한 세상 세 집에서 여덟 준걸 나왔으니 一世三家生八俊
재주가 예부터 이보다 성대하기 어렵도다. 才難自古盛於斯

2

쌍쌍의 흰 옥은 연성벽(連城璧)의 값나가고[22] 雙雙白璧價連城
찬란한 남쪽 금은 땅 던지매 소리나네.[23] 幷耀南金擲地聲
여기에 계림의 찬연한 빛 있으니 更有桂林璀粲色
기산(岐山) 땅 영걸과 과연 누가 다투랴. 岐山靈傑果誰爭

3

기산은 어여쁘고 예양강은 맑으니 岐山明媚汭江淸
동시에 여덟 준걸 태어남이 마땅하다. 宜得同時八俊生
고양(高陽)의 취성도(聚星圖)와 방불하게 되리니 合倣高陽聚星畵
진순(陳荀)의 명성과 함께 길이 전해지리. 陳荀名跡幷流聲

---

22) 연성벽(連城璧) : 진나라 왕이 성 17개와 맞바꾸겠다고 했다는 화씨벽(和氏璧)을 말한다.
23) 남금(南金) : 중국 남방 형주(荊州)와 양주(揚州)에서 생산되는 양질의 황금.

4

진나라 글씨 당나라 시 송나라의 인물이니	晉筆唐詩宋人物
한 때에 팔문장이 땅을 편케 하였네.	一時安壤八文章
뉘 능히 추강(秋江)의 일 기억을 하랴마는	誰能合記秋江事
사우(師友)의 연원이 크게 펴서 날리웠네.	師友淵源大發揚

팔군자인

－위청금. 이름은 정훈(廷勳). 진사. 공의 방계 후손인 계룡(啓龍)이 간
행한 뒤에 와서 이 시를 말해주므로 뒤에다 싣는다.
八君子引〔魏聽禽, 名廷勳. 進士. 公之旁裔啓龍, 印後來言此詩, 故
載後.〕

기봉(岐峯)의 큰 스승에 옛 시의 신선이라	岐峯大師古詩仙
오차(烏次)에 남은 시편 온 하늘에 울리누나.	烏次遺篇響八天
푸른 바다 드넓어라 삼 만 리 펼쳐지고	有闊滄溟三萬里
산악은 우뚝하니 몇 천 년을 서있는고.	不崩山岳幾千年
무릉도원 진나라 백성 개와 닭 함께 살고	秦民鷄犬桃花裏
섬애(剡崖)의 인가도 억새 눈 가이로다.	剡崖人家荻雪邊
장춘대(長春臺) 위의 일을 그대 기억하는가	君記長春臺上事
한 때의 그림만이 함께 길이 전하네.	一時圖畵共流傳

묘갈명 병서(墓碣銘 幷序)

홍직필(洪直弼)

일재(一齋) 이항(李恒) 선생과 하서(河西) 김인후(金麟厚) 선생께서 호남을 창도하실 적에 백광홍(白光弘) 공은 일재에게 수업하고, 하서와 함께 노닐었다. 일재는 '거경궁리(居敬窮理)', 즉 경(敬)을 지켜 이(理)를 궁구함을 배움에 드는 방법으로 삼고, 또 시를 지어 주면서 권면하였다. 하서 또한 허락할 것으로 기약하였다. 공이 병이 무거워 세상을 뜨자, 일재는 곡하고 애통해 하며 이렇게 말했다. "대유(大裕)는 재주와 덕이 그 짝을 보기 드물었다. 능히 크게 펴지 못하니 애석하구나!" 대유는 공의 자이다.

공은 관향이 수원(水原)이다. 고려 때 시중을 지낸 경신(景臣)이 먼 조상이다. 보문각대제학(寶文閣大提學)을 지낸 정신재(靜慎齋) 휘 장(莊)에 이르러, 조선에 들어와 벼슬하지 않고 해미(海美)로 귀양갔다. 자손들이 이에 여기에 살게 되었으므로 해미 사람이라고도 한다. 사옹원직장(司饔院直長)을 지내고 참판(參判)에 추증된 휘 회(繪)에 이르러 비로소 장흥(長興)으로 옮겨왔다. 증조는 휘가 맹춘(孟春)이고, 조부는 휘가 문기(文祺)이니, 두 분 모두 진사(進士)이다. 아버지는 휘가 세인(世仁)으로 부사과(副司果)를 지냈다. 호는 삼옥당(三玉堂)이다. 학행(學行)이 고을에서 으뜸이었다. 광산 김씨 첨정(僉正) 광통(廣通)의 따님과 결혼하여 장흥

기산리(岐山里) 집에서 공을 낳았다.

28세에 사마(司馬) 양시(兩試)에 급제하였다. 3년 뒤인 임자년(1552, 명종 7)에 대과에 급제하여, 홍문관정자(弘文館正字)에 제수되었다. 임금의 명으로 호남과 영남의 문신들이 성균관에서 재주를 겨루었는데, 공은 「동지부(冬至賦)」로 1등을 차지하였다. 이에 특별히 『선시(選詩)』 10권을 하사하셨다. 총애를 입음이 두터워, 계축년(1553, 명종 8)에는 호당(湖堂) 에 들었다. 을묘년(1555, 명종 10)에 평안도평사(平安道評事)에 배수되어, 서도의 백성을 건지는 것으로 자기의 임무를 삼았다.

변방 방비의 험하고 쉬운 것을 두루 살피고 노래와 풍속을 채집하여 「관서곡(關西曲)」 한 편을 지었다. 충성과 사랑으로 풀어 쓰니, 한때의 여러 어진 이들이 창화한 것이 많았다. 병진년(1556, 명종 11) 가을에 병 으로 교체되어 어버이를 문안하러 돌아오다가 부안의 처가에서 세상을 떴다. 그 태어난 해인 가정(嘉靖) 임오년(1522, 중종 17)으로부터 35년이 된다. 용계(龍溪)의 운치(雲峙)에 장사 지냈다.

공은 두 분의 배필이 있었다. 청주 김씨 훈도(訓道) 몽인(夢寅)의 따님 에게서는 자식이 없었다. 부안(扶安) 김씨 감역(監役) 세주(世柱)의 따님 에게서 아들 붕남(鵬南)을 낳았고, 딸은 선봉장(宣鳳章)에게 시집갔다. 붕남은 아들 효증(孝曾)을 낳았고, 둘째 아들은 효준(孝俊)이다. 효증은 유영(惟英)과 유열(惟說), 유근(惟謹) 등의 아들을 두었다. 딸은 이자(李滋) 에게 시집갔다. 진사 선세기(宣世紀), 영장(營將) 세강(世綱), 전적(典籍) 세휘(世徽), 세유(世維) 등은 선봉장(宣鳳章)이 낳은 외손이다.

공은 타고난 자질이 빼어나고, 뜻과 학업이 우뚝하였다. 효성과 우애 에 바탕을 두고, 내행(內行)을 순수히 갖추었다. 성동(成童)이 되고부터 과거 시험 공부하기를 즐기지 않고 이렇게 말했다. "독서란 장차 자기를 위하려는 것이다. 만약 오로지 나아가 벼슬에 오르는 것에만 뜻을 두어, 한갓 심장적구(尋章摘句)만 일삼는다면 무엇에 힘입어 경륜을 펼쳐 우리 임금을 요순(堯舜)에 이르게 할 것인가?" 이에 일재 선생의 문하로 들어가 오로지 성리학에 정심(精深)하여 경전의 깊은 뜻을 두루 캐낸 뒤에야 그만두었다.

기산(岐山) 아래 집을 짓고, 기봉(岐峯)라 자호(自號)하였다. 중씨 풍잠(風岑) 백광안(白光顔)과 계씨인 옥봉(玉峯) 백광훈(白光勳), 종제(從弟) 동계(東溪) 백광성(白光城)과 더불어 덕업(德業)으로 서로 권면하면서 음악에 힘을 쏟아 악기로 화답하니, 짙은 향기가 산앵두나무 숲에 남아 있었다. 여러 아우들을 이끌어 가르쳐 경사(經史)에 통하고 시예(詩隸)에 능하게 하니, 세상에서는 한 가문에 4문장이라고들 일컬었다.

공은 숨어 맑게 스스로를 닦으면서 장차 죽을 때까지 계속 할 듯 하였는데, 부친의 명에 따라 과거에 응시하였다. 하지만 즐거워하는 바는 여기에 있지 않았다. 공은 학문을 함에 있어 상실무본(尙實務本) 즉 실질을 숭상하고 바탕 공부에 힘을 쏟았다. 일찍이 「좌우명」을 지어 이렇게 말하였다. "부(富)는 구할 수가 없고, 귀(貴)도 도모할 수가 없네. 구하지도 않고 꾀하지도 않으며 하늘 뜻에 따라 하리. 가난해도 근심할 것 없고, 천하여도 슬퍼할 것 없네. 담담히 빈 집에서 광풍제월(光風霽月) 벗삼으리. 내가 누구를 믿을까? 저 높으신 상제(上帝)일세." 또 「옥루시(屋漏詩)」와 「오곡부(五穀賦)」를 지어 신독(愼獨)과 구인(求仁)의 공부를 징험해 보였다. 「욕기행(浴沂行)」과 「채미가(采薇歌)」에서도 또한 공의 품은 뜻을 볼 수가 있다.

공은 또 율곡(栗谷) 이이(李珥) · 영천(靈川) 신잠(申潛) · 석천(石川) 임억령(林億齡) · 고봉(高峯) 기대승(奇大升) · 송강(松江) 정철(鄭澈) 등 여러 어

진 이와 도의(道義)의 사귐을 맺고, 왕복하며 시문을 주고받지 않음이
없었다. 청련(青蓮) 이후백(李後白)과 송천(松川) 양응정(梁應鼎), 고죽(孤
竹) 최경창(崔慶昌) 같은 분들은 또 죽음을 애도하는 글을 지었다. 모두
이른 바 그 사람을 보지 말고 그 벗을 보라는 것이 아니겠는가?

고봉(高峯)은 「유상찬(遺像贊)」을 지어 이렇게 말했다. "일재(一齋)를
스승 삼아, 문장으로 이름났네. 배움에 연원 있어, 벼리를 꽉 잡았지.
홀(笏)을 들고 조정 서매, 선비들이 뒤따랐지. 남 비방함 없었으니, 원
수 원망 산 일 없다." 군자들이 공을 아는 말이라고 생각했다.

공은 학술이 나라 일을 이끌만 하였고, 문장은 나라를 위해 쓸 만하
였다. 짧은 운수를 만나 그 뜻과 사업을 채우지 못하였으니 안타깝다.
고장의 선비들이 정신재(靜愼齋)에 공을 배향(配享)하고, 이름하여 기양
묘(岐陽廟)라 하였다. 남은 글이 집안에 간직되어 있다.

공의 후손인 하진(河鎭)과 용철(鏞哲)이 나를 찾아와 묘갈명을 청하였
다. 내가 평소에 공의 성대한 이름을 사모하였던 터라, 감히 병이 있다
하여 사양하지 못하고, 마침내 붓을 당겨 묘갈명을 지었다. 명(銘)은 이
러하다.

어진 이라 꼭 오래 살지 않고
지위 높아도 덕 가득함 아닐세.
한 때의 스승과 벗
모두 함께 애도하니,
내 후세에 태어나
높은 자취 상상하네.
기양(岐陽)에 산 있으니

공이 예전 즐기던 곳.
기쁘고도 굳세어라
서로서로 배움 쌓아,
여씨 형제 부끄럽잖으니
형제 모두 박약(博約)일세.
남상(南床)과 호당(湖堂)에서
실(實)을 우러 우뚝했지.
서울의 벼슬길서
탄탄한 길 재촉타가,
애석해라 몸 병들어
그 이치 어긋났네.
그 문장 환히 빛나
남국(南國)에 벼리 되리.
운악(雲岳)은 우뚝 솟고
용계(龍溪)는 넘실 흘러,
부의(斧扆)로 봉함 있어
군자의 집이로세.
석장(石章)을 환히 걸어
영원히 보존하리.

숭정(崇禎) 기원후 네 번째 병오년(1846, 헌종 12)에 당성(唐城) 홍직필
(洪直弼)이 짓다.

一齊李先生與河西金先生,　倡道湖南時,　則有若白公諱光弘,　受業于一齊, 從遊于河西. 一齊教以居敬窮理爲八學之方, 又贈詩以勗之.
河西亦期許公. 慕重及歿, 一齊哭之慟曰, 大裕才德尠見其儔, 惜其不
能大施! 大裕公字也.

公系出水原, 以高麗侍中景臣爲遠祖. 至寶文閣大提學靜愼齊諱莊,
入 本朝不仕, 謫海美. 子孫仍居, 故亦稱海美人. 至可饗院直長 贈參
判諱繪, 始移長興. 曾祖諱孟春, 祖諱文麒, 俱進士. 考諱世仁, 副可
果. 號三玉堂. 學行爲鄉隣所宗. 娶光山金氏僉正廣通女, 擧公子長興
歧山里.

第二十八中司馬兩試. 越三年壬子, 大闈除弘文館正字. 上命湖嶺
文臣較藝于泮宮, 公以冬至賦居魁. 特賜選詩十卷. 寵遇隆摯, 癸丑選
八湖堂. 乙卯拜平安道評事, 以拯濟西民爲己任.

閱歷關防, 險易採摭, 謠俗美惡, 作關西曲一闋. 用紓忠愛. 幷時諸
賢多唱和者. 丙辰秋病遞歸覲, 卒于扶安甥舘. 去其生 嘉靖壬午, 爲
三十五歲, 墓于龍溪雲峙.

公有二配. 淸州金氏訓道夢寅女, 無育. 扶安金氏監役世柱女, 男鵬
南. 女適宣鳳章. 鵬南子孝曾, 次子孝俊. 孝曾子惟英惟說惟謹. 女李
滋. 宣世紀進士世綱營將世徽典籍世維鳳章出也.

公天資穎粹, 志業卓犖. 而本之孝友, 內行純備. 纔成童不屑擧業曰.
讀書將以爲已. 若專意進取, 而徒事尋摘則, 何所藉手, 展布經綸, 致
吾君於堯舜乎? 仍依歸一齊, 專精性理之學, 經傳蘊奧, 探賾乃已.

樹屋岐山下, 自號岐峯. 與仲氏風岑光顔季氏玉峯光勳, 從弟東溪
光城, 以德業相策勵, 宮商和於瑲瑽, 薰郁存乎棣林. 群弟率教通經史,
工詩隸, 世稱一門四文章.

公潛靖自修, 若將終身, 因親命赴擧. 而所樂不在焉. 公爲學尙實務

本. 嘗作座右銘曰. 富不可求, 貴不可謀. 不求不謀, 順天所爲. 貧不
足憂, 賤不足悲, 澹然虛室, 風光月霽. 吾誰恃乎, 有皇上帝. 又作屋
漏詩五穀賦, 用驗愼獨求仁之功. 而浴沂行釆薇歌, 亦可以見公之志
也.

公又與栗谷靈川石川高峯松江羣賢, 結道義之契, 莫不往復酬唱.
李靑蓮梁松川崔孤竹諸公, 又述誄悼, 盡是所云, 不見其人, 見其友者
歟?

高峯爲作遺像贊曰, 宗師一齊, 鳴世文章. 學有淵源, 提挈維綱. 立
朝正笏, 士類有依. 訐直則無仇怨用希. 君子以爲知言.

公學術可以贊皇猷, 文章可以賁黼黻. 而厄於短造, 罔充其志業, 惜
哉! 鄕章甫配食公于靜愼齊, 名之曰, 岐陽廟. 有零藁, 藏于家.

公後孫河鎭鏞哲, 謁銘于不佞. 不佞素服公盛名, 靡敢以癃病辭, 遂
援筆而爲銘. 銘曰.

仁未必壽, 位不滿德. 幷時師友, 所共悼惜. 我生曠世, 想象玄躅.
惟山有歧, 昔公攸樂. 怡怡偲偲, 交須績學, 無愧二呂, 兄弟愽約. 南
床湖堂, 望實揚摧. 天衢雲路, 坦步斯促, 有憾老蒼. 厥理孔式. 有斐
其文, 爲紀南國. 雲岳峩峩, 龍溪瀺瀺, 有封若斧, 君子攸宅. 昭揭石
章, 永世不泐.

崇禎紀元後四丙午, 唐城洪直弼撰.

기봉집발(岐峯集跋)

기우만(奇宇萬)

선비가 요순의 화평한 세상에 태어나지 못한다 해도, 공자의 문하에
서 시에 대해 말하던 날에 태어남을 얻었다면 괜찮다고 할만하다. 이
또한 얻을 수가 없어, 우리나라 성대한 시절에 여러 선생을 스승과 벗
으로 삼았다면 이것도 괜찮다 하겠다.

우리나라의 인재는 명종과 선조의 사이에 성대하였다. 그런 까닭에
평사(評事) 백광홍(白光弘) 선생은 이 때에 태어나 일재(一齋) 이항(李恒)
의 문하에서 배워, 하서(河西) 김인후(金麟厚)・고봉(高峯) 기대승(奇大
升)・율곡(栗谷) 이이(李珥)와 도의 사귐을 맺었다. 송강(松江) 정철(鄭
澈)・송천(松川) 양응정(梁應鼎)・고죽(孤竹) 최경창(崔慶昌)・청련(青蓮) 이
후백(李後白)・석천(石川) 임억령(林億齡) 등과는 서로 더불어 시를 주고
받았으니, 스승과 벗이 한 세상에 우뚝하였다.

이에 더하여 한 집안의 네 사람이 모두 문장이 뛰어났는데, 공은 우
뚝하여 으뜸이 된다고 일컬어졌다. 이는 나라 초기에 문명의 운수에
훈도되어 나온 것이 아니고서야 나올 수 있는 것이 아니다. 공은 한
시대에 문치(文治)를 크게 빛내 국가의 성대함을 울렸다. 하지만 세상
에 크게 쓰임 받지 못하고, 또 오래 살지도 못했다. 그리하여 품은 바
는 자못 대단하였으나 백에 하나도 능히 펴지 못하였다. 또 어찌 재주

가 이렇듯 풍부한데도 운명은 이다지 인색하였던가?

그나마 다행스러운 것은 나이는 얻지 못하였으되 시대에 얻음이 있어, 여러 선생들과 더불어 우리나라 하늘과 땅에서 함께 전하여지니, 아아! 성대하도다. 저 한 때에 오래 살고 높은 지위를 누리고서도 초목과 더불어 한가지로 시들어 없어진 자가 어찌 비슷이나 하겠는가? 들으니 그의 문집을 장차 새기려 한다고 한다. 이에 백형훈(白亨纁)이란 이가 책 뒤에 한 마디 말을 얹으라고 문집을 안고서 찾아왔다.

기해(己亥, 1899)년 3월 기우만(奇宇萬)은 삼가 쓴다.

士不生唐虞都兪之世, 得生於孔門言志之日, 斯可矣. 此又不可得, 得生於我朝晟際, 師友諸先生, 斯可矣.

我朝人才明宣之際, 爲盛. 故評事白公先生, 生乎其時, 傳門於一齋, 河西高峯栗谷而爲道契. 松江松川孤竹靑蓮石川而相與酬唱, 師友傾一世.

加之一門四賢, 皆文章俊逸, 而公傑然稱爲首. 非國初文明之運, 陶鑄出來, 有不得生. 公於一代, 賁餙文治, 以鳴國家之盛. 而旣不得大用於世, 又不得年壽. 所抱奇偉, 不能百一. 又何豐於才, 而嗇於命?

所幸也, 不得於年, 而得於時, 與諸先生, 同傳於東方天壤, 吁! 盛矣. 彼得年得位於一時, 而與草木同, 其萎折者, 惡足以髣髴也. 聞其文集將剞劂. 置一言於卷後, 抱文稿而來者, 亨纁其名.

歲己亥暮春, 幸州奇宇萬謹書.

기봉집발(岐峯集跋)

백후진(白厚鎭)

　우리 선조이신 기봉공의 유고는 전쟁통에 모두 잃어버리고, 남은 조
각들을 주워 모은 것이 겨우 열에 한 둘뿐이다. 다행하게도 송산(松山)
의 집안에서 간직한 것 가운데 약간 편을 찾아냈지만, 여전히 전질(全
帙)을 이루지는 못하였다.

　아! 애석하다. 계서(谿西) 어른 진항(鎭恒)씨가 공의 방계 후손으로 개
연히 뜻이 있어 애써 모아, 후계(后溪) 참판(參判)공을 책의 서문 일로
비로소 찾아뵈니 인하여 글로 이를 드러내었다. 지헌(持憲) 만영(萬榮)씨
가 손으로 구본(舊本)을 베껴 써서 한 책으로 만들어 처음으로 판목에
새겨, 장차 후세에 널리 알리려고 하였으나, 마침내 후손에게 전해짐을
이루지 못하였으니, 한스러움이 어떠하겠는가?

　이제 그 전서(全書)는 마침내 얻어 볼 수가 없고, 남아 있는 것도 베
껴 쓰는 과정에 잘못되거나 순서가 흩어져서 중간 중간에 의심나거나
빠진 것이 있어, 세월이 오래면 오랠수록 더욱더 없어질까 염려하였다.
병오년(1846, 헌종 12)과 신해년(1851, 철종 2) 봄에 매산(梅山) 홍직필(洪直
弼, 1776~1852) 선생에게 글을 청하여 부족함을 보태고 윤색하였다. 인
하여 망녕되이 내 뜻을 보태어 차례 지워 분류하여 두 권으로 나누었
다. 제현들과 주고받은 시문과 애뢰(哀誄)의 글 및 그밖에 고증할만한

시문들을 나란히 적어, 잇대어 하편(下編)으로 하였다.「관서별곡」한 수는 관방(關防)의 빼어난 형세가 자세히 실려 있고, 관서평사로 있을 때의 실제 자취인 까닭에 언문임을 무릅쓰고 전별하는 글의 끝에 부록으로 실었다. 꼼꼼한 심려와 충성하고 애국하는 정성을 대개 볼 수 있을 것이다. 부족한 내가 참람함을 무릅쓰고 앞과 같이 삼가 차례 매겨 장차 이를 이어 엮을 사람을 기다린다.

숭정(崇禎) 기원 후 네 번째 병인년(1866, 고종 3) 10월 하순 8세손 진사(進士) 절충장군(折衝將軍) 첨지중추부사(僉知中樞府事) 백후진(白垕鎭)은 삼가 쓴다.

我先祖岐峯公遺藁, 盡逸於兵燹, 攟拾其斷爛者, 十之一二. 幸於松山宗氏家藏中, 推覓若干編, 而猶未成全帙.

嗚呼! 惜哉. 谿西丈鎭恒氏, 以公之旁裔, 慨然有志, 裒輯, 始謁弁卷之文于后溪參判公, 因以表章之持. 憲萬榮氏手謄舊本, 爲一冊, 創謀鋟梓, 將以廣布來世, 而終焉未就後孫之齎, 恨尤何如哉.

今其全書, 終未得見, 而見存者, 傳寫寢訛, 散失倫貫, 間有疑闕, 恐其愈久而愈沬. 丙辛兩年春, 丐文于梅山洪先生, 以補益之, 潤色焉. 因以妄加己意,分類敍次析, 爲二編. 而諸賢唱酬及哀誄, 其他可攷詩文, 幷錄而續爲下編. 關西一闋, 備載關防形勝, 而西評時實蹟, 故不拘眞諺, 附贐章之末. 綢繆之慮 忠愛之誠, 槪可見矣. 不揣踰僭, 謹弟如右, 以俟來者之嗣輯焉.

崇禎紀元後四丙寅陽月下澣八世孫進士折衝將軍僉知中樞府事垕鎭敬書.

기봉집발(岐峯集跋)

백채인(白采寅)

가만히 생각건대 우리 선조이신 기봉공은 일재(一齋) 이항(李恒) 선생에게서 학업을 닦고, 당시에 여러 어진 이들과 혹 학문의 사귐을 맺고, 혹 서로 시문을 주고받았다. 이로 미루어 보건대, 공의 문장과 행실이 반드시 제현의 문집 가운데 많이 있을 것이지만, 후손의 집안에는 홀로 전해 내려오는 것이 없으니 안타까움을 이길 수 있겠는가?

아! 공이 이 세상에서 누린 해가 많지 않은지라 능히 평소에 쌓은 뜻과 사업을 능히 펼 수가 없었다. 명종 병진년(1556, 명종 11)에 평안평사(平安評事)로 있다가 병으로 교체되어 고향으로 돌아오다가, 중도에 부안의 처가에서 세상을 떴다. 그때 나이가 겨우 35세였다.

아! 애석하다. 공이 일찍 서거하였으나 그 저술이 반드시 적지 않을 것이로되, 자손이 영락한데다 또 전란을 겪으면서 모두 잃어버리고 남은 것이 없게 되었다. 중엽에 이르러서야 다행히 송산(松山)의 집안 사람에게서 약간편의 유고를 찾아내었다. 그 뒤 경신년(1860, 철종 11)에 내 선군께서 고부(古阜)에 머무실 때, 집안 사람이 소장한 것 속에서 하나의 초고를 수습하였다. 비록 부분뿐이거나 썩어 온전치 못한 것이 많았지만, 실로 이것은 공의 친필이었다. 그래서 「시산잡영(詩山雜詠)」이라 제목을 달았다. 또 관서 땅에 부임해 갈 때 써준 글을 모은 것 또한 제현들이 직접 쓴 글씨였다. 삼가 받들어 들춰보니 마치 아름다운 옥과 같이 환히 빛났다.

이에 장차 판목에 새길 것을 꾀하였으나 마침내 뜻을 이루지 못한 채로 미뤄져 오늘에 이르고 말았다. 옛일로 앞일을 미루어 보매 오래 되면 될수록 없어질 염려가 없지 않으므로, 이에 아우 희인(羲寅)을 시켜 이 일을 전담하게 하였다. 바야흐로 장차 판목에 새겨 거의 일을 마치기에 이르렀으니, 어찌 사람의 힘으로 된 것이겠는가? 때를 얻었기 때문일 뿐이다. 이 문집은 앞뒤로 서문과 발문이 실려 있으니, 공의 실제 자취를 밝게 펴기에 충분하다. 이제 어찌 감히 그 사이에 자세히 적겠는가? 바야흐로 이 때에 한마디 말로 이제 처음 간행되는 실제 이유를 증빙하지 않을 수 없겠기에 참람함을 무릅쓰고 대략 위와 같이 기록한다.

기해년(1899) 3월 하순, 12대손 백채인(白采寅)은 삼가 적는다.

竊惟我先祖岐峯公, 受業于李一齋, 與當時群賢, 或爲道契, 或相唱酬. 以此推之, 公之文行, 必多著於諸賢集中, 而於裔孫家獨無流傳, 可勝歎哉.

噫! 公享年, 未壽, 不能展素畜之志業. 明廟丙辰, 以平安評事, 病遞還鄉中道, 而卒于扶安甥館, 去其生, 才爲三十五歲.

嗚呼! 痛哉. 公之早逝也, 其所著述, 必不爲不多, 而子孫零替, 又經兵燹, 盡逸無餘矣. 至于中葉, 幸推得若干遺稿於松山宗氏家. 後庚申, 吾先君於古阜, 寓宗氏家藏中收取一草藁. 雖多斷篇爛簡, 寔是公之親筆. 而目以詩山雜詠. 又有關西贈行一編, 亦諸賢手本也. 敬奉坡閱, 煥乎如美玉於斯也.

於是, 將謀鋟梓, 終未就志, 延及今日. 以往推來, 不無愈久愈泯之慮, 乃使舍弟義寅, 專任此事. 方將剞劂, 幾至成功, 豈人力哉? 乃得時也. 此集首尾, 有序有跋, 足以發明公之實蹟. 而今何敢泚毫於其間哉? 方是時也, 不可無一言以證始刊之實由, 故不知僭妄略敍如右己.

亥暮春下澣十二代孫采寅謹述.

기봉집발(岐峯集跋)

백희인(白羲寅)

아! 애석하다. 우리 선조이신 기봉공은 문집이 전해지지 않는다. 공의 학업과 문장이 한 세상에 울리었으니, 그 일찍이 저술한 것이 적지 않을 것임을 알 수 있겠다. 게다가 당시에 제현과 주고받은 시문과 사우(師友)와 주고받은 글들이 또한 적지 않을 것이로되, 불행하게도 전쟁 통에 모두 잃어버리고 말았다. 얼마 되지 않는 주워 모은 것은 열에 한 둘에 지나지 않아, 안타깝게 한 묶음도 되지 않으니, 어느 겨를에 판목에 새기기를 꾀하였겠는가?

그 뒤 중간 이래로 다행스럽게도 우리 집안인 진사 후진(垕鎭)씨가 개연히 모아 편집하는데 뜻이 있어, 흩어졌던 작품들을 보는 대로 거두어 모아, 차례 매겨 분류하니, 비로소 능히 책 모양을 이루었다. 책의 서문도 매산 홍직필 선생에게 구해 얻었다. 그 공이 아름답고도 크다 하겠다. 그러나 마침내 완성하지는 못하였다. 그 후손 된 자로 누군들 안타까이 슬퍼하지 않겠는가?

아! 내가 일찍이 삼가 엮은 글을 읽었다. 자손은 영락하고 물력(物力)도 없지만, 언제나 탄식하며 애석해 한 지가 오래였다. 이에 오래되면 될수록 점점 더 없어질 것을 염려하여, 부족하나마 정성과 힘을 모아 비로소 능히 출간하게 되었다. 편집하여 차례 매긴 것은 진사 백후진

이 정한 것인 까닭에 다시 차례 지워 구별하지 않았다. 「시산잡영(詩山雜詠)」은 공이 직접 쓴 것이어서, 시 오언과 칠언 장편은 구본(舊本)에 따라 하편(下編)에 나란히 부록으로 실으니, 나누어 상하 2권이 되었다. 세상에 널리 전해져 유감이 없기를 바랄 뿐이다.

기해년(1899) 3월 하순, 12대손 백희인(白羲寅)은 삼가 발문을 쓴다.

嗚呼! 惜哉. 我先祖岐峯公, 文集之不得其傳也. 以公之學業文章, 鳴於一世, 可知其所嘗著述者, 不啻萬千其言. 且當時諸賢酬唱, 師友往復, 亦不爲不多, 不幸, 盡逸於兵燹. 而若干擷拾者, 不過十之一二, 嗟未成秩, 何暇謀鋟?

其後中歲以來, 何幸進士宗厓鎭氏, 慨然有志於裒輯, 散佚簡篇隨見收聚, 分類敍次, 始克成編. 而弁卷之文丐得於梅山洪先生. 其功可謂美且大焉. 而終焉未就. 爲其後仍者, 孰不憾愴乎?

噫! 余嘗敬讀編文. 子孫零替, 物力稠殘, 每常歎惜者, 久矣. 於是乎, 恐其愈久而愈泯, 不揣誠力, 始克刊出. 編次本進士所定, 故不復敍別. 詩山雜詠, 乃公之手本, 故詩五七言長篇, 仍其舊本, 幷附下編, 分爲上下二卷. 其於廣世, 庶幾無憾云爾.

歲己亥季春下浣十二代孫羲寅謹跋.

연보(年譜)

1522년(1세, 중종 17) 부 휘 세인(世仁)과 광산 김씨 첨정(僉正) 광통(廣通)의
　　　　따님 사이에 장남으로 장흥 기산리(岐山里) 집에서 태어나다.

1527년(6세, 중종 22) 아우 백광안(白光顏)이 태어나다.

1537년(16세, 중종 32) 아우 백광훈(白光勳)이 태어나다.

1540년(19세, 중종 35) 아들 붕남(鵬南)이 태어나다.

1544년(23세, 중종 39) 4월, 관산에 들른 신잠(申潛)을 전송하고, 「갑신사
　　　　월봉송영천(甲辰四月奉送靈川)」을 짓다.
　　　　6월 14일, 신잠과 함께 함담정(菡萏亭)에서 달구경을 하다.

1545년(24세, 인종 1) 1월 11일, 어머니 광산 김씨가 세상을 뜨다.

1548년(27세, 명종 3) 여름, 아우 백광안(白光顏)이 전염병을 피해 능가산
　　　　(楞迦山)에 놀러 왔다가 태인에서 신잠(申潛)을 찾아 뵙고, 한
　　　　동안 머물다 떠나므로 증별시를 지어주다.

1549년(28세, 명종 4) 아버지의 명으로 응거(應擧)하여 사마(司馬) 양시(兩
　　　　試)에 급제하다.

1552년(31세, 명종 7) 식년 문과에 병과로 급제하여, 홍문관정자(弘文館正
　　　　字)에 제수되다.

11월, 왕명으로 영호남의 문신들이 성균관에서 재주를 겨뤄, 「동지부(冬至賦)」로 1등을 차지하다. 상으로 『선시(選詩)』 10권을 하사받다.

1553년(32세, 명종 8) 호당(湖堂)에 들어 독서하다.

이해 아우 백광훈이 서울로 올라와 양응정의 문하에 수학하다.

5월, 태인 가는 길에 하서 김인후를 찾아가다. 「증백정자(贈白正字)」를 지어줌.

1555년(33세, 명종 10) 평안도평사(平安道評事)에 배수되다.

2월, 김홍도(金弘度)·최경창(崔慶昌)·안사미(安四美)·장언후(張彦厚)·임억령(林億齡)·유영길(柳永吉)·양응정(梁應鼎) 등이 관서평사로 가는 백광홍을 전별하며 시를 써주다.

중간에 다른 일로 잠시 서울에 왔다가 다시 갈 때, 임제(林悌)·안사미(安四美)·귤오자(橘塢子) 등이 다시 전별시를 써주다.

1555년 8월 28일, 일재 이항에게 편지하여 가르침을 청하다. 「관서평사시일재답서(關西評事時一齋答書)」가 문집에 실려 있음.

1556년(34세, 명종 11) 병으로 교체되어 오는 길에 최경창(崔慶昌)을 만나, 안주(安州)에서 아끼던 기생 몽강남(夢江南)에게 주는 시를 최경창의 부채에 써서 주다. 「제최고죽선(題崔孤竹扇)」.

8월 27일, 부안(扶安)의 처가에서 세상을 뜨다. 양응정(梁應鼎)·이후백(李後白)·최경창·기대승(奇大升)·홍진(洪績) 등이 만사(挽詞)를 지어 공의 죽음을 애도하다. 기대승이 「유상찬(遺像贊)」을 짓다.

1808년(순조 8) 기양사(岐陽祠)에 배향하다.

기봉 관련 문헌 기록

조우인(曺友仁, 1561~1625)의 『이재집(頤齋集)』 권 2, 「제출관
사후(題出關詞後)」

　예전 사문 백광홍이 관서평사가 되어, 우리말로 장가 한 편을 지었
다. 세상에서 말하는 「관서별곡」이란 것이 그것이다. 지금까지도 노래
잘하는 자가 전해 외우고 노래한다. 말의 운치가 호방하고 굳세고 담
긴 뜻이 빼어나 그 사람됨을 떠올려 볼 수 있다. 병오년 여름 내가 공
무로 용만을 다녀왔다. 나그네로 있는 동안 3개월의 시간이 금새 지나
가 버렸다. 계절도 바뀌고 길도 험해서 저도 모르게 나그네의 시름이
있었다. 그래서 이를 이어 「출관사(出觀詞)」 한편을 지으니 무려 수백
마디였다. 대저 말의 뜻이 백광홍의 「관서별곡」에서 나왔으나 뒤집어
서 쓴 것도 적지 않다.

　昔白斯文光弘, 爲關西幕評, 以俚辭, 製長歌一篇. 世所違關西別曲
者是也. 至今善謳者, 傳誦而歌之. 詞致豪魅, 用意飄逸, 可以想見其

爲人. 丙午夏, 余以公幹, 往返龍灣. 客裏光陰, 倏過三箇月. 節序變遷, 道途崎嶇, 不覺有羈旅之思. 續作出關詞一篇, 無慮數百言. 大抵語義出入白詞, 而反之者亦多.

이수광(李睟光, 1563~1628)의 『지봉유설(支峯類說)』 권 13

최경창(崔慶昌)이 백광홍(白光弘)이 사귀던 기생에게 준 시에 이렇게 말했다.

금수산(錦繡山)의 안개 노을 옛빛이 여전하고
능라(綾羅)의 방초는 지금도 봄이로다.
선랑(仙郎)은 떠나신 뒤 소식마저 끊어지니
관서별곡 한 곡조에 수건 가득 눈물 짓네.

백광홍이 일찍이 평안평사를 맡고 있다가 세상을 떴다. 그가 지은 「관서별곡」은 지금까지 전하여져 노래부른다. 이원(梨園)의 여러 기생들이 듣고는 문득 눈물을 떨구었기에 이렇게 말한 것이다. 금수연하(錦繡烟霞)와 능라방초(綾羅芳草)는 「관서별곡」 가운데 나오는 말이다.

贈白光弘舊妓詩曰:"錦繡烟霞依舊色, 綾羅芳草至今春. 仙郎去後無消息, 一曲關西淚滿巾." 白光弘曾任平安評事而卒. 其所製關西別曲, 至今傳唱. 梨園諸妓聞, 輒下淚故云. 錦繡烟霞, 綾羅芳草, 乃其曲中語也.

이수광(李睟光)의 『지봉유설(支峯類說)』 권 13

우리나라의 가사는 우리말을 섞은 까닭에 중국의 악부와 더불어 견줄 수가 없다. 근세에 송순(宋純)과 정철(鄭澈)이 지은 것이 가장 훌륭하다. 그러나 입으로 회자되고 마는데 지나지 않았으니 애석하다. 장가(長歌)는 「감군은(感君恩)」·「한림별곡」·「어부사」가 가장 오래되었다. 근세에 「퇴계가(退溪歌)」·「남명가(南冥歌)」와 송순의 「면앙정가」, 백광홍의 「관서별곡」, 정철의 「관동별곡」·「사미인곡」·「속사미인곡」·「장진주사」가 세상에 널리 전해진다. 그밖에 「수월정가」·「역대가」·「관산별곡」·「고별리곡」·「남정가」따위가 아주 많다. 나 또한 「조천곡」을 전후 두 곡 지었는데, 또한 장난일 뿐이다.

我國歌詞, 雜以方言, 故不能與中朝樂府比並. 如近世宋純鄭澈所作最善. 而不過膾炙口頭而止, 惜哉. 長歌則感君恩·翰林別曲·漁父詞最久, 而近世退溪歌·南冥歌·宋純俛仰亭歌·白光弘關西別曲·鄭澈關東別曲·思美人曲·續思美人曲·將進酒詞, 盛行於世. 他如水月亭歌·歷代歌·關山別曲·古別離曲·南征歌之類甚多. 余亦有朝天前後二曲, 亦戲耳.

이수광(李睟光)의 『지봉유설(支峯類說)』 권 14

백광홍은 호남 사람이다. 평안평사가 되어 풍정(風情)을 절제하지 않고 영변의 기생을 아꼈다. 병으로 인해 체직되어 돌아온 뒤에 관서로

놀러가는 사람을 전송하는 시에서, "백상루(百祥樓) 아래에 그대 가서
물어보면, 아가씨 중 응당 몽강남(夢江南)이 있으리라."라고 하였다. 얼
마 못 가서 세상을 떴다. 대저 뜻 높은 선비로 여자에게 마음을 빼앗
겨 돌아봄이 이와 같았으니, "십년에 한번 양주 꿈을 깨었네"라고 한
것과 또한 다르다 하겠다. 지금도 관서의 기생들은 그 풍류를 사모하
여 반드시 백서기(白書記) 백서기라고 한다고 한다. 시 속에 '계(笄)'자가
마땅치 않다.

白光弘湖南人. 爲平安評事, 風情不節, 眷寧邊妓. 因病遞還後, 送
人遊關西詩曰: "君到百祥樓下問, 笄中應有夢江南." 未久而卒. 夫以
不羈之士, 而惑於尤物, 捲捲若此, 與"十年一覺楊州夢"者亦異矣. 至
今關西妓生, 慕其風流, 必曰'白書記, 白書記'云. 詩中笄字未穩.

홍만종(洪萬宗, 1643~1725)의 『순오지(旬五志)』 권하

「관서별곡」은 기봉 백광홍이 지은 것이다. 공이 평안평사가 되었을
때, 강산의 아름다움을 두루 다니면서 중국과 우리나라의 사이를 찾아
보았다. 관서 땅의 아름다움을 한 편에 쏟아냈다.

關西別曲, 岐峯白光弘所製. 公爲平安評事, 歷遍江山之美, 聘望夷
夏之交. 關西佳麗, 寫出於一詞.

『국조인물지(國朝人物志)』

일찍이 일재 이항의 문하에서 수업을 받아, 우반(愚磻) 허진동(許震童)과 이름이 나란하였다(『청구만집(靑邱漫輯)』).

嘗受業于一齋李恒之門, 與愚磻許震童齊名.

『조선왕조실록』 선조 22년 12월 1일 기사

송익필이 처음에 시명이 있어, 이산해(李山海)·최경창(崔慶昌)·백광홍(白光弘)·최립(崔岦)·이순인(李純仁)·윤탁연(尹卓然)·하응림(河應臨) 등과 함께 팔문장(八文章)으로 불리었다.

宋翼弼初有詩名, 與李山海·崔慶昌·白光弘·崔岦·李純仁·尹卓然·河應臨, 號爲八文章.

岐峯集序

岐峯集者故平安醉事白公所著也 國朝文明之
運不暢於 明宣之際碩儒鉅匠蔚然倬彼彬彬乎
比伻中華予斯時也白氏四從昆弟幷出一家以文
章名而岐峯尤傑蔚然百家之英華凡所以形諸諷
經之根柢咀嚼百家之英華凡所以形諸諷詠接武六
乎天性之正發於人聲之精而能接武三百篇之後
不以剗削淸膚爲奇而專以渾淳典雅爲法有非記誦
詞章之士所可企及者信乎有德者必有言也世之
善鳴者指不勝僂而艷公之名誦公之詩片字隻句

於嘯詠擊撞之歌曲如齊蓮松川石川羣賢郵筒
相傳有闗西唱酬錄秩未滿上章乞還中道而卒西
民間之巷異師友莫不悼惜所著述甚富而盡逸於
兵燹搶取其斷爛者未成卷帙是可以一臠而知全
鼎也何以多爲哉夫君子之言貴乎有本非苟
韻也樂昔盛時窟閭閻巷之
民皆能爲詩其詩皆由祖仁義足以爲世法詎若後
世學者口投指畫之淺爲先王道德之漠禮樂之教
漸於心志而見於四體發於言語而形於文辭不自
知其臻於盛美也近世操觚之士窮日夜之功而摸

擬傚嚬言彌工而理彌失力彌勞而意彌遠以其無本
也公生長法拂能求人君于性情之正道德之美
以徙其身其行醇如此以形于詩其詞粹如也是所
云有本者如斯歟宜其玉珮瓊琚大放厥聲以暢國
家之盛而厄於短造圃充其志業可倡爲本非
哉徃哲有云不藉乎爵位之隆而成文者文之善之
也不藉乎公後孫河鎭圭祥爰謀鋟梓牸其承遠謂不俟
以幷卷之文不傆雍祐垂苑凡以文爲屬者必圖開
謂乎公後孫河鎭苦戀不休編歲其鴒先之誠且既懇銘
而力拒河鎭苦戀不休編歲其鴒先之誠且既懇銘

拜平安評事以拯濟西民爲已任愛君憂邊之忠發
以多至賦居魁 賜選證一部除翰林讀書湖堂及
又大闌投弘文正字 明廟試湖南儒文臣于泮宮公
功西高峯栗谷諸賢託道義之契力究性理之書於
河西高峯栗谷諸賢託道義之契力究性理之書於
民陶鑄鍊批躋一世太平也哉遂受學于李一齋君
若要進取從事摭難元元竊羍何所藉手堯舜君
專心向學雅言士之讀書將以爲已而措諸實行也
篤於砥礪豈非所謂探華而遺實者耶公天資近道
駢脇警金石寶之如琬琰但知其工於藻纈不知其

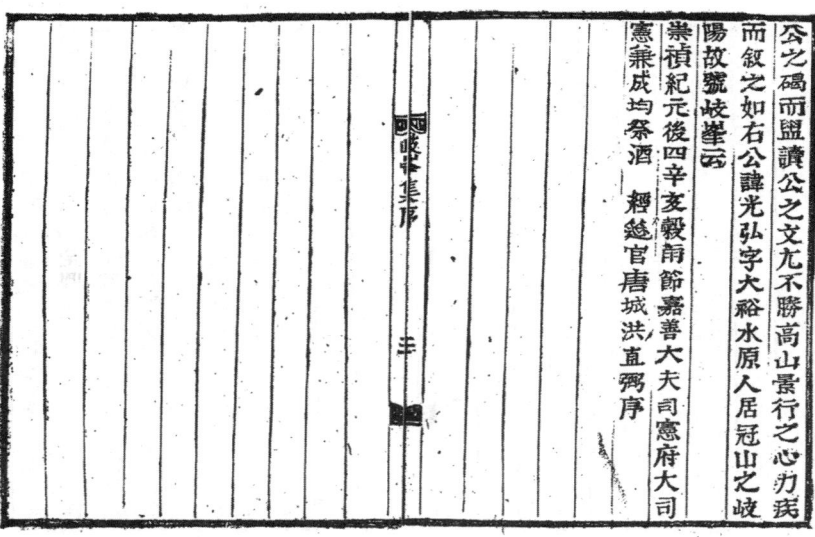

公之碣而盟讀公之文尤不勝高山景行之心切矣
而叙之如右公諱光弘字大裕水原人居冠山之岐
陽故號岐峯云
崇禎紀元後四辛亥穀雨節嘉善大夫司憲府大司
憲兼成均祭酒　杞溪官唐城洪直弼序

岐峯集序

余自齠齔嘗聞吾宗岐峯玉峯崑難兄弟而獨悵夫
玉峯之文章也筆法也人無不知而岐峯則知之者
尠意以爲玉峯優矣近者其族孫鎭恒袖示岐峯遺
稿一冊余盥手而敬讀之其文章溫雅純正當時諸
賢之補道而期待之者又極其盛始知前所聞爲不
爽也蓋公少而受業於李一齋之門一齋首以居敬
窮理爲入學之方而又贈詩以勉之公於是沉潛性
理之源探賾紬傳之奧而聲名遂藉然矣乃從河西
高峯栗谷三先生爲道義之交又與鄭松江梁松川
崔孤竹李青蓮林石川諸公相往復酬唱焉是故公
之名多見於諸賢集中苟非公所存者淺則諸賢之
所交遊而奬許者豈如是乎公生於
嘉靖壬午已
酉中司馬兩試壬于逕文科乙卯爲平安道評事丙
辰卒享年機三十五嗚呼公自少能詩工隸與其弟
風岑光顏玉峯光勳從弟東溪光城讀書于岐岑之
下世稱白氏四文章而公則年壽不永位且未顯未
克有所施措而子孫又零替凡公言行文墨之可傳
者皆散佚不收殘駁幾乎盡失今此殘香剩馥烏
鎭恒之所裒輯而且懼其愈久而愈滅也將謀入梓

要余序之詩凡一百九篇賦八篇此不曾存十一於
千百而亦可以一臠知全鼎也耶公諱光弘字大裕
岐峯其貌也公與吾同祖政堂文學諱天藏其源則
一也今於鎮恒之託義不敢辭鎮恒即貞海君諱蕃
長之後於公爲勞喬云

嘉善大夫刑曹參判兼同知義禁
庶尹五衛都摠府副摠管白師謹撰

岐峯集序

歧峯集卷之一

賦長篇

天行健

倚玄渾之冲漠㝵運用之不竆寔主宰者在中貫一
理乎始終廓少頃之或息偉厥行之至健玩羲經而
竆象嗟潜在夫微顯幹二儀之安機叙四德之㷉燮
兆生生於復元彰化於恭享蕭收實於用利獻燮
固於幹貞貞終元始而發靜枯槁闢落
之互代晝夜晦明之迭更歲功之得咸敦於穡而不已
暫頃䓢化青之盡道懋歲功之得咸敦於穡而不已

諒不外乎其賊顧吾人之性衷盡用功輟矢美者
子之惟一怛夕惕而乾乾操此心而不失要力行而
極到於放雞於人關厥本焉於中道八宴息於卿晦
靜以存夫一本出不恃於朝晝動以察夫萬散於卿閒
道之莫及懲戒懼之若臨體三德而時克順舒陽而
愉陰充四端而善擴驗五行之變通期悠久而無疆
依斅之敢恭加體立而用行致之有本敬猷所以
諒之極效與天地乎同大然力行之有本敬猷所以
直內仰前聖之篤恭於咸體此而自強欽就於發受
誠之極效與天地乎同大然力行之有本敬猷所以
美咸一於訓王文純亦而丕顯武敬承而允迪茲皆

則天之行健徹上下而合德懿遊者於川上而不知老
之將至敎焉爲仁於門弟必頻沛而造次信爲學之先
務敢小子之岡晶庶夙夜而服膺期循循而有得
之所依亦小人之所非行旣速於置郵誕無遠而不
屆之惟德總萬善普而輔轕亦有三而有六粉旣克
不器之惟德總萬善普而輔轕亦有三而有六粉旣克
自西而自東制非借於軒軺行不資於膏脂而君子
精之極盛固爾與之任重通可遠而在茲旹無碍於
廊圓高而方厚有景行之勞猗猿一輿之由是萬
令名德之與

運動間軹與潜爲誰實有斐之在畫務修身而外誠善
莫己知焉不思常兢兢於倚衡積和順而外暢達
其車之旣載無不利於攸往聞于家方達于邦輿也
不疾而速近者來今遠者悅往也無爲而格昭哉洋
溢中夏大夫施及蠻貊是有德而有名乃美乃能
勝翅芳轍於往劇卓鬼蕩之難稱嘉三王之允迪貢
于輻而屢顧誠一世之欣欣熙熙無窮之鴻號奈何平
而助乎寧陳隋之陰雨僅小行於漢宋胥背實而務
輾之旣曷東吁塞而不承權與德不逮而臭載將此
名將大車令塵霾顧茲敦與之誰憎德不德之在人我

恩古芳鄭之僑號斯言之有倫霄晉事分反初服冀
允陷而濬遂朝優遊於廣居夕覬翔於大道指聖域
而爲期絡無輸乎我貳然可耻乎邊情熙遵養而時
晦

德法御民之具

彼之有道施仁慈而澤下守常典而立政布乃德之
念蒼生之仰賴顧民喦之難保喦在己之當修捄制
宅師必於是乎先懋臨舉普之元撫萬機之庶務
法而可制猗二者之儉用實御民之晨具故詎辟之
揣民心之好惡覽元后之洽體孰非德而用懷孰非
期終始之惟一日遇種以敬典廊恩信而旁達儻準
則之昭揭寘施用之各當歟冈惢而闇厲曰是羹以
是訓要會極以歸固德盛而法明曠觀德而不牽
紛而服以敬懷翁眾志之有定舉自我之菩教敢越
厭而千政無遠邇迤之咸化蔼颩動乎四境兹德法之
實效孰執是而能御然而本末之有分豈非俊之
倘外德而徒法噬政紊而民擾當奮導以禮義又制
之而立教昔二帝之執中謂克明以咸熙懿於變以
時雍自不犯乎有司美三代之善御亦體德而用法

民育懷而晉民醫徒人以迪吉德四海之咸仰法萬
古而作式嘗明堂之既踐紛世道之日替德漸衰以
漸函法愈滋以愈甭樊痛衡石之嚴劖悟青苗之變亂
肆減德而依威詆洽道之足莫幸河清乎千一偉當
朕明良既允協于成德舜由乎菩章蕭聲教之
治著儆典刑之昭垂民路舞於德化孰淫用乎罪夔
施之得宜頑聖上之念簡貫正以命宅象秋民之
斷法體春和以宣德耆唐虞於海東永民生之充殖
重曰民生有欲惟启統盍以德感心以法定志德當
爲體法當爲用或慶其一莫能御衆敢哉有土在當
兼盡以德行法惟明克允

五穀種之美

伊造化之多端萬種之繁殖紛以苗而以實咸有
頼於民食脫精糲之有殊莫五穀之種美倏種之
誕降鍾成王之和氣旣方苞於樹藝實函活於耘籽
真雨澤而滋棧洽霜露而登穀民是刈而是種光或
春而或揄美氣色之大寶又吉顬而爲糯供等享於祖考
民腹固養生之大寶又吉顬而爲糯供等享於祖考
兹穀中之至寶孰他種之與比噫五者之爲實諒實

栗之所致偽人力之未至俾免荒穢而靡熟雖美種以
何用及莠稗之不若是厭味之難得在治功之何如
酒醴理以歐論此反吾身以求諸仁道之至大亦丹
田之美穀稙此仁之善暢慇賑之美善埴土之
博厚淵智水之決游博之不辨雜憶美而厥本之
心之全德然格致之有由諒純熟以自得苟厥本一
竟事親以為底害致之無實之有實之不辨得秋富
不立又底然格致之無實之有由諒無實之間身彼
肆以萬行躬力為而有秋富仁之間彼彼哉

藝農合其田而不耘唯善耕之牲亡耡耜耡貫之
乃穀之不熟糠秕而不畏曰食賤之好仁變美
穀於方寸滋夜氣之滋潤日涵養其根本薰華實之
農客焉日至乎將用初關關於尊帱又博晚而溥衆
熙然目我歲曰百種之美美種宅不實而溥衆
頃少頃之或忽犹犹我田之無微恐美種宅不貴糊仁
熊而目戕之不熟美者不美仁之是慎降

富貴在天

雖間教之無不熟美式禮前訓爲不篤恭
華貴穀之不熟美者不美仁之是慎降
赫帝盟之孔眷誰敷命於下土東端之藏吾與降

映與神佑悟富貴之在天感前修之格諒諒不可乎
姿爲豈人謀之爲得猗二者之輝世固衆情之感利
大四海與侯國小萬鍾及千駟儼名位之尊顯而辭
土之重厚尊觀瞻於衆望華聞舉於宇宙事無求而
不就誠綽綽乎有裕斯旣富而且貴執不志乎歆此
脈分命之已定誹倖得而冒取侶在已之克修倍彼
與之自至或前貪而後富有菲賤自飯糗而茹草
使然亮在上之攸致被診衣而取旣華自飯糗而茹草
三湯聘於莘耕位叟師之師保此豈有心圖冀冀之
致而自黙齕聖哲之知命惟終始乎聽天無汲汲於

孝悌

謀利不藏賤於守貪孔誹命於衛卿孟嘗違於齊人
不可求於就頹寧鑽穴乎趨盒何彼哉之惑惑每會
智而撤符紛蠅營而狗苟冈居易而侯命慕委吾之
金多勞焉生之鞾鋏是目昧夫大任天莫利心之兑嬌
若有人兮天涯處江湖其幾年順自然而宴如仰高
躕於前賞樂不改乎屢空背操悲乎齊門彼不義而
富貴其於我乎浮雲保曰高不可求吾又何求貴不
可謀吾又何謀不求順天所爲愼不足愛賤不
忒悲濱熙廡堂風光月霽吾誰恃乎有皇上帝

惟人生受天地之中莫不有本然之善性亦四德五
常猗歟懿叙乎百行伊良知良能之發見曰孝曰悌
之最切根性中之固有暢然之合則用各原於天
心罔不自厭初生肇性彼孩提而及長咸知愛親與發
長識其端之不遠在日用之昭明養致樂兮病致憂
實自發於中誠兄之臂方不可綰回人人之常情夫
豈勉強而爲之可見天理之自然出八乎在效反諸身
人道之所先美君子之務本之根柢諒
而皆誠盡職分之當爲心不失其赤予錄育典夫愛
敬天而繼盡志述事小而溫凊定省皆徇其行方後長服

岐峯集卷之一

其勞於有事無不竭力而極誠肩一心於移始老吾
老而及人之老仁之道由是而擴充長而自我
長之義之用豈越乎此中斯本立而道生豈民德之
歸厚事豈止於修身誕厥用之是富家齊國治天下
平大哉推化之極功偉哉惇之慈德是衆善之餘宗
建中建極位天育物執本於斯道若稽古之聖賢
感迴此而洪荒大羹之允恭五典克從蕩蕩巍巍厭德
彝名立愛惟親立敬惟長商訓之所以進誠永言孝
重華之濬哲文明惇懲而五典克敬哉式奉修其
人紀立愛惟親立敬惟長商訓之所以進誠永言孝

思孝思惟則周詩之所以稱譽茲皆率性而立教亦
越上行而下效民咸興孝而興悌奔走事厥長厥考
奈何世衰而教墜而俗壞夫謂斯道高遠難
行昧在易而在邇或父子至於相夷翹桑梓之敬止
夫不克恭乎厥兄弟曰折枝之不能慚民義之民亂子
宜君子職悅斯弘恩斯勤斯憲性善言必補乎長孝悌
八則孝存出則悌夫子之教斯民性善言必補乎長孝
長孟氏之訓於當世耘耔者之薄哀叩原壞我不遑
縱厥教未能化俗依萬民之成憲顧我人之秉彝蓋
懍懍乎立誠身而悅親又恭已而事長然民興

岐峯集卷之二

必待文王自躬行之在上奉恩孝亏接思恭既允
之協于彼固有乎是心舉咸慕而率化孰此道之能
盡樂我聖之孝洽無教逸欲有邪敕五典而丕示若
有臣身斷斷教已成於在家忠移君亏順移長王若
曰惟汝子嘉惟爾令德奉恭克施有政底可績斯可
以得民觀化往哉南國是式歌采蘩有渰凊之中行者
讀路於四野書生之山海布衣恨厥身修焉幾夙夜
老言親兮豈吾誠悌吾長母盡吾敬操此心而濬造
期不懈兮於俄頃藥斯二者悶可已其爲人也君子教
民順兮教民睦庶幾無負於化理

會朝淸明

原世道之淸濁係君德之薄德荀聖人之撥亂莫雖
曀而今霽想會朝之淸明嘉武功之著定當玄鳥之
運託慨懷獨夫之昏政日酗酒而冒德誕惟縱其淫逸
民蠹傷於虐焰帝不蔮夫獮德時周王之靈承任諛
殘之盃責懟四海之毒痛慈貫盈之罪愆不敢閉乎
天威況民後之方極誓桓桓之虎士甲之朝于征商
曰旄一揮於牧野懿我武之倔揚彼顏族之不懚人
矢野之如林然離心而相逐兵既制於不血奄大定于
不可爲衆亂倒戈而相逐

披雲集卷之二　九

一戎赫宇宙之淸明尙一朝之未榮幾日不關夫天
麗荒殷郊而昏督今大滌乎一舉注洗兵之神雨爾
掃氛之烈風廓開天之白日偉爽伐之神武耿光灼
于四域噬上帝之赫臨覽民德而順迪世靈於昏
濁假有命而撥亂昔夏禁之昏德陷生靈於塗炭春
成湯之日新俾爽師而革上撫遠邦而輯寧天下焉
之一淸故厥孫之肆暴致寰宇之無寧王之一
掃實于湯之有光寔天顧之克謀光顯丕于無疆仰
聖德而載歌歌曰牧野洋洋駟驪彭
彭奉天討罪威風震飄昔時殷天毒霧重燦今日朝

明室南新沐蕭染疚俗咸與惟新四海一秋萬里無

冬至　十四韻　王臣
嘉靖壬子輕科其年十一月上合橫朋
賦于泮宮公以此賦居魁　御陽

麈自西自東附大邑周於離斯年受天之休
惟乾坤定位乎上下二氣往來而纛鑰效有消而必
長亦既剝而乃復窮四時之錯行竊劍歲此冬至際
衆陰之發仁一陽之兆始律黃鐘之應節星斗柄飛
乾心之發仁漸坤輞之升氣彙衆萌
走建于日行極於南斗月御貞於黑道馥六管之飛
灰景一線兮添稍玄冥之地感始來師之讓事端

披雲集卷之二　十

之生意芸始芽守荔將挺首萬卉而逆候柳思舒兮
梅欲綻咸就新而替舊雷蟄動於圜丘奏雲和之
遠響王佩趨於紫殿賀君道之益長斯一歲之歷
元日三百之是初噓天地之交泰兩儀其升降陰
始孽於夏至十月之爻極壯互上下之固閉陽和幾
乎剝喪熙碩果之不食聯一脉於一夜噓微焰於寒
爐起蟄伏於陰錯二之日母漸陽越春三之和照哲
發生而長養萬元氣之流布誕諸陽之著散原權輿
之日是偉天心之於穆信行健而不已感消長之有
歡悟義理之無窮惟人具此健順配乾元於性中鑿

物累之交歆鮮不至於牲亡竊陰凝閉於心天慾漲
氷沍於方塘然虛靈之本然尚一端之不滅乘夜氣
而善萌見八并而怵惕兹心上之至日盡反身而省
天下而有餘觸一理而善保豈牛山之濯如竟條暢而四達先
之極否洇淹而昏塞紛陰纇之用事愒於邦國當世道
陽和之可回致陽生之一始昌陰開一瞬於十寒庶
涼時有人其挺起稟正氣之純綱開一瞬於十寒庶
子之類進方回陽步於明昌陰開諒天人之一揆盍是則君
於彼此肆先王之謹始每閉關於是日毅順時而撫

岐峯集卷之一　十一

事成歲功而不忒碩聖上之體元敷就乾而夕惕峻察
進退於羲易法欽若於帝典念一心之操存明峻德
乎勉勉微臣亦黽勉昌辰欣陽德之昭融嘉履長而納
慶須庸衢之祥風

蓬萊山辭

若有人兮　美要渺兮好修帶長鋏兮陸離冠
師奄兮草木間攀蒼崖兮拾壤英漱冷泉兮飛流恩
林奄兮佩琳瑯超塵埃兮高舉涉蓬萊兮仙丘命雷
余先道兮風伯翩翩其馭輈路余崎嶇兮百轉雷
夫君兮不來舊攜雷兮山之幽山中兮　　琅玕

白石團團　中洲白露忽兮夜下余思芳兮悠薄
言兮操芝芳菲菲兮未休沐余髮方　　捐余佩兮
夷猶　母徹重齎望佳期兮天一頭引雲鶴兮越
嶠泣潛遊兮靈湫鳳翼其來兮誰一聞兮越
酌流霞兮泛靈湫喚羽人兮與之相酬王喬為余而
起舞方兮安為余而長歌吾今青鳥兮飛騰邅王母
世与騫其方華白雲兮山陵曲未終兮為余一噯然
芳與雲之阿衣芙蓉兮披委蛇兮雲車載芙兮邅然
母雲之阿衣芙蓉兮披委蛇兮雲車載芙兮一墜人
萬古兮悠悠塊獨處兮夫視欲與親方不可以　驕

岐峯集卷之一　十三

歡母保厭美從兮爾來兮忽聞近望不及兮雲溶溶匪
遷吾將往遊兮瑤之圃拜重華兮漱余襄世洪荒兮
既古民好惡歌兮不同山有棒兮濕雨苔　　邊邊
重華聞兮余歡歌兮操南薰兮奏簫韶
望蒼梧兮難招故鄉鄉兮攏隅川路長兮不可由涉
魂怳怳兮難招故鄉鄉兮攏隅川路長兮不可由涉
盻兮南望白雲兮浮湋日暖曖兮　　　　悵悢
吾將上訴乎天漢軼雷雨兮浮游靡蛟龍而梁津
令帝閽而開關及余餚之方壯時亦猶其未關怒乎

走而先後兮白玉樓兮珠欄干兮羲和而勿迫謂晷
辰而蕭班滴秋桂之淸露飛玉兔之霜毫剖愁肝余
盡白達下土之嗷嗷注銀潢之餘波洗濁世之紛囂
慶雲興芳甘露零祥鱗瑞羽兮王之郊歸來兮山中
烟霞無慈兮依依集女蘿兮爲帶製芰荷兮爲衣采
中阿兮芳杜若及英華之未衰夫人芳不可忘聊以
遺兮長思滄海浩瀚而無津聖浦芳愁人

懷山中兮可樂君胡爲兮不來

援北斗芳挹沉灩　　瑪彷徉以舒

岐峯集卷之一

岐峯集卷之二

詩五言絶句

思金河西 <small>名麟厚</small>

野日明沙鎭溪雲沉板津君歸問無慈有異玉川人
宿小蘿來 <small>在我哉</small>

藤蘿籠古逕麋鹿出堂壇八定僧無語塵慰海月寒
落日臺 <small>在小華來四休下</small>

海國通黃道崙八白波羲輪去無及獨立意如何
扶寧舘次志和韻贈文伯章 <small>二君志和黃川等</small>

蓬萊一秋望南海白雲邊見子聊相慰離懷已半年
松川今卽告無慈菊花村知我歸鄕爨淸諛又細論

百祥樓呈主人牧伯李先生

大醉先生酒香風上百祥三叉江邑迥八里雲葦岸
酬四美見寄 <small>金泉貞宇正叔調四渡來</small>

病中時撫劍幽意自難禁玉韻漸虛牝其如公慶噓
送韓士烟之安州

參橫峯頭瀑晴川江上樓悠悠一千里抱病送君遊
宿伐登浦映碧亭

畫王倚長劍一馬過窮荒慚愧皇陵古蔡隋未可詳
題缺

二疊山吐月來掛石門峯非鏡亦非柰千秋西復東

鳳山舘夜詠
五言四韻

又客退征遠今春亦未歸同雲漠漠古驛柳依依
兄弟分離苦妻兒寄托微驅馳何事業空懷故山薇

鐵瓮城贈朴御史君沃　名啓賢

千屯黃金寨重關白雪城佳人勸美酒御史灣嚴程
玉笛梅花弄瑤琴綠水傳寒窓病書記空讀養生經

野丘明江水千層蘋蔦花分罇應未夕去路却忘睡　名逴淑　同遂樹

岐峯集卷之一　十一

客久春將盡愁淡疑欲華鄉關何處是一笛晚風斜

昌城舘次方伯韻

西塞關防壯烟塵火不驚將軍幕賬墅客酔還醒
晚棹春波綠靑樓千夢成江湖如古國白烏兩邊輕

病卧義州淸心堂書懷

雖家三千里卧病䜩思親胡地風聲異邊眠面新
愁多難徧夢逾欲治身何事西江雨浪浪夜達晨

寄奉高應任趙燕二首

近古觀周君吾兄最少年墾都關百二故國路三千
支□歸昭代山河八短輓傳訊皆可質豈獨語音然

西關綿日月南國又兵戈笑我微官縛如君此別何

燕雲逶迆客夢邊鶴雜胡笳未遂晴川餞新愁倍舊痕
蕭寧舘聞喜呈主人先生

聞道征南將張皇十萬軍旌旗騰海甸號角動胡雲
盜賊全歸織乾坤暫雲氛邊臣創戒聖應重勞勤
題湄原柬軒

白雪黃金塞驅馳歲己殘胡於驚半夜鄉夢幾重山
水近琵琶曲峯尖國寺寒何時從事罷南海舞萊斑
酬四美見寄

早愗論文地依歸亦鮮方不違開亞聖於輴䡊前王

岐峯集卷之二　十三

漂泊風塵久驅馳關塞百事撚相坊
思親猶萬里況復病沉綿積雨蛙生竉空綠上壇
雲天愁秋眼歲月易馮頭遠古閭居子時傳伐木篇
病得浣溪狂過談舊仍步折袖寄四美韻
二首兼別四美南行

多謝盆城子顃來慰病懷曾三事　時山有楊時聽
一齋琴忽惹悲歡轉悠悠歲月深惜無蕆斗釀消鑙

伴君斜　消一
美君南嶺去兴茌白華臉秋色明霜稻漢聲雜玉琴
客遊惟病疾久鄉夢艶愁殘莫道詩心館心盃夜共斜

用前韻寄四美

獨憐四美老時清猶苦唫湘江八疊畫圖巷一張琴

銅雀風烟晚裁樹木淡病沉還枉絕愁思未能斟

思松潭

我聞松潭人一室繞雲石詩拾頭奇釀汲翦江碧

不見三黃梅人事悴愾我四君寄長懷間渚峯芳若

連珠亭曉酌次士魯韻

江亭晚色浄江樹雜篁野迥雲鋪白欄廬雨納凉

薰馨同慈萑婆華見鴛鴦大醉還分手秋山髮溟茫

望月明巷

絕磴超虛界危欄出碧書風霽常俯翹雲雨半空濟

迥夜月娥舞清秋王子蕭衎時駕白鳳捐佩掛林梢

用石川韻贈李君信

秋風吹去秋客路自扶笻馬寒波綵雲臺古木踈

贈別仲章

無家尋舊國有興訪君廬柿栗原頭酌山隂亦未如

西溪氷雪浄三夜好同襟蕙曉薰薰奧梧兩嘖嘖音

風期知在昔來往可從今凝睇亭山路青青萬竹林

舊國山河枉傷心客路中池臺荒草合歌聲斷烟空

兵部橋

岐室集卷之一

大醉千盃酒孤險一遞風鄉開已迢迢消息問燕鴻

次正叔韻

長唫無不可天地一書生喜遞迍迤面懽從舊識情

風流梅

西墻百十竿箇箇碧玉凉風標連雙梅麓影開舊歲

五書古詩

敬次石川先生梅竹堂韻

中有喜古予一堂靜焚香雪月瀉高懷綠靜開池傍

一餉亦可醉醉八無何鄉大呼竹林徒共卧西湖庄

翠調崢嶸桐盈耳乎洋遙當三千春奏我薰風堂

金子木寡合踽踽而凉凉擭件物外侶羅列堂之

原韻

徜竹君取其直梅兄發其香歲暮疾風起黃木皆

擭藏共篾鄉我亦寫陳峯其下

爲別庄大嘴摩天縱觀西大洋爽月訪君廬額

掃梅竹堂

代君沃題可愛神 名銀玉

皎潔蝶難尋層臺烟雪瞑頗爲花御史去去藥絕頂

昔日鐵危城今爲太華并芙蓉生其中銀綵綠玉柄

可愛不可掬千年鍊丹鼎

岐室集卷之一 五

次金夢彥韻

丁丁斧歌習習傷爾雅悠悠隔千載志士惟嘆吃
又敬與不挾誰能學晏軻逶逸喜與馬氣義繁戲畢
金君不俗者托懷云我可相逢海雲西泛愁秋菊下
遠追揖讓風君子其爭也高歌老龍起舞席轉雲慳
男兒貴事業巨幹期扶夏大醉欲分手山月上清樹
跛馬城東堤覺腸間江野山公大可笑拍手懶道左
有意結重遷東舍塞驢借

七言絶句

松京醉詠

蒲月臺邊把一盃半千基業笛聲哀誰人認聽當時
事宮殿荒凉原俱草萊

紫霞洞

宮城落日但荒烟驚眼繁華五百年悵惆誰從拚一
醉興亡欲問紫霞仙

過花潭

松岳山前駐客驂一樽相對憶悲談花潭人去空流
水宇宙悠悠執指南

浮碧樓

晚向綾羅泊畫船醉尋浮碧好風烟放遊尙絶從來

岐峯集卷之二　半

少夏有蓬萊降一仙

詠懷

故鄉花事一春遲盤薦櫻桃尙未歸忽憶小園新竹
長一驚微雨錦棚肥

送金亨彥丰赴燕京

昔別晴川江上舟綠楊芳草意悠悠祇今風物渾依
舊誰勸溪盃慰客愁

松京道中遇金精仲　二首　名香蕃

故國春淺客未歸夕陽難恨悄依依憑君莫問前朝
事樹老荒臺己百圖

俱是天涯客裏愁北關消息己前秋縱今又依關河

天水門

天水門前春日斜客程回首亂峯多英雄從古傷
地感向金陵喫酒跡

蕊秀山　二首

蕊秀山前醉裏過溪聲激激夢中多郵人解道雙碑
在卯馬登看日己斜

雲岡韋眞中朝傑海外雷名只短碑萬里齊油墓下
士夕陽孤館亦題詩

岐峯集卷之二　十

生陽館逢彦喜醉話夜半聞鐘二首

短笛三聲愁出塞孤燈還客簡吟詩令人却羨東軒
月醉弄梅花第一枝

俱是關河萬里身生陽館裏又逢春誰將怨笛驚三
夜落盡梅花未見人

臨鏡臺

晴川江上綠楊枝政是東風惱客時可笑綾羅賜語
別春風二月柳如綠

餞赴京之行于安州

東西漂泊我支離塞外同遊此一時臨鏡臺前蓮惜

臨鏡臺

巧斜陽裊裊不勝垂

代可愛衛君活

藥山從古風流地御史嚴程亦滯行一渡晴川消息
斷常時不道太無情

調子修

鐵甕城中摠客遊尋山暫欲慰羈愁羈君先醉禪房
酒未共行吟曰石洲

出山向熙川途中口號

西來無日不思鄉南國江湖夢裏長辜負一春花月
約何時歸卧縣陰凉

岐峯集卷之二 　八

題熙川南軒 朴燁賢居

嶮嶇江路入熙川風擺梨花客枕邊坐對香爐眞面
目似應嘲我未窮顚

見四仙立馬

昨下蓬萊第一峯輕縠猶帶綠雲容雙槳立馬梨花
下雪罷紅紗亂玉驄

鎮西樓贈趙君玉

一上高樓病眼明晼山飛雨隔林鳴頹看紅神雙雙
舞半世羈懷鐵甕城

浿江舟中別金彦喜鄭晉卿

青山如畫水連天醉把離盃思黯黯愛約仲秋明月
夜鍊光亭下泛樓船

岐陽送崔嘉運覲北審 名服倡

君行將比我將西千里秋風別恨迷會橫江南三夜
夢香爐伴鶴白雲捷

獨夜

鐵甕城高山日昏思親病客重陽魂夢天風吹鄧兒
笛落木蕭蕭蒲塞門

臨鏡臺曉晴贈金直卿趙君玉

山雲依壒露厄岑樓日新晴爽夕陰把酒異鄉須盡

岐峯集卷之二 　九

嶺南書不到鐵關淡

辟贈李子雲

一年病客黃金墨半夜愁憬自玉盃明日覇君尋雪

宿伐怪浦映碧亭 三首

一別悠悠塞外天黃碗白草古城邊英雄事去俱塵

土塲威壘勤胡天納款聲扁玉帳邊

將軍威壘勤胡天納款聲仙

平生喜作四方遊此日鑲懷井底蛙一到湖山回馬

朔州途中

苟長纓未係左賢頭

延坪門

東墩笑書生官味變

八嶺關頭人將灘夕陽羸馬朔風寒醉顏生覺重裘

戎裝弛發朔州城旗旆繽風劍戟明翌上延坪成晚

望胡山無歡眼前年

次樗公惟鄉山韻

一年將盡惜風燭光文家書臨未達安得覇君香穩

去愁懷剛遺諸藍夫

病次趙先生景陽韻

先生書贈聖賢言字字皆爲八道門年迫無聞胡亂

潜從今庶得定前跟

次子修見寄

窮邊抱病卧終朝少雄心漸藏豪墨眷初顏驚歲

改況思千里鶴添毛

原韻

門外青山暮復朝此閒虛老幾人豪來求曆日君

無用且取青銅點二毛

遂朴一初質正赴京

興嶺西邊八渡河

里四海車書秋一家

與君交契弟兄間病卧難壙遠別顏何慶異鄉客

夢夜寒還塞月臨闕

扶餘懷古

落花巖畔皐蘭寺云是千年故國墟往事日隨流水

去興亡惟有笛聲餘

宿古城村夢入中秋十五夜

秋風匹馬下江南千里關河思不堪政是一年明月

夜客應殘夢語喃喃

鳳棲樓贈靈應比丘

去年四月下南湖迦智雙峯但一盂又向高秋楓岳

去洋連北海看鵬圖

夜酌次叔韻

一斗論詩須百篇半壁踈竹月娟娟湖山南北相逢

晚擬到尊前爛爛頭

酬四美見寄

九陌紅塵車馬鬧鳳城宮闕裊雲邊如何四美亭申

老銅雀江波一釣船

偶題

晚翠集卷之二　十二

回首邊山四十里淸泉白石稻幽居薄田數頃桑麻

足歲聰同君一把鋤

元曉房（在扶安）

曾是懸崖海鶴巢千秋玉并碧苔饒坤靈迷我尋眞

路應惜效行未伐毛

慈氏巷（在扶安）

塞蘿緣壁下軟厄杖破鞋穿不覺疲慈氏堂中問前

路青林去此里三舍

青林菴（在扶安）

脫盡垂堂下澗天松杉失路轉茫然荒凉古寺殘僧

在任許詩裝次次儻

將遞題古青林

白石滄洲紅葉迷輕藜拂盡暮雲低攀桂舊桂欲誰

贈湖妙相思天水西

襲眞堂贈金菩卿伯仲

坐久淸軒景己移凉生偏逐雨過時殘紅萬片浮澄

鏡一抹秋光鎖小池

九日

何事重陽不在家澗西叢菊己黃花白衣竟日無人

到空樽龍山醉孟嘉

晚翠集卷之二　十三

千葉梅

灑盡江南雪意奢淡粧寒月影橫斜怕却詩翁嫌太

瘦故添千葉翠繁華

蘭曛曉露

蕭灑秋庭風露微幽蘭歲暮尙菲菲問渠政是無情

物騷客如何怨有違

西墻紫竹

百箇湘竿紫玉堅好爲詩老歲寒盟滿庭霜月蕭蕭

夜竹向牕頭聽鳳鳴

凝霜黃菊

不是棃花曾敵霜霜威亦自護孤芳墭從楚澤餐秋

夕合得東籬泛醉觴

源村小畦

日暮東津烟水迷數聲柔櫓逐晛鷺江商政賣紅鱗

名醞同連樯征古邑街村

繪意報家人渡白醒

題魏上舍軒

古城殘蝶半藤蘿房次餘民有幾家山岳不崩江海潤長生我欲問仙娥

溪南一路八松蘿逶迤召高軒似到家盡醉不辭雷

夜宿小梅香裏候嫦娥

次韻玉峯

題滿樹院　在昆陽

獅山之下虎溪倚滿樹高樓千夢長西臺看思消息斷却忘南國是吾鄉

有懷二首

月沈人散倡空臺一酌棃花是別盃若非他日恩情溥千里須頻八夢來

去年別楓葉秋江波今年別落花春山阿秋波杳杳卷山空楓葉落花知奈何

題崔孤竹扇

岐峯集卷之二

十四

關西名勝大江三處花亭駐客騁君到百祥樓下問碧巘應有夢江南

湖堂直中醉吟

蘸書堂畔月如弓醉脫身紗倚岸風十里江山輸一笛帆歸身在畫圖中

岐峯集卷之二

二五

岐峯集卷之三

七言四韻

觀獵

誰角三更勤鐵關將軍出獵翮風寒登山斬木蕁蹊

藉逐駃圍林萬口讙觀藝正宜時耀武張師端爲試

征戰廷前事業惟馳馬壝笑當年學孔顏

秋漲

父　水漲天空中滄海浩無邊人烟杳篆連蓮

島城闕參差接玉田清淺看來浮世遠盈虛索得靜

心玄蒼生促怨蕩禾稼日祝調元大有年

香爐普賢寺次彥喜韻

長劍歸來遍北郵香爐一岳最雄奇清粱碧玉看看

與細草瑤花簡簡詩山客引尊飛雨過江娥弄瑟夕

陽遲風流堪笑君先起醉後令人觸盡巵

又次彥喜

小雨前宵一陣晴朝來江水十分淸倚巖低樹緣雲

縈繞渚幽花照鏡明勝地朋遊塵事少異鄉驚語族

魂驚扶整直上香爐岳玉井源頭叟濯纓

滿浦受降亭次韻

愛降亭下塞江流叺月胡笳動客愁霜拂倚天工部

清源題李先生草亭

西塞雲山道路賒孤臣此地意如何草亭臨水機容

膝板屋依城小若蝸峽擁千天初見日庭寒四月未

生花驅馳我亦離家者萬里風沙鬢欲華

送洪壯元記室嶺北

鴨綠西流豆蒲東日頭峯上發源同區分箕斗星文

迥眼隔華夷地勢雄我已乘槎窮玉塞君令躍馬凌

雲中還來邊宸憂重須向天山早掛弓

壯遊曾勒燕然山上石歸耕五畒復何求

劍風高憑檻仲宣樓十年鉛槧真兒戲萬里旗庵是

聞開平四絕亭

亭近仙人藥竈烟香爐積翠半幃前雲林縹緲青溪

路笙轎依俙玉洞天遠客關河驚歲夢小隔尊酒慰

離愁歧陽未遂歸耕計鬢髮蕭踈己可憐

送金亭彥再赴燕京

年前質正今書狀重向燕雲四壯驟文物風謠曾歷

歷山河院驛獻依依周詳不獨中朝削領略應兼萬

國儀多病未能郊外送衷情惟在好來歸

送朴一初赴正京

龍灣曾上統軍亭松鴨山西指帝京憐我病孤鴻鵠

慈送君行過鳳凰城千秋鶴柱鳳古萬國鴉班日
月明別後莫令稀信使綠江春寂白鷗盟

戊申夏舍弟而粹信使避南州之癘遊于楞迦將還
又拜靈川於詩山因去罷之思詩以贈別時七

月之初也

兄弟相從久遠遊白雲南徽夢悠悠松杉篁楞枷
夏烟雨詩山齒茁秋爾近北堂催去意吾曹客館抱
蠻峯高樓明發而無緣愧顧炎途歎僕

次贈金昌齡

新秋風景又今年竟日憑闌思淰熙竹影蒲庭消似

水蓮花出鷦大如拏瑟亂雀嗍虫珠塵野輕雲院
雨牽贈句論拱惭硯在翌留歸辰夕陽前

次前賢韻示正叔士順

凉生晝日竹簷虚八望平堤十里餘閣筆廳詩真病
客駐牛荷轡盡農夫已知事豪農通否從古明賢有
憑舒歲晓倘然行刧志西江鷗路一來漁

尋三友堂不見主人書懷

遠客幽尋三友堂主人初出靜書床荷塘雨洗秋陰
亭竹塘瀛高牛葉原忽憶昔年歡意極不延今日別
憐長槎謔白髮琴粘唱曾禮梨園第一芳

春春緑江城愁殺人逼暮西山曹娟樹風雨蒲庭通天
楞烟火連行撲海潭梓暮舂黄埃四野船來一南八
東津將聽茶折穄松樹撥南蓬立遭許濃

題費相向書閣

四峯撐天殘殘肯長川曲岬桄朱臨嚴雲去蓋嵐生
烟涵兩暘初藥下塵此日鳥違聽勝賞何時愛石起

林圍山借茶經方邊譁笑我思詩亦壯生

立秋雪

甲子黃寅是立秋小槐看雲起凌漢連寒志忱礚花
鑓失地溝却萬思忽迷岸體准釧堆薑鵑漫漫溪
楊放絮均塵竹揚思逗折筋松已欲不勝身幾江
院滿院方鋪白玉菌藷樹堆桂輕避旭坪驚故巧

尋人起離樂杵茅香鷰龍閣珠宮剝朱下界一朝
原一垔道途圓靈少欸初遺寶鳳壁多才韻市珍
表瑞豐年先隴霖初寒黎原襄噎嗶江梅有信南枝
亞海客嫌花首壞灂上孤臨詩欸就山陰小雅興

方新淸響好取輕箤本凍臨溝癇灛襪巾香鷥鷯鴂

蒸豪筆暖斟鸚鵡凍唫唇晴尋梅運懷蒼腹自映翠
樽許鶴親標紲紃山河誇粉繪參差城闕耀珠銀生
不復爭妖態萬衆歸混一真印是玄冥除舊穢從
觀太昊布新仁炅猶獨詠幽蘭胸奈爾陵歟歕白屋貧

七言古詩

仲秋念六聘慈生辰有感書贈正叔

癸君今日獻壽憶高堂二人方康強妳妹具爾坐成
秋霜梅淡酒洌樂未央席上白日欣方長妖妳新蓉飛
調惡黃清歌妙舞爭館光功名富貴何足當君心此
行一家和氣生洋洋圍中芋果盤漿香蘢臍新蓉飛
日應無疆而我同歡忝酒湯醉餘感懷彌書騰凱颭
吹去秋山荒又離偏親在遠鄉臨鵡未御淚欲滂爲
君再賀拙詩章坐中亦有俉我暘落日烟雨邊山蒼

紫王桃贈金正叔

童男不返東遠蓮桃花開仙源仙人采食碧寶
杳千春可罥朱顏存誰將遺種落人間一株樹得君
家園初涼七月早早熟萬顆紫玉輝山村丫髫童子
進中盤團團新摘青枝繁磊磊來細嚼齒牙寒源坐
與梨棗論兼之玉漿數杯瀉十年可雪心煩究三山
何處嚥羽客玉洞真源飛夢魂

采薇歌

讀佛骨表

皇天降衷在下民精一大道無時虧周流磅礴萬萬
古炳如青天白日垂千載誰料有壁壘倡起譬說紛
多歧大唐中葉有憲宗再拜辟骨迎金坤昌黎大攻
韓尚書六經學問師仲尼精忠耿感神恩慷慨依
斯文已墜地君臣父子無倫變下恐天王萬來尊摺
其中國從於茲清晨陳疏拜丹闕道統一脉共扶持
誰知天高白日遠陰雨室竟前席間馬甍寂寞荒
路潮州遠去八千
山陰光陰忽忽驚一醫忠魂義魄今何之
知已無至今惟有瓊琚詞文如堯典舜典字
曲無歲鞋元功不下鄒孟氏之大張吾道期
盟手薈霧焚香一讀誓唔公之大名若元氣應
與吾道並兩儀此毫穎寫韡座傷擬諸湯盤朝暮規

歸來乎歸來乎歸陽山我幾山有薇薇亦強采
之還復歌我心不改商家天我豈可周之未采乘
有我薇采薇一曲殷山阿回首唐虞捜逝世不聞以
干戈成湯放桀于南巢嗚呼其如何

浴乎沂

我思四子侍夫子杏壇日和春風微善誘之餘且問
志爲邦學禮皆我遵悠然獨有黙也狂滕上毓瑟聲
且希肯懷瀲落鳳自得真與造化同其機遐思超度
事物外溪溪去水流于沂冠童六七與之同城南花
草久芳菲載欲清波潔我身風乎詠而吾將歸查渾
淨盡天理明靜觀萬物皆鳶鳳圜隱微涵泳道妙中洲
魚于躍鳶于飛氣象自與聖人合浩浩其天斯庶幾
喟然餘音尚起余景仰千載欣歸依至樂初無古今
異符向春流拂我衣

屋漏

入鬼關頭聖狂分一心戒忽由所守閒居或一念
邪紛黙眾欲來輻輳謹要在毋自欺內省須無愧
屋漏屋漏雖幽亦昭君子所以期十手十目紛指觀何況爾室莫顯處亦有鬼
神臨左右愧悔到處能踐形俯仰終無愧宇宙有鬼
不待言與勤闇然天德能自就爲已之功轉自寄內
省外寮無差德驀舜之道不外是精一從此相傳授
堪嗟的然日亡輩服然表德終難救忸怩豈獨屋漏
己同之生也同禽獸余亦千載誚之者屋漏庶求無

（天啟本集卷之二　七）

贅奧　詩酒戰

翩君雄居緒臣臺放浪長年事遊行春牯秋月醉醒
中珠宮貝席羅珍膳一自將軍天地埴破愁城志驕氣滿尤
酣醼自誇賢聖皆我用壺中天地埴聞有詩刺王朝
宅藝苑緗檢章句勤篆讐勘是非詭初去刺口朝
我恒沉涸悠黙齋恕期雪耻羞兵新靈襲揀遠歡伯
將雪首承命青州從事亦奕彥君曰嫈波龍無諢布
乃甲帳具乃餞叢爾詩王浮薄兒峭風弄月素輕賤
況今侮余罪不赦瀰其邑居俾澡轇鳌將遇寇奏膺
功啓乃沃胺窮歡冥臺食壺罷搥帳十和風大野吹
組縷靉肩戹酒安尼辭舞干戚紙相呼抖銀船皷
廳前行兵塵潰洞酒泉縣詩壇不溲但三版瑜盲以
鋪在一轉詩王方奏賓之趁以洽百禮邊豆踐尖頭
忽報有寇至我境庶盡爲吞噀王于興言集毫士普
告左右咸精鍊中山公子銳爾鋒鼟城墨客爲我先
律乃舒卷會稽生瘍宣州硯喬妷翹君亡家橐國皆
遠馼庾敗禮昏心面不徒漫潤亂天君若水火
茲讎又今匪苏恞厥罪貫盈盉我
儂我蘇舊染咸新苉此戰堂堂筆陣連青雲飛檄飄

（岐峯集卷之二　本）

颯忽如簫兵交鋒接在馳騁一場往復千百變乾旋
坤轉風雨走龍蜇虎蠼驚雷電山河盡蕩日月昏洪
纖勤楦咸貫穿長風劍舌草木偃醉鄉百里期席卷
斗宵之器誰敢當酒兵十千皆疲倦前徒倒戈血漂
鹵聽瑩視亂脣朗胸頭將軍猛氣變烱烈愁慷誰
來撥翹君出降若崩角頸肖接羅冠知免詩王乘典
氣肆橫麼雲欲顛眄呼來翹君數其罪汝懇從
前溢稻傳命祀茲孝父母自洗暎如何
使人大亂德悍盡作夜紛迷暎君歌夷歌歡凱蓬萊殿
體無骨嵬頹頹嘌詩王班師歌夷歌歡凱蓬萊殿

奉送石川接節關東

昆墦犬戎策勳勞桃林日月春光遍石卿後班墨落
卿歸老管城毛公儀蕭然文物舊戰場惟餘樽爵坐
吾聞秘志傳中州三山東海浮鰲頭泜泜弱水不可
渡悵望西峙幾許勞心眸誰知青丘學仙者飄然一枝窮
探遊瀛壺西峙是妙香方丈南紀柏頭流況滋楓岳
名關東雲烟香蓬萊宮標不與衆崒偏八萬四
千銀芙蓉墜余未晒于喬錫蓬萊夢想徒怵冲璅崖
王洞雪月明此時石川先生行先生風骨脫烟火前

身誤寫黃庭經胃吞二十八星癡眼空萬古人中英
文章自許屈宋壇風流胃後王謝班早年飛來采鳳凰
池玶玶玉珮嗚金鑾三朝光龍舊詞臣薄約幾許山
中人今秋海邑大蔴禾主命汝往蘇餞民枕藉才
可敵皇華千里其奈三年遷嘗將暫借山水窺前事
玉藻光增磨銅符不成向南湖繡荇纏依遊東鄰形
庭曉奉紫泥詔往裁汝諳天顏數郡門出羈幾兩駟
煌煌玉節輝煎途虛雲霞衣裳明月珮仙山八豐欣相
待蜚蜚四牡盡原隰且命鶴馭騰空外鸞簫鳳吹迭
先後青童皓叟爭奔走冷風戰袂上槎顛蟁仙競勸

龍巵酒華胥醉夢何其天罷哹痖搖桑樹佛祝海
息襄陽花落嶺山路螺蟺十二翠雲濤臨滄絕勝
南華大鵬篇孫登嘯時一聲遺響下瀟蒼瀟洵效
游赢爽不可極訪古又駕長風揭元帥臺前草自春
承卻湖上寒月明千秋囊石但孤亭四仙一去無消
第一秦松影落臺前蒲明沙處處海棠紅仙娥箇箇
出錦繡蒲肝精光上斜牛斗間東人爭誦鳳凰吟庚信
從古喧江關歸來蒲袖采風詩紫玉案前披琅玕玉三

生龍得美人愛貂纓髮千年歡丈夫行樂徂如此
覚必局東風塵裏安得東絹一萬疋與蓮花幕下
士畫出金剛白王貌迥曉演東萼陵島碧桃花下春
不老

讀史略

混沌一殼伊茫茫天開地闢肇三皇無為之治速凝
巢伏義炎帝而軒黃龍圖一自造書契日用制作燠
有章陽始陰終定律呂上乾下坤垂衣裳金天顓頊
恠琴一張春歸賞業不復開秋高九疑空蒼蒼下車

岐峯集卷之二 十一

泣喜感大禹鮮網改祝嘉成湯豐功茂德天亦佑八
百六十綿袛長肉山銅柱淫虐甚呼壁受不肯堂
竄虎陽條滅有夏焚死牧野亡大商岐周王斷鰲古
公祚爭之武成康王楚澤膠舟溺不返驪山烽火寒
甲光年輦東遷王室裏雞彼泰西周疆匡靈景悼
迨秦絕政夢陵地頹紀綱已夫將聖道莫容畏巨厄
慈陳絕顏綏橫擾壞七暴國天地損民悉極悼
一朝八虎口八荒弁括贏家冀木石福殂民悉極焚
祸慘吾道殘輪鞄臭沙丘臺素韋繫頸軹道衡
天與人歸沛上龍楚山沐猴徒強剛淺門劍舞壁一

雙埃下悲歌涙數行丗功積誰多韓信蕭何張
于房大哉文景普守成海內富庶民育旦如向武帝
惑妖誕長生迷術求遶遠柏仙掌露華冷茂陵荒
草風凄涼江南一夕黃霧塞漢鼎已為新盜藏春陵
日角帝室胄恢復大志膽嘗絲林新市起自附兵
鋒新向帝誰敢當昆陽城下虎豹彊漸臺碎骨宜其亡
扁王遺緒絕思漢己絲民竟壟喨喨繼者聞不
吝亡戚閹窒恣互相黨嗣諸賢生不辰對卷不覺我
滿湓人之云亡邢國瘵黃巾董賊粉陛梁鄭中老
軒瑞極淫圖天命恣射狼奕奕大耳起涿郡伏龍飛

岐峯集卷之二 十二

舞從飛孃燒船赤壁破摻兵仗鉞成都伐劉璋假令
帝壽延歡年鼎足可一臣萬方堪承安日已沈寒
落五丈寒星岦瞞鳥免止司馬屋杜預王藩俱才良
羊事忖塞忘遠謀盡去武備踈防長甫束門志跛
應清談滿朝樂老莊銅駝荊棘已發歎青衣行酒增
慨清談定鼎江表繁元帝委鹿賊藏成安康南北兵
縱欲喜隋煬一心復淫荒桃李里后走揚州玄齡
表與晉陽金戈大揮捕八紘九功舞袖風飄揚玄齡
如晦地佐凌烟功烈垂煌煌遶在房州六尺孤咄
嗟武后蓮花卽誅奸反正倡大義平王忠凜橫清霜

中宗肅宗及玄宗佚遊自怠戒苍苍桑羽衣霓裳變未
罷漁陽鼙鼓來未央路長西蜀翠華落馬嵬空
斷腸奉冊靈武伐李邪安史亂賊遺掃襄終南王氣
已蕭條絛屹干凍崔何不翔五李腥塵厭河洛甲馬管
中生異香黃袍一著點檢身麾崝嶸見邦之臧五星
聚奎文章盛庶與三代齊其輞瀲洛源通洙泗派紫
陽峯接泰山岡奈何金陵誤正學竟致國步之顏僵
痛夫皇天不佑宋姦徒輩出成痛癰完顏猾夏靮
禍蔡京童貫張邦昌比天雙蓋不復返南京幾日胡
廣強慷慨大理忠魂飛流離社稷殘誰將當時有斬

牧隱集卷之二　十三

不逞

海虞圖

創皮裒褒誅縶可詳紛紛末俗日愉薄常思聖代終
歷覽七八卷未畢瞭然十九代興亡余雖未能筆但
呼天命信靡常爲善惡紀懲永萬古流臭鳴
天地火貐沒大明日月還昭彰有德而得無德失
海沉洋洋群臣奔竄孰忠義惟見秀夫與天祥胡元
秦檜者我欲與之秋霜䇿兩日之瑞已烟滅龍舟大

秋蔥中流有氣忽昇霏半空紫赤形狀殊有如樓臺
出層霄晶光散射臨平鋪曲闌橫檻見明迷怳照閣
道超有無豊城劍氣豈堪比南山朝躋眞區區我謂
仙人好樓居瓊宮貝闕開蓬壺丹靑百丈耀日月海
天標緲連清都擬欲叩之謝此世攀緣神侶相招乎
驂雲駕風八無倪驚榍俯挑羲和烏俄然是氣忽崩
頹隨陰陽交作騰波滉盡看須臾如悅雄颜雖水居
乃䲛精呼鵬寨九萬翼歘天鰲道三山立東隅鯨
見眞嗚呼我是海䲔澄波吐氣豐促爾君會不
船元翺天吿我聞此語重歎嗟
然寒栗生肌膚回船來卧山中廬大觀壯懷誰肩吾
時時魂夢海天頭眼中樓閣依依乎人間萬事若拘
牽不得再往興長呼誰知我意卷疋萬里風
濤披拂來層樓宛舊見形慎纖悉明錨鈇長年掛壁
靜圖披來不須茫茫浮五湖三山十洲在何處敝悅人
世紛榮枯

牧隱集卷之二　十四

樓船下益州

大晉方隆渾一機吳王暴虐浮葵夏征討規摸在任
將王公神略孫吳亞受命一笑塑吳都壯氣直向牛

我昔扁舟泛滇渤蒼茫烟霧隨皋洪濤連天杳無
隙壽傾百尊吞東吳是時新晴玉宇高長風興爽

斗射晨江不是限南北順流行師天矯借樓船萬軸
壓江流吹儂剩得長風駕叱吒陽侯使為殿驅馮
夷叟前莚益州千艫未辭纜金陵癸月悲寒夜泛江
桴筏鎖皆無藉一朝征竣蒲其鄣錯旋飛渡爭相餉
可笑全吳百萬師奔竄蒼黃不自暇百年王業一朝
空遭談笑平吳歸故都晉屍戰馬鞭猶御驪人千貳
目遭傷呻臂壁炰暗噎一下樓船百勝俱得規模良
威振聲價俱吳家一敗何足哀吾室一盛衰劇毒漉
吳晉一覆轍萬古成江恨難漉

岐峯集卷之三

岐峯集卷之二　十五

岐峯集卷之二

詩山雜詠

甲辰四月奉送靈川
一鄉父老知我申吉在冠山今泰仁監來開斗印令行奔趨一
落竹院梅隐褸一身泰仁監來開斗印令行奔趨一
境民隨時啃質無不可倒屍冠山在時安新處球菲心
越眾見昔則可賀今則唶爭逼欲眠山月白今在
沙天不恋手撫桐絲草堂寂松鶴元非驚飄摟西
泰仁困藝燒塵埃恐嚬風姿古枳藜元非驚超鄉人
墾萬里長安杳人間得麥粉屈伸逕人驅喜超鄉人

又呈七律

怡儼客夢據征戰布穀處處催耕春江南弟子聲帶
者薄孫蘭芷春江清欣連翰林蕭顏邑城南梅竹催
哈呻馬首來自海南路三匝橫亭懷著露侘遊孤懷
湘水頭杜若姜蔓依古渡明光宮中招可還於泰不
夫民遽道弟子從今復何心顧聞賡載南風琴

汭陽江水深復淺

又呈七律

南中何處最清涼鳴鳳高亭遭一鄉樞立汭江魚鰲
背巂連師嶽桂杉香嵐粧石色前峯白鷺拂楊花遠
浦蒼鴞送靈川邐北路王孫原草斷離腸

甲辰六月十四日夜陪靈川先生翫月于蕤薝
亭用偕儻鸞凰棲棲韻

菁菁荷業大如盤池上高亭夏夜寒巳撒紛器公事
退夏將疎浩古詩看塞芳遠望風雲隔檻良吟宇
宙寬最是靜中清澈底梧桐霽月白圑圑

原韻
連珠山上月如盤草樹無風露氣寒千陣蒸雲渾
欲盡一堆鈴喋不須看年華翌覺仲秋勝客況誰
知此夜寬征旆又遶西海訪指尖將孥蟹螯圑

次李廣文君芳韻

來訪詩山日再寅浩吟池閣月升輪孤雲舊迹流
水畢父清琴抱古廬露藕憑風籬碧蕪烟楊拂地
青緇莫言亢旱民憂劇賴有仁侯德感神

原韻

天意明明最畏寅南樓無暇訊冰輪頗回造物輒
蓁手淨洗關河没馬塵沛澤大能絲萬姓歲功終
得祐千緡鐺堂此日分歆念一脉精誠解感神

公與胤讀書西軒侍僮持花一枝來兩葉新沃

金英又鮮熟視則菊也嗤菊之花必於秋霜而
夏月乃開信可惟也先生之寄豈無意焉各述

西澥事集卷之二

長篇古風幷二絶

瀲溪愛蓮菊豪端亭亭綠粲皆不俗先生一卧幾遲廻
山家雜幾日採盈掬今來詩山移所愛貪賞夜夜蓮
池月西階一簇亦多情所以夏雨金英綴冥冥天意
信難究回首一蔟調元手輕使先生欲歸去秋風巳
八山中酒
前多京洛樹皆華令夏邊城菊又龍無乃調元有遺
箇日重陽泛玉盃今何六月又孤開天情彭澤座
苦故遣秋風別院來

碩之開不獨嚴夏日爾之開不獨愛秋風夏日彈
霧燕悲冗凌霜容况乃庭前榴花若衿誇逞峰戲
蝶紛相從秋風一披掃葉千山空金英瀘爛蒲
東籬采采泛泛酒曲濃疎以殿羣花見詠薄陽翁
如何遠節序開此暑雨中孙芳亦可愛奈儞見折
于官僮栽蒔居士即三嗅香露流津滴秋蓄寄此
西軒一作盡無意欲與博物推與同愿儒無知守
章句論說早晚夫阿竊怛言呼童夏洗盡好馮水
檻看芙蓉

彭澤先生官酒濃開花何必待秋風爲憐水檻蓮

金南溪

香動遙彼墻西白日紅

曾聞不及重陽摘蕋意今當夏日開造物爾來多

好事妬香遲閣玉人盃

訪流觴臺 有故遊云

元之以五言絶句四首寄來遂步之以酬

瞋色坐江樹臨分客意難清詩重八手猶饗一堂蘭

故人在青山山深相見難閉圍自無事培養幾莖蘭

君今向雲水我自為情難秋風吹漢水相贈一叢蘭

但冠古山水相逢古人難我思在何所芳洲騫杜蘭

原韻

岐峯集卷之二　四　五

生死心期友相逢回亦難還慚將檽檪時復托杞芝
蘭

談笑多新舊忘道勢難還自從君子後如托一叢
蘭

欲識丈夫志須看任意歲寒知老栢幾谷見幽
蘭

雲鑄變態易金斷劇情難欲助同聲氣圍啡種杜
蘭

四美 安瑺 李詠韻 主人寄一絶於克齋 金城書 克齋

步其韻以酬之余亦錄懷演為四絶寄四美

君家小閣對絶南雪夜相尋興不淺記得神仙鑪畔

秋蕭然疑八白雲 庵安冬與僉判于訪四美

兩地標期隔北南海雲江樹思何堪遙知四美亭中

客靜養工夫熏晚庵

半年孤臥海天南洛路迢迢意可堪最是吾儕愁惄

處燕雲萬里送圭庵

先生琴鶴又湖南頁笈從遊攀未堪要有講論磋切

處盆城來自地藏庵

蓮塘暴雨

雷憾天翻雨脚橫圓荷萬葉一時聲裏騰鐵兩衝雲

風生晴來夏喜看池面碧氣又隨公事退秋凉旋晚

敬次靈川縣齋夜唫韻

陣噴薄鯨濤盪海城暑氣又隨公事退秋凉旋晚

早佩九畹蘭遠佇三湘客歲晚返故扅裳躡足水石

今胡簿領間劬勞至日夕孤雲誠可尚 遠

蓮池月夜聽琴 三首

照荷池夕孤懷有短琴 師所特 休論人世事且使酒

徜退常斅靖節琴故山松鶴思何禁江南弟子湯懷

頌斟

處北望雲烟九闋溪

閒寂三夏懷舊恣萬里天地聽荷蓋懷月懸桂香聲
舊壑懷方苦諦意夏圓冥機應馭曾彭澤本無絃
歆次靈川韻訪一蕃
碧樹疏篁擁小樓高談竟日醉心盃歷鑼又訪南村
老喜我荒磯帶月來
三友堂月夜小酌 夜十四 七絶五絶幷二首
三八蓮亭又是秋月明今夜夏邊留牛空笙天香
落擬訪仙娥上王樓
荷風熏醉客桂月留詩人最覺中宵興秋夫玉醴新
十五曉 先生行墨 贈禮

西坡集卷之二 北道

竟命南來自玉壟一心寧有暫忘時庭申四拜煌煌
燎海上春翰已欲飛
七月之望奉次洪高山世 名韻 第聽集韻二首
曉山雲盡月明時玉笛清茄次弟吹來日各分千萬
里高樓此會倘相思
野外羣山襯磬天暮烟秋樹遠相連琴歌興爛忘歸
去月湧滄溟入檻前
七月既望與諸君守會于菡萏亭設小酌奏琴
歌話舊 四首
曉山飛雨度池塘數曲瑤琴月八堂放筆仍大

醉夏看胃海洈浩汪洋
風雨前塘欲起波數叢疏竹奈桑何賴有靈川移醉
墨贈君歸去意偏多
此夕相逢若十年好懷開處又茶煎知君明日東歸
路白水青山興杳然
一曲纖歌綠綺琴白雲邊把月邊岑華簷此會偶詞
客筆斡詢高學壁萬尋
菡萏亭逢中倫懲舊二首仍賦姐
心懷千古後詩酒百年前一氣同天地相看各粲然
疏篁小池畔裳柳晚風前把酒相逢處開懷却坦照

西坡集卷之二 七

用三情字贈慶老
曾向西村問性情訪一番 聽間
說人間事二十年前最愴情
又占短律贈中倫
一見山齋暮倚然別後情林泉雲住寺烟樹浪州程
又占短律贈中倫 中倫下筆 遠歸狀訪南
半月思方苦斷亭喜夏迦相期他日話
次靈川韻送石川 二首
溪上迷盆城 橫將軍南
承命西歸玉堂客翻翻馹騎短長亭相逢即別暘
懷處檻外秋山漸藏靑

十年始見荊州面踈柳殘荷欲半秋聖主政須前席
對頗言行路莫淹留

敬次靈川長韻

我來詩山夏之半庭梧忽此秋風節客懷情思最不
塔又與石川先生別先生行色不可挽吟詩欲贈徒
悲咽艇中葡萄摘新蔓著下秋魚出丙穴池荷落盡
蒼竹踈山城古木千章列縱論欣副十年恩繾綣又
遒懷中就當今前席幾其人兩有慕談惟直舌須回
我世雍熙風須被我后皇王鞭策而浮之壯欲行先
生此日當施設男兒璧位是麗物蒼松可見千山雪

江南後學赤鵬搏將向金門我騎竊

念七賞外蓮池席上口號

秋懷不可寫晚步蓮堤上銀鱗研細膾旲促傾新釀
落日下西坡蒼茫平野望鄉思最苦處白雲南邊嶂

次先生病未赴會寄律求和

瞋色沉村樹烟迷遠野支新䄃香自好㲧鸐氣猶芳
詩興催官酒鄉情對落臧無心顧羨爾沙渚白鷗翔

念八訪一齋于西村次□齋韻

回薈黙慧杏壇上萬古餘音滌我私況　一齋申警
語從今佩服念玆玆

岐峯集卷之二十一
八

酒半口號用嵒韻

犬野前頭渡小溪一霎重訪古村西稌稏賣粟田家
竹樹蕭森處士懷金老呼來琴瑟奏全公　郎憨得
酒壼䙝相招男兒盡歡盆城去載向東郊共杖藜

七律贈慶老行

載酒南郊送君去曉風江笛不堪秋雲橫蔡嶺歸鷹
促日乗盆堂樂夏優紅蓼翠莎迷曲渚滯烟斜照帶
長洲忽忽未盡心中語握手重期漢水頭

仲秋初六贈別　重任忙之京

昔年楚山路風雪各分散聯轡祇三日不盡心中欵
爾來幾相思一氣通貫今日復邂逅詩山秋欲晚
北學悅周公陳良是楚產寒燈半夜話心事兩無間
薰薰一室蘭切切金可斷男兒有大節白雪蒼松歈
竹階翠猗猗橘亭香彌爛小子襲餘芳有餘等假餲
別君夏相期回舟同上漢

中秋念九曾于南峯聞汝佩彈琴　安遯韻聞汝

瞋色沉松石幽空自聽前漢醉歸路挾杖醹冷冷
日落谷先暗風來松可聽樽前詩盡會誰羨御泠泠

贈洪蓮峯

舊居連岳下我在岐山麓邇來多非張簫簫念我懷

岐峯集卷之二十一
九

今夕是何夕一室忻伴宿同傾燈下醒共煮山間蔌
危辭駕馬班馬壯氣壓顏牧確照放高歌琭珩鳴珮玉
展懷到盡夜飽聞芝蘭馥憫憫扶若得信如車有輀
况當春雨溪物色坐兩目江湖增綠波巖靄攢相盡
光景可共樂須君勿輕促
姑遲數日留東溪曾有卜寨衣踽澗石松間采赤
袱勝來且撥茗細流燒綿竹飲罷浴溪水引風倚
高木俛仰發長嘯欸欸情益熟終始顧勿鶴高山
仰高蹋行止聽天爲咢爲事局來勖余別樓思淸

篤曰三複　　　　　　石果溪

西坡集卷之三

關西名勝曲

乙卯余爲平安評事閱屢開防禦被論俗依關西曲必改其辭述之思

王命으로보내실시行裝을다사
러나라깁흔근심을다더지고延詔門나서
어드니歸心이살대갓다故鄕을思念호야碧蹄에
짜가마臨津에비러더天水院도라드니松京은故
國이라滿月臺도보기슬타黃岡이戰場되여荊棘
이지엇도다山川은依舊호되人傑은어대간고
硯을너머드러生陽館에쉬을불고金뎌시와와
重松亭노라오바려大同江바러보니十里波光과萬
重煙柳上下의어릐엇다春風이치ㅅ스ㅎ야盡船

음빗기보내綠衣紅裳빗기ㅅ자鐵纖玉手로綵
琴니위여皓齒丹唇으로ㅅ来蓮曲ㅂ무니太乙眞人
이蓮葉舟두고玉河水ㅅ노ㄷ텰데타王事麿
鹽瓮浦風景에ㅅ주浮碧樓
세솔나가니綾羅島芳草와錦繡山烟花는봄비ㅅ
자땅쑈다千年箕壤의太平文物읕어제롱보듯나
무止百祥樓에ㅅ나ㅎ자紅樓碧도ㅅ고山水도하인
衣쇠客興이엿더ㅅ홍臺도마ㅅ고山水도하인
마上止風月樓에佔셔여七星門도라드니細馬駃
蟄난壯홈도가이업다ㅎ을매決勝亭누머와鐵壁

西坡集卷之三

城도타드니連雲粉堞을百里에버려잇고天設重
崗을四面에밧첫도다四方巨陣과一國雄觀이八
道쉬爲頭로다梨園의맛피고杜鵑花못다진게管
中식無事커늘山水를보며서鸚山東臺에올
라壽奇눈을가니眼底雲天이一璧에無際로다白頭
山어린믈이香爐를잠고라千里를빗기흘러
므로도나옷形勝도라서나老龍이믜치치고海
門으로나다옷盤回屈曲하야鳳景이며在右의
크조지나가니縹約仙娥와嬋妍玉藝이
버려이셔거든고伽佛皷鳳笙籠管을부루거니나

岐峯集卷之二　二

새거니하뇨뇨싱은周穆王瑤臺上의西王母맛나바
雲曲브르닷닷西山에취게재고東嶺의들을아오
彩雲縈의半合嬌態호고盡쌋뜨고洛浦仙女
陽臺에니려와楚王을돌녀닛노옛시景도도커니와
遠慮山들이을요다甘棠召伯파細柳將軍의一時
同行호야江邊오다煌煌王節파倔彊
龍旗노長天을빗기지나碧山을넘겨서한다都南을
너머드버비고꼬을녀앗자雪寒지뒤에우고長白
山구머보니重岡複關을웁고로八萬擴挾녀略道
關까千里劍閣도이덩턴하던도

前行호고三千鐵騎로七擁後奔騰호니胡人部落이
望風披降호야白頭山나린믈의一陣도삽도다長
江의天塹인들地利로쑌자호며士馬精强호믄人
和섭시호울쏘냐時平無事호믄聖人之化로다留
奉도슈이가고山水도閒暇할제아녀을고서이믈
비受降亭의비셔여皇帝墓로뉘무덤고五臟古興懷
야盡코텨부어타鴨綠江건너가
皇城은녯細써이며胡地山川을歷歷히지서보니
참긔니뒤돗엇긔녯긔빌胡地連江列鎭을
니層巖絶壁보기도五토다九龍쏘의비를믜고統

岐峯集卷之二　三

軍亭의올나가니蜃樓은壯麗호야枕夏之交로
다帝鄕이어듸메오鳳凰城밧갓도다西歸호믜
시면好音이나볼셔五져千盂에大醉호야舞袖를
혈치니簿暮寒天의鼓笛聲이지괸다天高地迥
호고興盡悲來호니이슈의미소思親客淚노
졉도흘너모로믜라西邊을나보고返施蕱營호니
丈夫胃襟이제그녹라믜로다믜라形勝을記錄
호야　九重天의수로잇未火上達　天門호미라
鶴인들날나타나느느긔게形勝柱千年

岐峯集卷之四

岐峯集卷之五

附錄他詩文之可考者並傳之

初進學詩山時一齋先生贈四韻詩 詩山卷

天挺英才應有意勸君重立大規模仲尼補水洞源
永曾熙驗春活步愁博學研思須自得篤行臨處勝
工夫一朝洞會膂中裕湊合消融渾萬殊

關西評事時一齋荅書 乙卯八月日

欲窮理而己居敬則明膂自照窮理則萬理自通依
但未得從容叙別遙恨悒極惟照所索贈言居
穀寞山村芳織遠到蘇慰又受好弓庶可破寂尤喜
聖之道都在這箇四字須顚沛造次常必於是可
也行者昔忧未能悉阻艳之懷悠悠只此謹復

贈白正字 金河西

春山百花落莘有一枝紅寂寞茅簷下釅愁酒盡空
春光罶草屋醉欲爭紅予忘况疾其如雪蘂蓬
採蘭幽念起好去奉親觀蓼蓼坐無及經管萬事難
畏景當夫不可行征驂且待夕涼生今來不盡心中
語東閣黃花此迻君結盟 過檗山向詩山 甲寅五月日

東院西風此迻君玉川破屋數開雲南山野鶯聲河
事客酒盈觴我己釃

訪我炎天臥病時問君今向漢江涘悠悠歲月添霜
鬓少壯歡娛子自知
翠竹江村白沙故人來到故人家相逢蒲飲東城
酒一醉忘情字畫斜
落葉西風正字過黃花柚盡夕陽斜龍鍾未赴金華
名獨卧茅簷醉作家

關西贈別詩

瞻別白評事赴關西幕 並序乙卯仲暮

寧遷古之雲南郡統隸西方郡縣爲侯伯官 上慮
此州齊通我衆每遷重臣以爲節慶使又命賢士夫
以佐幕下其名威典禮悉與平壤蓍乙卯春吾友白
公大裕出慕是府余錫之諡贈行曰西方之民圉吾
文德中剴擾且久然煩俗頑嚚猜猋所及輒出悉言
若撫御非方必見其啓吾東方多福民不知戰幾
二百年夫近來邊塞有警將畋未息南北之民溝壑
是虞而邊將每玩兵良可嘅已嵩吾子壯者我時晦
以直爲壯雖有小寇無行無名不熙子路可與三事
何必好謀而成者乎武德之行淡有望於吾子吾於
子有一言朝廷所以重見郡守令者有之豈
或誤其人則不體朝廷所以重邊頓也而

非可耻之甚者乎吾子吾友也吾當平日觀其人金
相玉腸之一毫塵滓以其去知其來前輩之耻非吾
子雪之誰也西方有眼必南改觀者吳弟念往在族
館時物屢變壓雲之念應惜疇昔兄關西多古戰場
春夏之際羣芳競艷秋冬之交風物凄勁吾恐此時
傷吾子也惟君念之恨之
意外郊外之別遽乘事故未遂初心吞恨何極秋
以一律示情
好足承　恩杖劍行諸藩到處喜相迎氣如暘谷十
分益心似冰壺一樣清柳暗藥山春欲老花明朗野

岐峯集卷之三　　二十

雨初晴太平疆縣藥外肯要邊頭石堡城
　　　　　　　沿途古蹟五詠
國破山河草木愁半千王業默然攽祇今惟有天磨
月曾照當時歌舞樓　　　　　　　松都
平沙漠漠浩無垠鬼哭天陰畫亦聞駐馬應啁多少
恨昔人曾此沒三軍　　　　　　　棘城
滇水茫茫鎮遠城池從古壯金湯八條風俗餘箕
訓一代繁華但草萊　　　　　　　平壤
嗟息何入主此城彈丸能拒大唐兵英雄天子回龍
馭塞外空壘駐渾名　　　　　　　安市城

坐對香山引羽觴傷心千里塞江長夕陽樓畔東風
　　　　　　　　　　魯碧草殘花似故鄉
　　　　　　　　　　　　　南崖
　　　　　　　　　　　　百祥樓

次南崖韻奉送岐峯先生赴關西幕
二月關西壯士行風劍戟六藩迎杳爐峯望千重
捲陽綠江流一帶清長笛曉吹華閣迥紅粧春醉錦
趂晴幕中婉畫金湯敵何用防胡萬里城
明發關西萬里行驛亭花柳故爭迎旌遠拂香山
杳劍戟平臨鴨水清呈帝墓邊春草綠令威桂下暮
　　　　　　　　　　清河後學崔慶昌

岐峯集卷之三　　二十一

烟晴從知樽酒交遊少莫遣佳人唱渭城
醉次南崖韻寄岐峯先生行旆
　　　　　　　　　　　名驥失傳
松川征北子西行悄向交微折候迎讓把琴書休萬
事獨將身世休製清閒忙路心無異詩酒睛腸夜
夏晴恨別湯離徙硎硎官家方擬屹長城峓徽遊一
衣錦應須衣聚衣顏言持此送君歸單彩衫幅無窮
思魂夢邦堪夜夜飛
今日非不欲遠送于野因母氏失攝醫藥未遑悠
悠之抱益復無己伏頌行候安裕安裕

憐悅傷麟日還添別恨長依歸唉已遠相衰幸無荒

念苦塵埃裏親裾君子堂雪庭承警效蘭室襲芬芳

座上春初動噓邊夜未央講論周禮樂餘事漢文章

共汉千尋綆同遊戱仞墻禽孚添詔夏燕石愧琳琅

氣味炯無間衿期置兩忘貪交怪信義楊一眞唐

把臂披肝膽連床照肺腸道脈千潛伯文會計皇王

桂棹回芳渚江離結佩纕光吹玉宇霽月仲方塘

體物期相勉廛懷要筲匡珠酒聊自質金曜登爲祥

蚊負崇山重恩添解雨澇來燕叩近玉丹穴鳳鳴

追琴蕭松方茂橘柏槁未傷生翦人似王丹穴鳳

同榮逈暂名赫羹纏墨彭洲泉將素髮勳業際時

昌函丈常年益王庭此日揚延平曾有屬元晦夏增

光位青皆吾分縏綸貴自强君臣明大義夷除撥天

常俎豆雖嘗學戎兵亦未怪壯城須遣紆異數仞鎮西

羌筆下三軍掃脣中萬歲千域壯略分閫振天

綱寬猛宜相濟恩威各有當雄才兼將相襄倏巖

廊武穆邊籌客韓公廟藏廉兵徒戰代乘遠目棟

煎烽熄休征馬詩成鏘瀣囊諭驚落落珠玉燦煌

蕊鳳勳靑油帳氣消遍野桑來王兩階舞歸順一壺

壇泛綠依紅重蕫車婉童良贊宜愉瞭日泉石任膺

肯箕廟煙淡嶺檀君事杳茫虛簷承左右玉座炙蕉

黃方丈尋仙侶金華起石羊伴春雷舊塔隨意宿僧

房罷鹽思無斁勤王戒太康千金須自愛兩斧肯相

戕比斗塤回首南天幾里鄉詔旋知不久重奏戡

洋 維揚五十韻

旬月之間親星散老夫之懷益復無所籍在述

舊傷離不覺言之支離至此悃 足下取其意而

已可也敢塵仰塵 具眼耶

安四美

贈別白評事

韓合人間不可期才兼文武是男兒銓曹超腾名歸

重幕府僉評計出奇劍戟鳴時開起舞旋旗掃處醉

噓詩春風回首關西遠雲樹莊莊兩地思

一見心常慕中間信久踈官周三載辛契合兩情擔

書閣梅將籠離亭柳已舒歸輧催日暮惜別聖彌蹼

張彥厚

贈別白評事之關西幕依詩以代馬樋

大國無中策征胡慮賜藩斯人兩文武豪氣盖乾坤

斬虜春江赤揮旗海日昏橫行吾老夫午羽舞堯軒

林石川

贐送白同年赴關西幕下
已喜同蓮榜還觚枕院寮如何邊檄阻邅作別離遶
京洛春將半關河雪未消應知油幕下芳草恨難銷
　　　　　　　　　　月蓮(梓李言)

雄劍腰間躍長風筆下生遊知綏帶處小羌留名
　　　　　　　　　　龍門山人

謹寫二絕敢奉白先生西赴平安幕左
威鳳文明瑞朝陽正嗢嗢如何去岐下五羽驚關外
南濱有火鳥其羽三千丈孿擊屬何時風雲漢上放

岐峯集卷之二　　七

梅圃
上悤別實多
下絕別自述
乙卯八月日

奉贐岐峯重赴關西戎幕
會聞天下白記室霊雲端幾歲清塵臨中秋皓氣開
君忙馳驛路我病卧湖千吹帽臨佳節余冠爲子彈
　　　　　　　　　　河西

送白評事還西幕
西方婉晝憙中權壽節縅過驛騎翮鐵兔城高殿鎖
銷朱樓雨晴集神仙肚年樂事無妨健早日心工翠
著鞭多病自慚辭北幕襄邊霜線照銅鮮
　　　　　　　　　　松川

奉贐岐峯足下重赴關西戎幕
西關暫借綢繆假南國趨庭兵燹餘卧讎向來須勝
算歸韉再着肯虛徐
　　　　　　　　　　安四美

奉送岐峯還赴西幕
客遊千里兩悽然京洛相逢是別筵欲說悲懽恟未
得不堪秋思更邅綿
客裏無緣好把開相思今夜意悠哉黃雲古戍噞應
惱明月青樓夢幾迴別恨已闌遠水遠好音難見塞
滿來何時叓得晴川會醉倚盂樽極笑譁
　　　　　　　　　　橘埁子

岐峯集卷之三　　八

今史記難寫所思

送白郎廳歸朝
鐵兔城中萬里城元戎才量稱時名莾圖未試龍泉
老勁氣遙臨鳳水清肝膽百年天日照旌旗一去雪
山聲嫩金臺畔千條柳別後芳樽誰爲傾
　　　　　　　　　　林白湖

挽詞
天地無窮極山高叓水淡悠悠此生裏獨見伯牙心
　　　　　　　　　　松川梁應鼎

戌枫鳳重罹鳥策指亨側可忍關西湖窓經路下
風霜時忽改宇由我縷弥泗水他年恨柯墜禍自貼
念一曲闋西涙滿中纏

流水賓鼠昌
哥送李後屏

窓村烟花依舊色綾羅芳草空凝無孤墳
飽嚴程騰翰信相聞論才每喜斯文征中道不復子焉如今
晛任今出佃戎幕扶疾八月令未解共服臺評
還歸今喁日矣子之遊今不告乎朋就淹速之期其
語執今寄妻兒於千里兮胡不就别誰踏手足于季
今在南思親之淚别含懷啼寒燈菜韻蠶
聲子何忍暗聆兮兀不可生絶而復甦者非一若将
有所屬兮氣微不能言兮囝極長夜從兹不
非職候續今無人勤招其魂偃息今既久形不可關
乎返輿馬于故居神隨其來夫出昔以彩舞今叙固
乎夢寐髣髴庭趨今其容不改辭歸今局促飄乎焉

泊遊不有方兮莫知之東與之北子有道義今清修
雅操于之文章千古遺寶其秉心和平則人無惡
其桓性公直則士有表儀今不復有子兮吾安從之
人高于哭我哭斯時子來令下土豈無其期懵慄
隆之具兮任蒼生之不可以去令全其素
履自于子之在根荄兮余知其品夫兮外舍首長
切于立赤幟於正論善者倚以高重令聲伏不遑之
罂宣于銀持服令軀給榮茨號令不得終饗今執
禮罔廢本既立矣緒餘乎事業曾未施設今序人之
不淑茫茫者難知兮惟命之故懷罷違而驅馳阻

收峯集卷之二 十

遺像贊

芳安得不滂搖其心腑永迺毓薔之末已不自得兮
況不審備乎風土人多說以病君方殊不知其命
尊我之同年生方又說慕之有宰欲柩聽君令愧賞
識之不似感荷提斃以勉勵令義不忝子音容承隔
其溫溫羔不莊其懰毒子焉如方使哉臨風而鳴咽

宗師一嚮唱世文章學有淵源提挈維綱立朝正笏 洪繢

士類有依許直則無惡仇用希 高峯

次亡友白誶事韻

長恨浮生若逝川看君還句在窮邊香爐面目何曾
見終日懷哉白盡顱

灌圃朴啟賢

寶林寺次徐上舍訥因懷與伯氏讀書此寺時

一盃難喫九原人草沒孤墳已幾春風雨匡山餘物
邑對君今日裛沾巾

玉峯

夢中見岐峯作

岐峯集卷之二　二

讁喚取滄波太守來

敬次松川韻

松川

岐峯千丈半空攤烟雨松川鎖綠苔濟詩一曲招仙
魄可惜王孫去不來

大裕之亡巨筆摧小難醫滎碧巖苦衷情舉世何人

李濡　字子雨五鹿川
　　　　本衛監司時

逢岐峯五代孫因次松川韻

西塞嚴霜王樹摧兗氣何處劍生苔今逢趾美聞詩

禮如見岐山彩鳳來

徐鳳翎

悲岐峯早没寄懷九萬如昌黎之於王舍

記奈君論世又論詩

韓子

次徐洗馬韻

徐鳳翎

岐峯悲甚醉鄉悲九萬王舍鞁皷前

西塞仙醼去莫悲南滇九萬彩毛奇麟趾家聲應不
失白頭聊賦大人語

李濡

八君子引

鹿川

長興名勝多壯如廬陵縣一時八文章古今真罕見
父子與兄弟師友雁三面觸目皆琳瑯何獨賢謝練
祈貴松栢心不逐風霜變至今湖海聞聲如大雷電

寶林幾勝踐泗江想仙宴秋江釣臺月戔使好諫戰

有山嶽岳冠邑所矙詩云彼姐名亦不惜昂勵若覺
山老鳳戴花冠而峙儼乎如釋迦大佛垂金粟而拱

暫撤四壁直聲萬丈靈淑之氣磅礴之容不與眾山
莘間也難然不不有斯人只止於遂

鄉下邑一塊山而已乹復知效山之為何名哉然則
鄉宜乎諸賢踵出其間也

岐峯集卷之三　十二

李濡

徐鳳翎

人之云出亦山之幸也去

奇復齋

蘇家父子兼兄弟即義文章筆法奇一世三家生八
俊才難自古盛於斯

雙雙白壁價連城幷耀南金擲地聲毉有桂林瑶琴
邑岐山靈傑果誰爭

岐山明媚泗江清宜得同時人傑生合做高陽聚星
畫陳荀名跡幷流聲

晉筆唐詩宋人物一時安壞八文章誰能合記秋江
事師友淵源大發揚

岐峯集卷之二　十三　龍卯

岐峯大師古詩仙爲次遺篇響八天有潤滄滇三萬
里不崩山岳幾千年秦民鷄犬桃花裏剗崖人家获
雪邊君記長春臺上事一時圖畫共流傳

魏聽舍（名延鼎進士之孝啇号）

岐峯集卷之五

鏤印後故刻俱
此詩來言

墓碣銘　幷序

一齋李先生與河西金先生倡道湖南時則有若曰
公諱光弘受業于一齋從遊于河西一齋致以居敬
窮理爲八學之方又贈詩以晶之河西亦期許公蓋
重反歿一齋哭之慟日天裕才德歟見其儔惜其不
能大施大裕公字也系出水原以高麗侍中景臣
爲遠祖至寶文閣大提學靜愼齋諱莊八　本朝不
仕諱海美子孫仍居該長興曾祖諱孟春祖諱文麒俱
贈叅判諱檜始後長興會祖諱三王堂學行爲鄉隣俱

進士君諱世仁副司果號三王堂學行爲鄉隣所宗

聚光山金氏金正廣通女舉公于長興岐山里第二
十八中司馬兩試越三年壬子大闡除弘文館正字
上命湖嶺文臣較藝于泮宮公以乡至賦居魁
特賜選詩十卷　寵遇隆摰癸丑選八湖堂乙卯拜
平安道評事以拯濟西民爲己任閱歷關防險易採
撫謠俗美愳作開西甲一關用湣忠愛幷時諸賢多
唱和者丙辰秋病遽歸觀卒于扶安轎舘去其生
嘉靖壬午爲三十五歲墓于龍溪雲峙公有二配清
州金氏訓道學女無育扶安金氏監役世柱女男
鵬南女適宣章鵬南子孝曾次子孝俊孝曾子惟

英惟說記惟謹女李滋宣世紀進士世綱營將世徽典
藉世雜鳳章出也公天資頴粹志業卓擧而本之孝
友内行純備纉成童不屑擧業曰讀書將以爲己若
專意進取而從事柔摘則何所藉手屢布耜繪致吾
君於堯舜乎仍依歸一齋專精性理之學經傳藏奧
探蹟乃已樹屋岐山下自號岐峯與仲氏風乎光頴
李氏玉峯光勳從弟東溪光城以德業相策勵宮商
和於壎箎薰郁芬乎棣林彙弟彙敎追經史工詩隷
世禰一門四文章公潛靖自修若將終身因親命赴
擧而所樂不在焉公爲學尙實務本嘗作座右銘曰

富不可求貴不可謀不求不謀順天所爲貪不足憂
賤不足惡潛黙蘆室風光月霽誰特乎有皇上帝
又作屋漏詩五榖賦用驗恒潤求仁之功而浴沂行
采薇歌亦可以見公之志也公又興栗谷靈川石川
高峯松江聾賢結道義之契莫不徃復酬唱曰李靑蓮
梁松川崔孤竹諸公又述謙悼盡是所云不見其人
見其友者歐高峯爲知言公學術可以贊皇猷文
章寧有涸源提挈維綱立朝正笏士類有依師宣則
無伉惩用希君守以爲知言公學術可以贊皇猷文
章可以黼黻黼黻而厄於短造閟充其志業惜哉鄕章

岐峯集序

甫配食公于靜惓齋名之曰岐陽廟有霱靈藏于家
公後孫河鎭鏞哲謂銘于不俟不俟素服公盛名雁
敢以癃病辭遂搦筆而爲銘曰
仁永必壽位不滿德幷時師友共悼惜我生晩世
想豪玄蹈惟山有岐菅公攸樂怡怡慇懃交須曬世
無恨二呂兄弟博約南床湖堂墨揚擢天衢雲路
坦迸斯促有憾老舊歟理孔氏有斐其文爲紀南國
雲岳義我龍溪瀧瀧有封若斧君子俟宅昭揭石章
永世不泐

崇禎紀元後四丙午唐城洪直弼撰

岐峯集序

岐峯集跋

士不生唐虞帝俞之世得生於孔門言志之日斷可
矣此又不可得得生於我 朝羣際師友諸先生斯
可矣我 朝人才 明宣之際豈盛故評事白公先
生生乎其時專門於一齋河西高峯栗谷而瀟道坡
松江松川孤竹青蓮石川而相與酬唱師友傾一世
加之一門四賢皆文章俊逸而公照補爲首非國
初文明之運陶鑄出來有不得不生公於一代賢儒文
所怕奇偉不能百一又何豐於才而嗇於命耶所幸
洽以嗚國家之盛而既不得大用於世又不得年壽

天岐峯集卷之二　一

也不得於年而得於時與諸先生同傳於東方天壤
呼盛矣彼得年得位於一時而草木同其萎折者
惡足以髣髴也聞其文集將刊置一言於卷後抱
文禍而來者亨繼其名歲己亥暮春辛州奇宇萬謹
書

我先祖岐峯公遺集逸於兵燹擷拾其斷爛者十
之一二幸於松山宗氏家藏中推覓若干編而猶未
戡全峽嗚呼惜哉谿西丈鎭恒氏以 公之勞慨
然有志襃輯始謂弁卷之文于后谿恭判公因以表
章之持憲萬榮氏手謄舊本爲一冊創謀鋟梓將以

軍舍知中樞府事盧鎭敬書

竊惟我先祖岐峯公受業于李一齋與當時羣賢或
爲道契或相唱酬以此推之公之文行必多著於諸
賢集中而於裔孫家獨無流傳可勝歎哉嗚公享年
未壽不能屢素奮之志業 明廟丙辰以平安評事
病遞還鄉中道而卒于扶安螺舘去其生才爲三十
五歲嗚呼痛哉公之早逝也其所著述必不爲不多
而子孫零替又經兵燹盡邊無餘夫至于中葉幸推
得若干遺稿於松山宗氏家後庚申吾先君於古阜
寓宗氏家藏申杖取一草藁雖多斷爛簡寔是公
之親筆而目以詩山雜詠又有關西贈行一編亦諸

天岐峯集卷之二　十一

全書終末得見而見存者傳寫謄訛散失倫買間有
疑關恐其愈久而愈沫丙辛兩年春丐文于梅山洪
先生以補益之潤色焉因以妄加已意分類叙次析
爲二編而諸賢唱酬及哀誄其他可攷詩文幷錄而
續爲下編關西一關備載關防形勝而西評時實蹟
故并不拘眞諺附贐章之末緬繆之意忠愛之誠槪可
見矣不揣踰僣謹弟如右以俟來者之嗣輯焉
崇禎紀元後四丙寅陽月下澣八世孫迪士折衝將

賢手本也散奉披閱慄乎如羹至於斯也於是將謀
錄梓終未就志延及今日以往推來不無火愈泯
之慮乃使舍弟羲寅專任此事方將剞劂幾至成功
豈人力哉乃得時也此集首尾有序有跋足以發明
公之實蹟而今何敢泚毫於其間哉方是時也不可
無一言以誌始刊之實由故不知惜㦢叙略如右已
亥暮春下澣十二代孫采寅謹述

嗚呼惜哉我先祖岐峯公文集之不得其傳也以公
之學業文章啝於一世可知其所嘗著述者不啻萬
千其言且當時諸賢酬唱師友往復亦不爲不多不

岐峯集卷之二

幸盡逃於兵燹而若干㠾拾者不過十之一二竟未
戎袂何暇謀鋟其後中歲以來何幸進士宗屋鎮氏
慨然有志於裒輯散佚簡篇隨見收聚分類叙次始
克成編而余卷之丙得於梅山洪先生其功可謂
美且大焉而終馬未就仍者孰不憾惜乎憶
会嘗敬讀編文子孫零替物力稠殘每常欸惜書久
矣於是乎恐其愈父而愈泯不韙誠力始克刊出編
次本進士所定故不復叙別詩山雜録乃公之手本
故本集五七言長篇仍其舊本并附下編分爲上下二
卷其於廣世庶幾無憾云爾

歲巳亥季春下浣十二代孫羲寅謹跋

岐峯集卷之二

歲巳亥暮春　長興安壤
舟山始刊

岐峯集跋　終

岐峯集

저자 백광홍(白光弘, 중종 11, 1522~명종 11, 1556) 본관은 해미(海美), 자는 대우(大祐), 호가 기봉(岐峯)이다. 일재(一齋) 이항(李恒)의 문하에 수학하였고, 김인후(金麟厚)·기대승(奇大升)·이이(李珥)·임억령(林億齡)·양응정(梁應鼎) 등 당대 쟁쟁한 문인 학자들과 사귐을 맺었다. 당대 팔문장(八文章)의 한 사람으로 칭송되었다. 1552년(명종 7) 식년문과에 급제하였고, 후에 평안도평사(平安道評事)를 지냈다. 최초의 한글 기행가사인 「관서별곡(關西別曲)」을 지었다. 문집『기봉집』이 전한다.

역자 정민(鄭珉) 충북 영동 출생. 한양대 국문과를 졸업하고 같은 대학원에서 박사학위를 받았다. 저서에 조선후기 문장이론을 정리한『조선후기 고문론 연구』와 한시를 언어미학적으로 접근한『한시미학산책』, 16, 7세기 한시의 흐름을 심층 분석한『목릉문단과 석주 권필』, 연암 박지원의 예술론과 산문미학을 다룬『비슷한 것은 가짜다』가 있다. 편저에 역대 선인들의 산수유기(山水遊記)를 총망라한 자료집『한국역대산수유기취편(韓國歷代山水遊記聚編)』10책이 있고, 김도련과 공역한『통감절요』와 조남권과 공역한『한국고전비평자료집』이 있다. 현재 한양대 국문과 교수로 재직하고 있다.

국역 岐峯集

인　쇄　2004년 5월 25일
발　행　2004년 5월 29일

저　자　백광홍(白光弘)
역　자　정민(鄭珉)
발행인　이대현
편　집　권분옥

발행처　도서출판 역락
등　록　1999년 4월 19일 제2-2803호
주　소　서울 성동구 성수2가 3동 301-80
전　화　3409-2058, 2060
팩　스　3409-2059
e-mail　youkrack@hanmail.net

값　15,000원
ISBN　89-5556-305-1-93810
잘못된 책은 바꿔드립니다.